·全民微阅读系列·

红尘如烟

王维新著

江西高校出版社

图书在版编目（CIP）数据

红尘如烟 / 王维新著. —— 南昌：江西高校出版社，2017.1（2021.1重印）

（全民微阅读系列）

ISBN 978-7-5493-5042-1

Ⅰ.①红… Ⅱ.①王… Ⅲ.①小小说—小说集—中国—当代 Ⅳ.①I247.82

中国版本图书馆 CIP 数据核字（2017）第 017545 号

出版发行	江西高校出版社
社　　址	江西省南昌市洪都北大道96号
总编室电话	（0791）88504319
销售电话	（0791）88592590
网　　址	www.juacp.com
印　　刷	永清县晔盛亚胶印有限公司
经　　销	全国新华书店
开　　本	700mm×1000mm 1/16
印　　张	14
字　　数	160千字
版　　次	2017年1月第1版 2021年1月第2次印刷
书　　号	ISBN 978-7-5493-5042-1
定　　价	45.00元

赣版权登字 -07-2017-52

版权所有　侵权必究

图书若有印装问题，请随时向本社印制部（0791-88513257）退换

目录

第一辑　脉脉温情 / 1

回家过年 / 1

邻家大婶 / 5

祝你高升 / 7

药枣 / 11

大哥 / 14

回乡的惊喜 / 17

春天的祝福 / 20

我告诉你一个秘密 / 24

半生缘 / 27

我想见她最后一面 / 32

我的房东 / 35

她是这样一个母亲 / 40

被隐瞒的忠诚 / 46

第二辑　绵绵情怀 / 52

红尘如烟 / 52

赢家 / 58

夜静思 / 60

平静背后的隐情 / 67

碧血化石鱼 / 70

五家磨轶事 / 74

尘世染色体 / 80

血色玫瑰 / 83

千古豪情 / 86

魂落何处 / 89

激情之后 / 91

被转嫁的责任 / 95

红丝巾 / 98

第三辑　芸芸众生 / 106

恭维者 / 106

吹嘘者 / 113

嫉妒者 / 117

拉托者 / 122

吝啬者 / 125

落伍者 / 130

忙碌者 / 134

攀比者 / 139

偷窃者 / 141

攀缘者 / 147

显摆者 / 150

爱美者 / 153

扭曲者 / 156

第四辑　淡淡回味 / 159

山花芬芳也美丽 / 159

天上飘过一朵云 / 162

家是过去的梦想 / 165

奇怪的琴声 / 169

超级试验 / 172

仁心向善 / 174

卧底 / 177

段文楚之死 / 180

残梦 / 183

旗帜 / 184

拐枣 / 191

叔父的遗嘱 / 193

第五辑　朗朗笑声 / 197

向智慧出发 / 197

骑驴 / 199

歪脖树 / 200

非常体面 / 203

梦游 / 206

二匠妻媲美 / 209

用真诚叩响灵魂之门
　　——小小说集《红尘如烟》后记 / 216

第一辑　脉脉温情

　　人间有大爱，温情暖心间。他们的故事让你感到温暖与美好，你会想起你曾经的经历，那些关怀你的人，那种令人难以割舍的亲情、友情和爱情，只要人人都献出一点爱，这个世界多么美好。

回家过年

丈夫说有贵客来家里过年，这个贵客是谁呢？

　　春节临近了，年味越来越浓。一辆时风三轮车上装满年货，韩振才驾驶着它，高高兴兴回到家里，他对妻子徐玉兰说："今年过年好吃好喝多准备些，咱们家要来贵客。"

　　徐玉兰撩着额头上的刘海，笑眯眯地说："什么贵客？给你拜年的除了你儿子一家，你女儿、女婿、外孙，还能有谁，难道镇上的干部要来家里喝酒？"

　　"他们都回家过年去了，才不来呢。"韩振才一边卸着年货一边说。

红尘如烟

"那这个贵客是谁呢？"徐玉兰把泡好的一杯热茶放在沙发旁边的茶几上，把丈夫拉出门外，扫着他身上的尘土。韩振才习惯性地用手刨着衣服："行了行了。到时候你就知道了。"

徐玉兰四十开外，弯眉凤眼，风韵犹存。她的厨艺、缝纫、裁剪手艺是全村最好的，剪纸还在外宾面前表演过。过年是女人展现才华的黄金时节，他们是营造温馨气氛的大师。腊八那天早晨徐玉兰做了香喷喷的腊八粥，全家人吃的热气腾腾。从这天开始，她就准备过年的东西了，收拾了全家人过年穿的新衣服，把所有被褥拆洗一遍，开始扫舍，剪窗花。腊月二十三日早晨，她烙了祭灶的干粮，吃完早饭就烧开水，村头上杀猪桌子已经支好，家里喂了一年多的肥猪杀了200多斤肉，割下猪项圈做杀猪菜招待屠夫们。腊月二十六蒸了一天的馒头、花卷、包子。腊月二十七收拾猪头，晚上煮了，做成块状的压肉。腊月二十八煮肉，做八宝甜饭。腊月二十九炸丸子、炸带鱼、炸酥肉、炸面花，满屋香气浓郁。腊月三十中午把调凉菜的菜肴焯熟，把汁汤兑好，用滚热的菜籽油炝了，那个酽劲让人闻着就咽口水。

渭北农村人习惯每天吃两顿饭，晌午饭吃完了，她就准备晚上喝酒吃的凉盘，有肘花拼盘，有红油耳片，有素三样，有蒜泥无丝豆，有麻辣黄瓜，有酱牛肉，红烧兔块，油炸花生米。整整八大盘。她用锡壶温热了白酒，坐在热水里，贴上大红对联，等待丈夫领贵客回家。

外面飘起了雪花，纷纷扬扬。瑞雪兆丰年，这是一个好兆头。鞭炮声此起彼伏，电视伴音奏起欢快的乐曲，"春晚"就要开始了。这时候，韩振才领着一个驼背老汉走了进来，那老汉，姓陈，住在村西头，去年老伴去世了，儿子在澳洲，他一个人在家独居。老陈走进门拱手给徐玉兰打招呼："弟妹，新年好！"

第一辑　脉脉温情

"好！好！快进来。"徐玉兰拎过一双拖鞋，把老陈迎进来，招呼他入席，把温热的白酒一一斟上，老陈局促地不肯落座，韩振才一把将他拉到饭桌前让他坐下："从今天起，你就在这里过年，这就是你的家。腊月头上，我就给你打了招呼，让你不要准备过年的东西，一个人待着，没有意思"说着给老陈敬了一杯酒。老陈接过酒一饮而尽，他抹着嘴角的酒水："我儿子打电话让我到澳洲去，催了好多次，我不想去，那里一个人我都不认识，语言又不通。咱们这里多敞亮多舒坦。这些年你带领大伙修了路，改了水，改造了旧村，乡亲们住上了新房，苹果卖到东南亚，哪里也没有咱家乡好。"

韩振才喝了一杯酒，招呼老陈吃菜。他说："要不过了年，我给你张罗续弦，一个人的日子难熬。"

老陈吃了一口菜，又习惯性地擦擦嘴唇："多谢大兄弟的美意，我都是60多岁的人了，还找啥，再说，我老婆过世不到一年，还未过三年丧期，我心里装不下别的女人。"

徐玉兰听到这句话，筷头噙在嘴里不动了，刮目相看老陈，她对丈夫说："你看人家老陈多钟情，要是你，我早晨死了，你等不到下午就要娶新人……"

"死老婆子，胡说啥呢，下辈子咱们还做夫妻。"

徐玉兰弯腰咯咯地笑了。

老陈说："人一辈子只要女人娶对了，就享一辈子的福。"

韩振才眯着眼睛咂摸酒香的味道，突然想起什么，他起身从酒柜里取出儿子清明时节给他从杭州寄来的龙井茶叶，对妻子说："你招呼大哥喝酒，我去看望一个老党员。"

说毕，他拎着包装高档的茶叶出门去了。

这时候，老陈的手机响了，是儿子打来的国际长途:"爸爸,儿子不孝,让您一个人过年,我在国外给您拜年了。"

老陈哈哈笑着:"谁说我是一个人过年,我在你支书大伯家过年,可热闹了,你就放心吧。"

"太好了,你把手机给我大伯,我要给他说话。"

"他去看望一个老党员了,说那人是他的入党介绍人。"

韩振才晚上回来时,老陈已经在客房睡着了,徐玉兰还在客厅看"春晚"。她看见丈夫后小声说:"你不是说有贵客到咱家过年吧,难道就是老陈?"

"怎么不行吗?"

"你忘了,去年秋天,咱家的奶山羊啃了他家的树皮,他拿个树枝使劲地打羊,不是我看见他会把羊打死的。"

"咱家的羊啃了人家的书皮,咱们有错在先。再说,大过年的,我们不能只顾小家团圆,我要顾全村这个大家,让大家都能欢欢乐乐过年。"说着,他盯着老婆,好像担心她会给老陈脸色似的。徐玉兰立刻看出了丈夫的心思,她说:"你放心吧,我会把老陈当成咱家的亲戚,让他把年过好。让你在乡亲们面前有足够的面子。"

韩振才笑着拍了拍妻子的肩膀。

大年初一,凉菜吃过,臊子面刚端上桌,韩振才的手机响了,是一个青年农民柱子打来的,他心急火燎地说:"支书大伯,我遇到难事了,我媳妇早产,她肚子疼得不行,大呼小叫的,我没有遇过这种事情,不知怎么办……"

"预产期是什么时候?"

"初四到初六。"

"你们赶快准备,我送你们去县医院。"说着他抓起酒柜上的车

钥匙和一双棉手套,冲出门外。

农用车放在院子里,他打开引擎,农用车砰砰砰地

响着，排气管里冒出灰色的烟雾和热气，地上的积雪很快形成一个黑洞。徐玉兰抱着一件棉大衣追了出来，她给丈夫披上大衣，拿起扫帚打扫车厢里的落雪。韩振才以最快的速度戴上手套，坐上驾驶座，一踩油门，农用车的胶皮轮咯吱咯吱地轧着厚厚的积雪，朝去白雾茫茫地的前方冲去。

徐玉兰站在路口，手遮额头，朝着远去的丈夫喊道："老头子，快去快回，回家过年！"

邻家大婶

一个农村女人成了我的邻居，他们是怎样的人呢？

我住进这座城市已经 38 年了。回首往事，过去的一幕幕情景历历在目。时代在变迁，社会在演进，我们在见证都市文明的同时，也深切地感受到人性的麻木和冷漠，现代的高楼大厦好像屏蔽了人们和善友好的天性，人与人之间有一种无言的隔膜和提防，让人觉得心里很不舒服。走进都市，伴随着时间的推移，我先后搬了 6 次家，每搬一次都与原来的邻居和朋友疏远一步，让人感到若有所失。

我早先住在乡下的村子里，都是土墙土房土窑，谈不上什么好的环境和条件，只是树木很多，村子好像掩映在树林里。那时候的农村人家，有的就没有院墙。吃饭的时候，村里的人端着粗瓷大碗聚集到碾子上、井房旁、榆树下，边吃饭边说闲话，好像是一家人。谁家做了好吃的，就给村上的老人送一碗过去。过年的时候，每家做两个凉盘端过来聚在场房里，大家一块喝酒，那种感觉真好。

红尘如烟

走进城市，我有些茫然了。起初住在大杂院和简易楼的时候，大家都在房檐下、过道里做饭，堆放煤块和纸箱。谁家没有盐没有醋了，就到邻居家去借。上班的人走的时候把自己的小孩送到邻居老人的怀里，下班后再接过去，彼此之间照顾的都很好。后来，条件好了，各家陆续都搬走了。住进单元房以后，房门一关，与世隔绝，"鸡犬之声相闻，老死不相往来"。在一栋楼上住了几十年，彼此不知道对方姓甚名谁。

我曾经建议物业公司把各家的住户姓名、联系方式打印一张单子发给大家，谁家有事情需要邻居帮忙的时候也好联系，没有想到这个想法遭到一些人的反对，他们好像觉得住在他们周围的人不怎么牢靠，不敢把这些信息提供给大家。结果，楼上有两位留守老人死在屋里已经一周了，才被人现，这是谁的罪恶和悲哀呢？

城里人看不起农村人，总认为他们不讲卫生，他们穷酸。其实，农村人更看不起城里人的小气、虚荣、自私和装腔作势。

我的对门原来住着一户邻居，男主人我是认识的，只因为她娶了一个城市女子做妻子，便与我们这些下里巴人疏远了，变得陌生起来。那个女人穿着非常新潮和时髦，见了人横眉竖眼的，好像谁欠了她两吊钱，她的个子很高，成天皱着眉毛，家属院的人背地叫她吊死鬼。我们从来没有到她家里去过。她经常把垃圾扫到我家门前堆放，夏季时节的西瓜皮腐烂，污水横流，苍蝇乱飞，妻子非常生气，要找她去算账，被我拦住了，我担心这样会影响邻里关系，我们忍着吧。这样熬了6年，终于有一天，他们搬家了，家属院的人群情振奋，放炮祝贺。

这套房子一直闲了3年，也清净了3年，我们长长地出了一口气。到第4年春季的一天，这家的房门打开了。一位头上顶着毛巾的大婶在打扫房子，她看见我后，笑着问道："你住在对门？"我说："是啊，你们要搬过来住啊？"她说："是啊是啊，我们原来住在乡下，老汉退休以后就回老家去了，现在年龄大了，看病、购物都不方便，女儿和女婿给我们买了这套房子，咱们以后就是邻居了，我们农村人卫生习惯差一些，以后你们还要多担待。"我急忙回应大婶："看您说的，我也农村人，我们成为邻居就会由陌生到熟悉的。"

自从他们搬过来以后，大婶每天早晨起来，头上顶着毛巾，把过道、楼梯扫得干干净净，还洒上水花。我喜欢养花，养了20多盆花卉，放在院子里。有一次，我们外出半月多，赶回到家里，我放下行李箱，第一件事情就是提上洒壶去浇花，没有想到，花盆是湿润的，花卉长得枝繁叶茂，姹紫嫣红。我对大婶心存感激。

我的妻子是个生活非常讲究的女人，经常向房子喷清新剂，被褥也要经常消毒。有一天，她把被子晾到院子的铁丝上，就去上班了。到中午时分，天突然下起雷阵雨。她打电话让我赶快回去收被子。我想被子一定被淋湿了。我跑回家属院，铁丝上的被子没有了。我正在纳闷，大婶出来了，她说她已经把被子收回来了。说着返回屋里，把折叠好的被子抱出来递给我。我心里不由得感叹不已，真是千金难买好邻居，他们那颗透明的心灵，使我感到特别温暖和亲切。

祝你高升

青涩的恋情，让人魂牵梦萦。

你寄来的那封长信，本来我早就收到了，只是前

红尘如烟

些时候我去外地学习，没有及时看到。回到单位，我在翻阅已经积攒了很多的报纸时，那封信从里面掉了出来。我没有想到你还记着我，也没有想到你能给我写这么长的一封信。在手机和短信非常活跃的今天，许多人多年已经不写信了，你却这样执着，实在难能可贵。看着这些熟悉的字迹，我就像看到你一样感到非常亲切。

你离开西部南下算起来已经快二十年了，我们再也没有见面。早先的伙伴们各奔东西，各人过自己的日子，每家都有自己的幸福，也各有自己的忧愁。康群丽不知调到哪里去了，她弟弟还在邮局工作。今年夏天，我在宝鸡桥南的公园路上，意外地见到了罗陇莲，她在一家储蓄所上班，身材没有多大变化，还是过去那个样子。只是眉宇间充满忧郁的神情，听说她离了婚，我也不好多问什么，只是说些无关紧要的话。

你走上领导岗位，是我们这些同事的荣幸和骄傲。谁能想到当年那个羞答答的姑娘，日后能成为一个赫赫有名的副市长。你在县广播站当播音员时，起初，我们并不认识。我从农村来到县城，是一个很不起眼的业余通讯员。那次在颁奖大会上，你作为礼仪小姐，把绸带挎上我的肩膀时，你把我的名字和本人对上了号。后来，我也知道了你叫夏素芳。在你播送我撰写的配乐通讯时，我用录音机将它录了下来，闲暇时反复聆听。我觉得你的声音有一种磁性的感染力，它把人会带到那个特定的场景，使人觉得如同身临其境一般。特别是你为我撰写的电视专题艺术片配的音，我认为那是最成功的作品，我把那盘录像带至今保存着。

你在信中说，许多人见了你都会说祝你高升，他们以为这样就会讨取你的欢心。其实，你并不看重官职的升迁，你觉得一个人的人生追求和生活品位的升华是最

第一辑　脉脉温情

难的，也是最宝贵的。在物欲横流、灯红酒绿的官场，你能逃出污染，保持自己人格魅力的清纯，实在是不容易的。人在官场，身不由己的事情，是最无奈的尴尬。我们领导着别人，又受别人领导；我们厌恶形式主义，又往往不能免俗。当走过几十年忙忙碌碌的行政生涯，我们即将退出政治舞台的时候，回过头来向后看，扪心自问：我们都干了些什么？我们都留下了什么？又收获了什么？我们自以为"为官一任，富民一方"，其实是我们沾了老百姓的光，我们的政绩来自他们的拼搏，而不是我们的领导。可以夸大地说，凡是我们强迫群众干的事情，几乎没有成功的。有时候，为了组织一个让上级领导满意的参观点，我们简直就成了指挥群众和基层干部的导演。当上司的赞誉声响起的时候，我知道那是用假象换来的，并不是真实的全面的情况，我的心里感到特别不安和空虚。这样的行政时尚，欺骗的岂止是上级，而是我们自己的良心。

你说你留恋过去的平民生活，别人不懂你的心。在世人看来，世上只有当官好，唯有功名忘不了。金钱美色是炮弹，多少豪杰悔难逃。你之所以将我选为你的倾诉对象，我以为不仅仅是因为我们曾经相识，不仅仅因为我们曾经在同一条战线上沉浮。黄土高原的浑厚，培育了秦人的旷达和刚烈，但是，仍然无法抵御不良风气的侵袭。人们习惯用世俗的眼光去看待一切事物。那次，你收养了那个流落街头的小姑娘，本来这是一件善事，却引起了许多人无端的非议。有人说她是你的私生女，有人说你是为了捞取政治资本，故意作秀。这些流言蜚语，让人感到气愤。

你从广电局副局长的位子上一路攀升，登上副县长交椅时，有人猜测说你是某某人的女儿，又说你是西南某省委书记的外甥女。还有一些政客说你是"无知少女"

红尘如烟

代表。所谓无党派人士、知识分子、少数民族、妇女干部而已。我原来并不知道你是满族，以前我们在一起的时候，我觉得你的生活习惯和我们汉族没有什么两样。也许，你对我的冷漠有意见。自从你高升以后，我有意识地和你保持一定的距离，我不想让别人说什么，我也向来不攀缘附贵，也不想给你带来不必要的麻烦和烦恼。好在你自己有一个良好的心态，那么平静地对待一切，让事实和时间证明了你的高贵和无瑕，使那些制造谣言的人不战而败，落了个无地自容的窘态。

你离开县上的时候，又引起了强烈震动，好多人不相信这是真的。你应聘考取了副市长的职位，有些人惊讶，有些人羡慕，有些人嫉妒，也有人对你刮目相看了。那天送别的时候，场面非常热闹，许多人前来为你送行。我没有露面。我坐在三楼的窗户前，看着你和大家一一握手告别，我看着你坐上了那辆白色的伏尔加轿车，小车缓缓地驶出了大门，过了大桥，消失在南山的盘旋路中看不见了。你带走了渭北旱塬的风尘，带走了一个小女子的青春时光，带走了镌刻在黄土地上的记忆，我在心里默默地为你祈祷，祝你高升。

你刻苦学习的精神，诚实待人的品行，才使我们有缘相识到相知。你心里最清楚，我们是精神上的知音，学业上的伴侣，没有世俗眼中的那种亲昵，没有官场应酬当中的那种轻浮和虚伪。这种境界别人是体会不来的，我也向来特别珍惜这种高雅，不想亵渎这种造化。我在《南方周末》上看到了你写的一篇散文，我为你对父亲那种真挚的感情深深地打动了。虽然，你用的是笔名，但是，你的行文风格和那优美的文笔，我一看就知道是你写的。我通过你的文章，理解了亲情无价的内涵，也看到了你那颗透明善良的心灵。如今像你这样敢于披露心迹、敢于讲真话的人已经不多了，我们常常能听到的，

第一辑　脉脉温情

只是一声声无奈的叹息。

你在我的记忆中已经成为一张永不褪色的国画，如果没有这封信，这段交情将永远藏匿在历史的尘封中。我的荣幸之处不在于我有一位做高官的朋友，而在于我有一位善待友谊、善待知音的天使。如今，你在南国水乡耕耘着百姓的富裕良田，大展宏图，前程无限；我在西部大山中过着平淡无奇的生活，守望家园，享受寂寞。尽管我们相隔非常遥远，但是我们的心灵是息息相通的。夕阳无限好，只是近黄昏。我想，在我退休赋闲之日，就是你飞黄腾达之时，我还是那句发自内心的话：祝你高升。

药枣

一段刻骨铭心的往事，令人潸然泪下。

往事是岁月的印痕，没有被尘埃覆盖的记忆，是人心灵上难以忘却的牵挂。面对今天的富足，我永远不能忘记过去的艰难，那是我生活阅历中让我战栗的一段感受。

秋天还未走远，冬季已经来临。冒着凛冽的寒风，我们风尘仆仆来到位于咸阳市北部旱塬的彬县。谈完公事，朋友引领我们来到闻名遐迩的大佛寺参观。我生性愚笨，尚无佛缘，对看庙并不感兴趣。可是，这里的另一番景致却引起了我的格外注意。在寺院北侧东西走向的公路边，群众自发地摆起了数里之长的土特产摊点，有红枣木旋制的长短不一、粗细有别的擀杖，还有精致

红尘如烟

玲珑的木制器皿，特别是那堆积如山的红枣尤其鲜艳夺目，令人望而生津。

我们吮吸着枣香的气息，来到摊点前询问价格。摊主慷慨地抓了一把红枣让我们品尝。大家各人取了一颗入口细品，那枣肉肥厚，外红里黄，香甜筋绵，使我们饱享口福，大家情不自禁地连连称赞。我毫不犹豫，一下子买了5斤，把提包塞得满满当当。同行者感到疑惑不解，讥讽道："你难道要贩枣不成？"我说："你们不知道，也无法理解，我要偿还30年前许的愿。"

我的老家在千阳农村。过去家里很穷，小时候生活非常困难，我们几乎没有吃过什么好东西。妈妈常年有病，满脸愁容的爸爸每隔几天，总要带回来几包中草药为妈妈治病。我没有见过奶奶，也没有姐姐的帮衬。我虽然是男孩子，没有别人替代，作为老大，妈妈的中药自然要我煎熬。

下午从山上割草回来，天将晚时，我就用三块砖头把药锅支在院子里，用麦草点火熬药。不吹风时倒还好办，稍有风吹草动，火就难以点燃，时常熏得我眼泪直淌。每次熬药的时候，三个小弟弟都围在我跟前，有的折柴，有的搅药，有的跪在地上，撅起屁股撮着嘴唇吹火，大家都被黑烟熏得泪流满面，却谁也不肯离去。汤药在砂锅里滚动，咕嘟嘟地响，随着热气飘出来的那股难闻的中药味，使人禁不住想吐。可是，小弟还是目不转睛地瞅着药锅。我知道他的心思，我感到心里非常难受，他生在我们这样贫寒的家庭里，可以说没有什么好果子吃。

我在砂锅的尖嘴处蒙上一绺纸条，用筷子压着把药汁滗进黑瓷碗里，照例在药渣中拨寻起来，找寻可以入口的东西。有时候能找到4个被煮泡得膨胀变大的烂枣，我们非常振奋，挑一个最大最好的枣给最小的弟弟吃。我们都知道，他最可怜，自从生下来后母亲身体就不好，

第一辑　脉脉温情

他没有吃过一口奶水，全是用糊汤灌活的。

弟弟偏着脑袋兴高采烈地咀嚼着枣，他拍着小手说："好吃极了！"每当看到他吃药枣的情景，我心里感到特别痛楚。那时候，尽管中草药很便宜，每副只有几毛钱，但是，一个精壮劳力从早到晚干一天农活，累死累活才挣一毛二分钱。为了物尽其用，我们把每副中药煎熬三遍，然后把药汁掺和在一起，让妈妈分三次饮用。在汤药中经过三次煎熬的红枣被苦汁浸泡和渗透得面目皆非，要说甜，也是苦中的一点甜味。可是，弟弟没有吃过真甜的大红枣，他以为这就是世界上最好吃的红枣了。我咀嚼着自己口中这只发霉变坏的枣子，泪水在眼眶里打转转，我暗暗下决心，长大以后，要好好干活，挣很多很多的钱，买上满满的一大筐红枣，让小弟吃个够，让他真正体味到红枣的滋味。

有一天晚上，睡到半夜，小弟突然大喊大叫，我被吓醒，只见他搂着腹部哭喊肚子疼。我问他下午吃了什么，他说临睡时在药渣里找了两个圆疙瘩吃了。我愣怔了一下，赶紧跳下炕，打着火把，来到堆放药渣的石板前，果然有翻刨的痕迹。我想起爸爸临走时叮咛过，这副药毒性大，要把水放宽，熬的时间要长一些。我不由得打了一个寒噤，我不敢再往下想，背上小弟深一脚浅一脚地朝村医疗室跑去。医生量了体温、看了瞳孔，催促赶快我们转院。我叫上大伯，把弟弟送到公社地段医院，也没有救下他的性命，他就死在了那个简陋的急救室里，终年三岁零半个月。

弟弟如果活到现在，也已经是三十多岁的大小伙子了，他连一张照片也没有留下，就匆匆地离开了这个世界。弟弟当时在我们家最小，也是父母的最爱。那时候，秋粮多，麦面少，我们吃高粱面花卷，给弟弟蒸两个白面馒头，用笼子高高的挂起来。我们弟兄三个想吃他的

红尘如烟

白面馍，把被子、枕头摞起来，一个擎着一个想把那个今天看来并不白的馒头取下来分食，白馍没拿着，反倒把二弟摔到脚地，头给磕了一条口子。我们两个吓得躲进玉米秆围成的圆包里，不敢回家。

小弟夭折后，妈妈成天以泪洗面，经常一个人跑到掩埋小弟的沟边，絮絮叨叨给他说这说那，哭个不停，那悲哀的伤痛之声，就像万箭乱穿我的胸膛，我肝肠寸断，青山为之动容，河水为之呜咽。每当想起这段伤心的往事，我的心情久久不能平静，短缺经济时期，有多少个幼小的生命被贫困所吞噬，有多少个母亲为儿女不能果腹而饮恨千古。

"大红枣儿甜又香，送给咱亲人尝一尝。"这是一种多么美好的愿望。回到老家，手捧着红彤彤的枣儿，我无法使自己的愿望变成现实，这种遗憾将会成为终生的心病，它卡在我的心间，使我在物质生活富足的今天，即使是顿顿吃肉也没有香的感觉，我怎么也忘不了我那可怜的小弟弟。我解开一包红枣抛向小弟长眠的沟壑里，我大声地呐喊着："弟弟，哥今天有钱买枣了，你就痛痛快快地放开吃吧，管你吃个够！"

第二年春天，我们弟兄三个去打皂角，意外地发现这条我至今不知名的沟壑里，长出了几棵可爱的枣树。

大哥

长兄如父，面对弟弟、弟媳的发难，大哥如何面对？

我万万没有想到事情原来是这样的，我对大哥的愧疚，成了我心中永远的疼痛，成了我终生的悔恨。

第一辑　脉脉温情

我自小没有看见母亲，父亲含辛茹苦把我们俩拉扯大。在我还很小的时候，家庭经济拮据，为了供我上学，大哥小学没有毕业，就回到村里帮助父亲干活了。

他为人善良、厚道，干活不惜力气，一辈子只知道埋头干活，话语很少，吃饭也不讲究。

后来，我长大了，家里给我娶了媳妇，申请庄基，给我盖了一院新房子，我妻子和大嫂性格不合，我们就分家另过了。大哥一家和父亲在一起生活，他们还住在破烂不堪的老屋里。

我们两口在外地打工，接到父亲病危的电话，急忙去买火车票，我们赶回老家时，父亲已经不能说话了，他奄奄一息地躺在老家的土炕上，大哥跪在炕头，一手拉着父亲的手，一手在他的胸口抚摸着。他轻轻地对父亲说："爹，你看看吧，老二和媳妇都回来了，就站在您跟前。"

父亲吃力地睁开眼睛瞟了我一眼，什么话也没有说，头一歪咽了气。

父亲的丧事都是大哥一手操办的，我也不知道总共花了多少钱，我想，他一定会与我说这个事情的，要我分摊一半费用。但是，他一直没有提及这件事情。我心里总觉得不踏实，我和妻子说起此事，她说："你爹攒了一辈子的积蓄，全留给你哥了，给你连一毛钱都没有，安葬费说不定花不了他存款的一个零头，你应该找他要分家产。你也是儿子，凭什么让他吃独食！"

父亲去世后，大哥家的情况有些异常，他把原来准备盖房的木料和砖瓦卖了，把家里的拖拉机和4头奶牛全卖了，我想不明白，这是为什么呢？妻子说大哥是装穷，想麻痹我们。说不定人家把钱囤起来想在城里买商品楼呢。

我们几天在村里已经没有看见大哥大嫂了，听隔壁

红尘如烟

的邻居说他病了，在县上住院，我想去看他，妻子却老催我去找大哥要回一半父亲的遗产。她说他万一有个三长两短，一口气上不来，把父亲的存款噙了去，那时候我们去找谁！

我觉得兄弟之间不好开口，必须找个中间人说事。于是，我想到了村支书，他办事公道，威信高。

谁知道，我找到说了我的意思后，他瞪大眼睛盯着我，额头青筋凸起，举手要打我："你还是不是人，安葬你父亲花了那么多钱，你大哥全出了，你不掏钱，还要分家产，你知道你父亲给你们留下什么吗？"

他说到这里突然打住了，我急于想知道父亲留下多少钱，支书点燃了一支烟，狠狠地吸了一口："本来，他不让我告诉你这些。今天，我也顾不了许多了。"

他突然把纸烟的火头在鞋底上擦灭，心情沉重地说："你父亲留下的都是欠账。给你娶媳妇，后来给你盖房，累计在信用社贷款5万多元，还款期限到了，人家催着还款，他没有办法，把家里能卖的东西都卖了。我是村上的代办员，我劝他说，这些钱都是为你兄弟花的，他们两口在外面打工，肯定也挣了不少钱，让他分摊一部分也应该啊。你大哥嘿嘿一笑，说长兄如父，我不把这些欠账还清，我怎么去见我的爹娘。只要弟弟他们过得好，我就什么也无所谓了。"

听到这里，我突然感到我怎么这么猥琐，这么自私。我想起来过去大哥对我的种种好来，我如梦初醒，我和妻子完全把我的好大哥想偏了，好内疚啊！

我跑回家叫上妻子，骑上摩托来到县医院。大哥正在重症监护室抢救，大嫂在门外的过道里哭泣。她对我们说，大哥为了还账，想多挣几个钱，半夜起来扛着铁锤去邻村打土坯，他每天都干十几个小时，累得咯血，他的肺本来就不好，这次不知道能不能挺过去。

第一辑　脉脉温情

抢救室的门打开了，一位中年医生走出来对我们说："病人多个脏器已经衰竭，心脏已经停止跳动了，你们进去和他见最后一面，赶紧准备后事吧。"

大嫂放声大哭，软瘫跌倒在过道里，妻子赶紧将她抱起来大喊医生救命……

我冲进抢救室，跪倒在大哥的病床前，拉住他冰凉的手，泪如雨下："大哥，我心中有愧，我对不起你！……"

回乡的惊喜

一个外出打工的儿子，回家看望父母，所带礼物让他大吃一惊！

千河南岸的鲁家村地少人多，产出有限，许多年轻人都外出打工挣钱去了。刘西海也来到北京，在通州一家大理石板材作坊打工。为了节省费用，他三年没有回家。

今年以来，父亲捎话、打电话让他回来，说有要紧的事情商量。他也不知道是什么事情，想起家乡归心似箭。他已经记不起父母的模样了，只是在梦里常常看到他家屋顶上的缕缕炊烟，耳畔是母亲拉风箱的吧嗒声，眼前是父亲高高地举起石碓在碓窝里砸玉米的姿势。思念故乡，想念父母，让他坐卧不安。请了假，收拾行囊准备出发。

他想，自己在北京几年了，回家去总得给父母买点什么，想来想去，都觉得不合适。他在街上看见小贩在卖新疆哈密瓜，绿皮、黄瓤，切一小块就要三块钱。他

17

红尘如烟

来到水果店,只见这里的哈密瓜每个上面都贴着一张圆形的商标,两个装一箱,老板放在电子秤上一称,好家伙,要一百多块,这么贵啊。他咬咬牙,还是买下了。

他带着给父母的礼物坐上了西去的火车,到了县上,又改乘汽车回到村上。眼前的景象让他惊讶,村里和从前不一样了,原来的土窑、旧房不见了,取而代之的是新盖起的红瓦白墙新房,土路也被铺上了黑色的柏油,道路两旁栽植着在城里才能看到的香花槐、红叶李,微风吹来,飘过阵阵清香。大路上还安装了太阳能路灯,有的人家院门前放着小汽车。刘西海突然觉得家乡变了,不是从前的那个脏乱差的样子了。他一路欣喜地回到那个熟悉的小院子,见了父母,激动异常。他打开箱子对父母说:"爹娘,你看我给你们带什么宝贝了。这可是新疆的哈密瓜,过去是给皇上吃的贡品。它从天山脚下坐飞机到北京,又从北京坐火车到咱们县上,再坐汽车才到咱家。这是儿子孝顺你们的稀罕物品。"

母亲微微地一笑,没有说什么。父亲拉着儿子的手说:"娃呀,你跟我来。"刘西海有点莫名其妙,跟着父亲走出屋子,来到院子的东角,父亲揭起木盖,领着他从梯子上下到地窖里。他惊呆了,里面放着两堆哈密瓜,个头比他买回来的还大。

"咱家哪来这么多哈密瓜?"他有点摸不着头脑。

父亲呵呵笑着说:"是咱家大棚里种的呗。"

"咱家也能种哈密瓜?"

"能啊。"父亲自豪地说:"现在的温室大棚蔬菜、水果都能种,一亩地顶过去十亩地的收入还要多。这些年政府资金扶持,技术指导,讲究的是科学种田。"

说着话,他挑了一个大个的哈密瓜抱在怀里,和儿子前后脚,从地窖里上来,重新坐回屋里,父亲把哈密瓜放在茶几上,母亲从厨房拿来切面刀递给父亲。父亲

第一辑　脉脉温情

熟练地把瓜切成月牙形,把第一块递给儿子,刘西海脆生生地咬了一口,直喊甜。母亲坐在儿子身旁,抚摸着他的头发,眼眶里含着泪水:"你看才三年功夫,你就又黑又瘦,手都粗糙成这样了。"

刘西海似乎不在乎地说:"我每天在电锯跟前锯大理石板,和粉尘打交道,只要不得肺心病就不错了。大热天也要捂个口罩。"

父亲叹了一口气:"咱们农民进城干的都是城里人不愿意干的脏活累活,盖楼的人没有地方住,做饭的吃的是剩饭。我看你还是回来吧,在那里挣的钱不够租房,回来咱们一块经营大棚,我和你娘年龄大了,忙不过来。"

刘西海把瓜皮放在地上的盆子里,吃惊地望着父亲:"你叫我回来就是说这个事啊?"

母亲说:"回来吧,儿子,你在那里吃不好睡不好,娘每天晚上都睡不着。"

刘西海用手掌擦着嘴唇:"我干的是建材行业,不会种菜种瓜啊?"

父亲点燃一支廉价的香烟抽了一口,说:"不会学吧,我一个老头子都能学会,你一个高中生学不会。人家技术员现场指导,什么温度啊、品种啊、防虫啊,一看就明白。晚上在文化室还办讲座,你可以去听啊。"

刘西海没有说话,好像在想什么。

父亲说:"这些年干大棚,咱家在经济上翻了身,还清了欠账,还有不少积蓄,我打算在新规划的居民点给咱家盖一栋小楼,宅基地已经批下来了,再给你找个媳妇成个家,有不少人打听要给你介绍对象呢。"

刘西海抬头望着父亲,欲言又止:"这个……"

"怎么?在北京混了几年,还想找个城里姑娘?"

刘西海笑了:"不是,我……"他结巴了半天才说:"不瞒你们二老说,我已经有了意中人,就是咱村里的秀琴,

红尘如烟

她也在北京打工，给人家当保姆，那个女主人忒难伺候，她经常受气。"

"那你叫她回来，咱们一块作大棚种植。在家乡也能过上幸福生活。"

"我试试看吧。"刘西海说着起身，掏出手机，走出屋子，要拐到房后去打电话，他发现父亲跟了出来，向他摆手："你别听。"父亲笑着指着儿子说："你小子，知道回避父亲了。"

春天的祝福

一个知情与老乡的深情厚谊，一个命运多舛女人的奋斗史。

渭北的春景格外迷人，垂柳丝丝如烟，随着微风轻轻摆动；向阳的山坡上迎春花灿灿金黄；桃花、杏花绽开银白色和粉红色的苞蕾，向人们输送着淡淡的清香；蔚蓝色的天空，白云舒缓地游动着，好似闲适的少女在海水中游泳。清凌的千河水，唱着欢快的小曲，朝着碧波荡漾的千湖奔流而去……

我走出嘈杂的城中，来到河堤上徜徉散步，就想释放一下城里积聚已久的闷气。忽然，传呼机急促地震动起来。我急忙打开一看，显示屏上出现的是家里的电话号码。留言说，家有远客来访，快速返回。我猜想不出来，这个远客会是谁呢？

我住在城北一条古老的巷子里。从城南的千河堤畔赶回家，还有一段路程。到了家里，我已经是大汗淋漓了。

第一辑 脉脉温情

没有想到多年未见的秋香阿姨来到了我家。

其实，她并不是我家的嫡系亲戚，是后来走上的。她叫陈秋香，老家是河南温县人。她的祖父逃荒到西安王曲，靠给城里人卖小磨香油，发了家，在五味十字置买了房产，在那里做小吃食生意。1964年，陈秋香带着城市姑娘的天真和浪漫，怀着对广阔天地的无限憧憬，从古城西安来到我的老家，在那个贫穷偏僻的小山村插队落户。面对艰苦的生产条件和难以接受的生存环境，她的理想之梦破灭了，成天坐在小河边流眼泪。我母亲看着她可怜，就把她当成自己的妹妹来关怀，经常陪她说话，替她宽心，在生活上关心和体贴她。这样一来，她成了我们家的常客，渐渐和我们的家人都熟悉了。有了我们的呵护，她焦躁不安的情绪也慢慢稳定下来了。

有一年的夏天，知青院里来了一个戴眼镜的男青年，他个子很高，头发很长，脸上有许多小痘，戴着一副宽腿眼镜，走路习惯甩手。他背着一个黄挎包来找陈秋香。有人说他是她的同学，也可能是她的男朋友。他们在房子说话的时候，其他人找各借口都回避了。后来，她身体不好，经常生病，就跟着这个叫张学成的男人离开了村子，不知他们是回西安了，还是到别的什么地方去了。

一直到第二年过了春节，春暖花开的时候，她才回到队上，病也好了，人显得特别精神。那年公社分下来一个招工指标，她想回城，去找队长，队长说她遵守纪律不好，离开队上连个招呼也不打。要让表现好的知青先走。她整整哭了一夜。我母亲劝她，她也不听。母亲就对我父亲说："你到知青办去要一个指标，让秋香早一点回去吧，她天生就不是在农村下苦力的人。"

父亲进了一趟城，回来后让我到知青院去叫陈秋香。她来到我家后，站在门口，靠着门框，并不进来，睁大眼睛望着我父亲。我知道，她急于想知道父亲将要告诉

红尘如烟

她的是一个好消息，还是一个坏消息。父亲说："让你回西安，我没有这么大的能耐。不过，最近县动力厂在招工，你如果愿意，我们可以推荐你去当一名工人。"母亲在一旁劝着她："一步一步来，当工人总比农民强嘛。"后来，她穿上劳动布工作服，走进了县上的一号信箱，当了一名女钳工。就在那年，我也进城到电信局当了学徒。

陈秋香当了工人以后，我们接触的比较少了。偶尔，我到动力厂去送电报时，在院里碰上她，说几句话，各自忙各自的事情，很少有见面的机会。后来，我听我的一个小学同学说，她和张学成分手了，主要的原因是两地分居，生活不便。她在厂里又谈了一个对象，是铸造车间的翻砂工，老家是河南巩义人，父亲是个下放干部。在他们准备结婚时，父亲平了反，补发工资，把他调回了北京，他母亲坚决反对儿子与陈秋香成亲，这件事情就搁置下来了。陈秋香受到强烈刺激，精神到了崩溃的边缘，她发誓再不找男人。她把自己打扮成男人的模样，穿着男人的衣服，留着男人的分头，并且学着像男人一样抽烟。一段时间，她成了我们这个小县城街谈巷议的新闻人物，人们说她不男不女，是不是器官有什么问题。还有更加难听的话，我也害怕在街上看见她。

后来，她的生活状况传到了西安，亲友们大惊。张学成一脸忧郁来到千阳，将她带回了西安。托人把她安排在一个小书店里当营业员，经常陪她散心，给她做思想工作。她还是不能从阴影中走出来。

有一天，张学成拿给她一个小瓶，里面装着红色的颗粒，说这是忘忧丹，吃了它，过去的一切忧愁就忘却了。

陈秋香半信半疑从他手中接过药瓶，按照他嘱咐的每天吃三次，每次吃两粒，一周后，她感觉神清气爽，人也轻松了许多。要张学成陪她去登翠华山。

第一辑 脉脉温情

张学成见她渐渐从过去的悲痛中走了出来，非常高兴，专门请假，和她一起去爬山，给她讲神奇的忘忧丹的故事，她开始快活起来，逐渐恢复了过去的生活状态。

张学成的妻子听说丈夫和陈秋香去旅游，为此吃了醋，到单位去和丈夫打架，在街上又哭又闹，搞的张学成非常尴尬和被动，他一气之下和妻子离了婚，与陈秋香复婚成了家。

秋香阿姨一生命运坎坷，据说，她就业的那个小书店在一天晚上电线短路着了火，损失惨重，她也丢了饭碗。后来，自己在西稍门开了家面馆，维持生计。

张学成在一个军工厂上班，那个厂转制后，他下了岗，到一个私人的商贸公司当采购员，在运送一批货物的途中，发生交通事故，侧翻的大货车砸断了他的右腿。为了避免感染，他的右腿被截肢，成了残疾人，过去的工作也干不成了，自己生活也不能自理。陈秋香关掉面馆，在家一边照顾丈夫，一边办家庭小饭桌，维持生活

有一年春天，我父亲去西安参观，母亲准备了家乡的特产核桃、柿饼，专门给她做了两副鞋垫，父亲去看望她。母亲说，这是一个苦命的孩子，就是我们家的亲戚。我们结婚时，她从西安赶来祝贺，一到县上，就寻找我的母亲。只可惜我母亲早已于1977年9月8日去世了，她再也没有看见我的母亲，一提起母亲过去对她的种种好处，她就泪流满面，激动不已。

看到如今的秋香阿姨，我不敢把她和以前的她相比。她衣着庄重高雅，气色红润，精神抖擞。她正在厨房和我妻子忙活。听见我回来了，她擦了手出来到客厅和我说话。她望着我说："光阴不饶人啊，我插队的时候，你还是一个小孩子，如今也人到中年了……"就在这时，妻子喊我取酒，我起身走进了饭厅。

她从悲痛中苏醒过来之后，人已经瘦得变了模样。

红尘如烟

但是，她没有气馁。她在市场激流中沉浮和拼搏，从不示弱。她现在自己开了公司，成为高新区一带有名的女强人。尽管岁月在她的鬓角留下风霜的印痕，但是，春天一样灿烂的笑容毕竟充满了她的面庞，我感到由衷的欣慰。

她对我说她经常在睡梦里梦见我母亲给她做饭，给她梳头，帮她缝补衣服，她常常就会哭醒。她说清明节快到了，她是专门赶来给我母亲上坟的。我很受感动，难得她还没有忘记我的母亲这样一个乡下女人。

好人一生平安，这是我心灵的呼唤，这是春天的祝福。

我告诉你一个秘密

寻亲是一个灵魂历练的过程，血缘亲情难以割舍。

母亲在弥留之际拉住郭晓云的手，目光中充满无尽的爱恋，她吃力地对她说："我，我告诉你一个秘密……"，话未说完，头一偏，咽气了。

病房霎时哭声震天，嗓音沙哑的郭晓云心里格外难受，母亲要告诉自己的秘密不知道什么，是我们家有什么宝贝？藏在什么地方？是要给我说银行卡的密码？到底是什么秘密，她为什么不早说呢？

办完母亲的丧事，她像大病一场，没有一点精神。她知道这个秘密父亲一定知道，她想让父亲告诉她，可是，父亲有意躲着自己，这是为什么呢？

郭晓云带着无尽的遗憾回到婆家，这个悬念像魔怔

> 第一辑　脉脉温情

一样在自己脑海里盘旋，挥之不去，闹得她寝食不安，坐卧不宁。她怎么猜也猜不出来。

母亲"尽七"那天，郭晓云又来到娘家吊唁，事毕，亲戚们都走了。郭晓云对父亲说："爹，你就告诉我吧，我妈要给我说的秘密是什么？"

年逾古稀的父亲抬了抬眼皮，扫了女儿一眼："世上的事情知道的越少越好，知道的多了，是自寻烦恼。"

郭晓云的性格是很倔强的，她的固执父亲知道的。她说："你不告诉我，我就不走。"

父亲见躲不过去了，叹了一口气，说："我是怕你受到刺激，不想告诉你，其实很简单，就一句话……"

郭晓云的心都提到嗓子眼了，越不知道的事情她越想知道。到底是什么事情呢？

父亲摸了一把白白的胡须，说："我告诉你一个秘密，你不是要有其他想法，你是我们抱养的……"

"啊？"郭晓云大吃一惊，她怎么也没有想到会是这么回事，她显得有点语无伦次了："那，那我的亲生父母在哪里？为什么要把我抱给别人"

父亲的目光转向了遥远的过去，他心情沉重地讲述了一个凄厉的故事。

很早以前，北京南城房山窦店镇有一个小户人家，女人叫冯美兰，体弱多病，男人是陵园看坟的，他们的大女儿4岁那年，母亲又早产一对双胞胎，她没有奶水，家庭经济拮据，无力养活3个孩子，就把双胞胎中的姐姐抱给了别人抚养。这是一个军官家庭，条件优越。这对夫妻人到中年，还没有孩子，他们领养这个孩子后，对她爱如己出。生母冯美兰松了一口气，感觉女儿享福去了，她也就不再记挂。

可是，在她5岁那年的冬天，寒风呼啸中，养父被卷入一个政治案子中，遭到批判，被开除军籍，全家被

红尘如烟

遭送山西农村劳动改造。这样一待就是十几年，养女长成了大姑娘，他们以为就在农村要生活一辈子，便将女儿嫁给山里一个农民为妻，一连生了5个孩子，她也成了地道的农村女人。

1982年春天，娘家来了两个军人，说父亲的案子是冤案，给他平反，补发工资，按照退职在城市安置。他们全家离开了农村，把养女留在了那里。母亲感到有点亏欠女儿，就想告诉她的身世，希望她也能据此回到城里。父亲有父亲的想法，他想女儿一大家子人，她回城了，孩子怎么办，丈夫怎么办，家庭怎么办？一直拦挡妻子不要告诉她。

听了父亲的叙述，郭晓云心灵受到强烈震颤，她说不清楚自己是高兴还是悲伤。她突然感觉天也不蓝了，水也不清了。她心痛不已。她想来想去，还是要找到自己的亲生母亲，回不回城，她想给亲生父母尽一份孝道。

她的女儿把她的资料发到寻亲网上，三个月后，中介通知她，她的亲生父亲十年前已经去世，母亲还健在，一个人住在京郊一套旧式楼房里。

郭晓云激动异常，她准备了许多特产和营养品，登上了前往北京的火车。她想象着母女重逢时那种激动人心的场面，心里遐想着母亲的模样，回想自己这半生所走过的崎岖道路，心里不由得感到阵阵酸楚。

火车依旧在不停地哐当哐当地响动着、摩擦着、摇晃着，窗外暮色愈来愈浓，村庄和树木迅速隐去。走到河北境内的一个小站上，郭晓云到过道去吹风，这时，中介发来的一个短信，让她做梦也没有想到是这样的内容："经我们多次与冯美兰老人沟通，她坚持不与你相见和相认，暂勿来京，孝敬好养父母。"

第一辑　脉脉温情

半生缘

命运弄人，世事变迁，一个母亲和两个女儿生活在一起，却是不同的角色，不同的待遇。

三个不同姓氏、不同年龄段的女人住在同一套居民楼里。她们在一起生活，却各有各的想法、各有各的角色、各有各的不同的人生追求。

年龄最大的女人，名叫赵玉玲，已经70多岁了，满头银发，有些驼背，喜欢唠叨，脾气暴躁。她本来出生在一个名门望族，自小过着钟鸣鼎食、莺歌燕舞的日子。不料想他爷爷因拒绝提供军饷，得罪了一个军阀，被他们加上了通匪的罪名，满门操斩，庄园被烧掉。赵玉玲因外出玩耍，逃过了一劫。

家道中落后，赵玉玲年幼，生活无着，被一个开染坊的商人收留，将她养活到16岁，卖给山西一家开票号的豪门为家奴，从此开始了她为人佣工的下人生活。18岁那年，她和票号看家护院的男子武达相好，经东家允许，两人结为夫妻，后来相继生下两个女儿。大女儿名叫武云霞，小女儿名叫武云娥。

武达对两个女儿十分疼爱，在新疆和田给两个女儿每人买了一个绿色的玉佛小挂件，她们各自挂在自己的脖子上。家庭的经济状况虽说不怎么富裕，但是一家人在一块生活，也颇感幸福快乐。可是，后来发生的一件事情，彻底摧毁了这个本来平静的家庭堡垒。

有一年腊月，武达奉命前往太原押解一批银圆，半道被埋伏在路旁树林里的土匪团团围住，将武达等人活活打死，抢走了三车银圆。劫案发生后，东家草草将武

红尘如烟

达等人的尸体掩埋，并未发放任何抚恤财物。赵玉玲感到愤懑难平，找东家论理，其他死者家属也随之效仿。这个狠心的东家说："你男人生前和我们柜上签有生死契约，平日里我们优厚待遇养着这些家丁，护卫过程发生意外，与东家没有关系。他们是签字画押了的。这个行当生死由命，富贵在天。"东家不但没有给她任何补偿，还将她辞退了。

一个女人，领着两个女儿，没有生活来源，日子难以为继。后来街坊帮忙把大女儿介绍给一个茶商作养女。当时由中间人把孩子领过去，又把他们给的钱拿回来交给赵玉玲。对方一再强调，以后不能打听去向，不能来往。否则，孩子会不恋他们。

赵玉玲经受了失去女儿的痛苦，沉浸在忧郁的心情当中，难受了好长时间，才慢慢恢复过来。不久，全国解放了，赵玉玲在一家公私合营的食堂当了洗碗工，那时候，她不到30岁，风姿绰约，有人劝她再找一个丈夫过日子。她掂量了又掂量，担心她的小女儿武云娥受罪，还是咬着牙放弃了。她一心要把女儿养大成人，对得起她死去的男人。

武云娥对于母亲的爱，看在眼里，记在心上，她发愤学习，要给母亲争一口气。经过12年的苦心打拼，武云娥考上了北京一所大学，母亲高兴得嘴都合不拢。给她准备铺盖、准备衣服、准备零花钱。女儿离开母亲那天，母女俩都哭了。

为了供女儿上学，母亲替人值班，下了班又去找零活干，凭借自己的汗水和力气，给女儿积攒学费。女儿知道家里的情况不好，关一分钱上都有母亲的汗水。她从不乱花一分钱，而且，自己参加勤工俭学，星期天出去打工挣钱，一放假就赶快回去看望母亲。

武云娥大学毕业后，在北京找到了一份稳定的工作，

第一辑　脉脉温情

也成了家，她把母亲从老家接了过来，和自己一起生活。丈夫是一个书生，性格孤僻，不善言辞。他不愿意和岳母在一起生活，为了此事，两口子经常吵架。丈夫要过他的所谓二人世界般的小日子。武云娥怎么能不管母亲呢，她一个人孤苦伶仃，武云娥怎么能放心呢。两个人谁也不让步，最后，丈夫用离婚吓唬妻子，他说："你在你母亲和我之间做个选择，你要和我继续在一起生活，你母亲必须离开；如果你选择和你母亲在一起，咱们就离婚。"

武云娥是一个急性子，他二话没有说，拽过离婚协议书，签上了自己的名字。丈夫本来是吓唬她的，没有想到她却当了真。事已至此，他也不好反悔。曾经托同学找赵武云娥说清，希望能挽回婚姻，遭到武云娥的拒绝，她说："我不能和遗弃老人的人生活在一个屋檐下。"

离婚后，武云娥和母亲生活在一起。她每天要上班，母亲一个人在家，她还是不放心，她毕竟年龄大了，有个什么不舒服时，旁边没有一个人也不行。她想来想去，必须给母亲找一个保姆。

他和同事在一起议论此事，同事告诉她，现在保姆不好找。有的保姆虐待老人，有的保姆偷窃主家的钱财。要找必须找知根知底的人。这样一来，武云娥打消了通过中介公司找保姆的想法。她在小区里打听谁家的保姆人品好，就托她帮自己家找一个。

有一位山西籍的阿姨介绍过来她的一个老乡，年龄大一点，人中等个子，清清廋廋的，名叫魏爱萍。她原来在另一个小区看小孩，那孩子的奶奶马上退休要过来，就不用请保姆了。

魏阿姨显然是一个勤快、精干的女人，她把家里收拾得干干净净，一尘不染。她的烹饪技术好，做出的饭菜，赵玉玲和武云娥都喜欢吃。三个女人在一起生活，看似

红尘如烟

平平淡淡,什么事情也没有了,后顾之忧没有了。其实不然,麻烦才干刚刚开始。

不知道为什么,老太太赵玉玲对魏阿姨横挑鼻子竖挑眼,总是不待见她。老太太72岁生日那天,魏阿姨做了一桌子好菜,本想和武云娥一起好好给老太太过个生日。魏阿姨刚坐在饭桌旁,老太太瞪了她一眼,呵斥道:"一边去!谁家下人和主人同桌吃饭。"魏阿姨感到非常尴尬。武云娥出来圆场:"妈,您怎么能这样呢,阿姨也是自家人。为什么不能同桌吃饭。"

"就是不行!我过去给人家当下人的时候哪像她这样,分不清谁是主人谁是仆人了。"

"那是万恶的旧社会,现在时代不同了,保姆也是人,也有尊严。我们不能照搬旧社会那一套。"

魏阿姨坐在了厨房门口的小凳子上,她说:"今天是老太太的好日子,只要她高兴,我坐在哪里吃都一样香。"

武云娥有些不好意思地说:"阿姨,您别在意,我妈人老了脾气古怪,您就多担待一点。"

魏阿姨说:"没事,没事,吃饭。"

老太太斜瞅着魏阿姨说:"保姆就是下人,下人不能和主人平起平坐,更不能顶嘴。"

有一天,魏阿姨上街去买菜,回来发现家里发生了异常变化,凡是能上锁的地方,都锁上了大小不一的锁子。看到这些情景,魏阿姨心里不是滋味,这不是明摆着把自己当贼防备嘛!她本来就心中不快,身上的汗水还没有干,老太太喊道:"快放水,我要洗澡!"

魏阿姨把菜篮子放在厨房,急忙去放水,试好水温,她把老太太扶到卫生间帮她搓澡。无意中她发现老太太脊背的左侧有一块红痣。她说:"大妈,您背上有一块红痣。我母亲背上也有这样一块红痣,小时候,我俯在

第一辑　脉脉温情

她背上玩，老用手去抠红痣，母亲扭过身子在我的屁股上轻轻地拍一把。"

老太太不知道为什么事情又在生气，她没有好气地说："哪有什么奇怪的，世上背上有痣的人多了去了。"

魏阿姨总是感到自己和老太太说不到一块去，她甚至想不在这里做了。这一天。武云娥从杭州出差回来，特意给魏阿姨买了一件真丝内衣，她让魏阿姨试大小。魏阿姨脱掉衣服，露出了胸膛的小玉佛，武云娥惊奇地叫了起来："您也有这样一个小玉佛，和我的一模一样。"武云娥解下自己脖子上的小玉佛和魏阿姨的比对，一点都不差。武云娥说："魏阿姨，您这个小玉佛在哪里买的？"

魏阿姨说："不是买的，是我爹爹送给我的。"

"是吗？天下竟然有这样奇巧的事情，我的小玉佛也是父亲给的。保不准我们还是一家人呢。"

"怎么会呢。"魏阿姨淡淡地说："你是城里的千金小姐，我是农村的老妈子。"

"我们也不是天生的城里人，也是从农村来的。"

武云娥单位安排给直系亲属免费体检，她领着母亲去了医院，魏阿姨在家里洗衣服。

她们回来时发现衣服晾在阳台上，却不见魏阿姨的人影了。她的行李也不见了。老太太一下子发了慌，不停地唠叨："我说外面的人靠不住，你不信，你看看，把家里值钱的东西肯定被她卷走了。"说着就检查起家里的现金、存折、首饰等贵重物品，却一件不少。

武云娥在茶几上发现了一张纸条和一把钥匙。她拿起纸条一看，只见上面写道：〖HTK〗云娥妹妹，你本不该叫我阿姨的，我是你的同胞姐姐武云霞。只因小时候家中发生变故，我被辗转卖了几家，姓了养父的姓氏。我来城里当保姆，只想有个落脚的地方，在首都看一看，家中有儿女，有孙子。我没有想到老天安排我和生母在这里见面，我已经断定老太太就是我的生身母亲，我不怨她当年把我卖给别人，我想在她身边服侍她，尽一份女儿的孝心。但是，她不待见当保姆的人，好像跟我们这些人有什么深仇大恨似的，我无法与她相容，我受不了她的这种歧视，而且是母亲的歧视，我只好选择离开，请原谅我的不辞而别。拜托你照顾好母亲，不要告诉她我就是她的女儿。也不要找我，就当我是个传说吧。

再见了，亲爱的妹妹！

你的姐姐：武云霞

看到这里，两行热泪从武云娥脸颊上滚落下来。她打开手机给姐姐武云霞打电话，结果是提示音：对方已经关机。

我想见她最后一面

被父亲疼爱的小女儿，临终前也没有见上她一面，这是什么原因？

父亲在农村辛苦劳动了一辈子，流尽了汗水，吃尽了苦头，他从来没有消沉过，总是乐呵呵地面对一个又一个困难，吃尽千辛万苦把我们拉扯大。

父亲总是对我讲，不要迷恋荣华富贵，平平安安，团团圆圆是最大的幸福。岁月的磨炼，雕刻了他脸庞上的皱纹，风霜染白了他的稀发，坎坷造就了他坚韧乐观的秉性，他是我们家的顶梁柱和主心骨，遇到什么难办的事情，只要父亲在，我们都不怕，在他身边，我们自

第一辑　脉脉温情

小有一种特别放心的安全感。

光阴荏苒，日月如梭。如今父亲年龄大了，身体也大大不及从前了。仍然在为家庭的事情操心操劳。每当别人家的孩子回来了，我发现父亲眼里流露出一种难以言表的羡慕。是啊，团圆是最温馨的时刻，盼望着儿女们回到自己身边，是每一个老人共同的渴望。

我也在外地工作，尽管有许多理由，有许多借口，我依然放弃不提。每当逢年过节，即使火车票再难买，路途再遥远，我都要想方设法回到老家，和父亲一起过年。

可是，小妹三年都没有回来了。国庆节的时候，我回去看望父亲，发现他望着挂在墙上的相框发呆，原来是在看小妹的照片。显然，父亲想他的小女儿了。他对我说："回去了，有时间给你妹打个电话问候一下，她在外地人脉生疏，是不是遇到什么难处了。"我记住了父亲的叮嘱。

小妹出嫁后，和妹夫在海口做生意，他们已经有了一个五岁的女儿。

回到南京，我给小妹打了电话，我告诉她，父亲想念她，今年过年一定要回家和父亲一起过年。她说他们生意破产了，欠了许多债，也没有钱回家。我说有钱没钱，回家过年。我给她打过去一笔路费，嘱咐她一定要回去，父亲年事已高，有今天没有明天的，不能再耽搁了。

我请了年假，腊月 25 就回到老家，帮助父亲准备年货。到腊月 28 日下午，小妹一家回来了，她还特意给父亲买了一个手把镶铜的拐杖，父亲爱恋地用粗糙的手掌抚摸着拐杖，我感觉他就像抚摸我们的头发那样温馨。父亲特别高兴，把外孙女搂在怀里，笑眯眯地问小妹海南是不是热的难受，饭菜能不能吃惯。这个春节，家里特别温暖，一家人高高兴兴地过年。

红尘如烟

按照我们渭北一带的习俗，除夕下午4点左右吃了晌午饭，晚上要在一块儿喝酒，长辈给晚辈发压岁钱。

喝完酒，春晚还没有开始，我们在一起说话。父亲说："有个事情和你们商量一下。老二的媳妇已经定下了，过完年到三四月暖和的时候，家里准备给他盖房。我卖苹果攒了一些钱，但是，还不够，你们两家都拿一点吧。"

我发现小妹和妹夫的脸色变了，我赶快给他们使眼色。我对父亲说："没有问题，弟弟的婚姻这是大事，我们当哥哥的，当妹妹的自然要帮一帮。"

第二天，我到城里的柜员机上取了两万块钱，给了小妹一万，我们分别把钱交到父亲手里。

父亲说："盖房的时候，你们不用回来，忙你们的，现在房好盖，材料备好包给工程队就行，家里有我监工。"

正月初六，我们就离开家乡，返回各自生活的城市。忙忙碌碌的一年又开始了，不知不觉几个月过去了。

4月初的一天，我突然接到二弟的电话，他说父亲从房顶上掉下来摔成了脑震荡，正在县医院抢救，让我们赶快回来。他还让我给小妹打电话。可是，小妹的手机我打了很多遍也没有打通，说是无法接通。我只好先行上路。

回到县上我直接去县医院抢救室，那里已经是人去楼空。后来在太平间的门口看到了穿白戴孝的小弟。父亲已经过世。

弟弟看见我忍不住放声大哭。我安慰弟弟不要伤心，事已至此，要赶快准备后事。我问他父亲在弥留之际说什么没有，他说："父亲快咽气的时候拉住我的手说，你要记住还你哥和你妹的钱，他们也不容易。他从怀里掏出小妹小时候的照片对我说，我想见她最后一面。我急忙给你打电话。谁知道他捏着小妹的照片就这样走了。"

> 第一辑　脉脉温情

安葬了父亲，我们家里没有了活力，大家心情都很沉重。我更是担心小妹是不是出什么事情了，为什么电话一直打不通。

一晃半年过去了，新的一年即将来临了。这天晚上，我在看新闻，突然手机响起了，显示是国际电话，是印尼的巴厘岛。我感到奇怪，我在那里并没有什么熟人，是谁打的电话。我一接听，竟然是小妹。她在电话里兴高采烈地说，他们来到巴厘岛贩运服装发了大财，有钱了，今年要和我一块回老家给父亲拜年，好好尽孝。我说什么呢？我说你赶快回来吧。

我不能先告诉她父亲已经去世的消息，我担心她会昏厥。等她回来以后再慢慢说罢。如果，当她知道了父亲已经过世的噩耗时，她会是一种什么心境，后悔、遗憾、自责会接踵而来。

小妹两岁半时母亲就去世了，是父亲一手把她抚养大的，她是父亲的最爱和贴心小棉袄，如今阴阳两隔，纵然有撼天孝心，又在哪里去尽孝呢？

我突然明白了一个道理：/尽孝要趁早，后悔憾千年。

我的房东

一次驻村的特殊经历，老百姓的厚道让人感动。我们公务人员不为老百姓干事就感到内疚。

那是一个初春的季节，渭北黄土高原地面上冒出一片鹅黄色的嫩芽，丘陵沟壑区向阳的地方，大片的麦田开始泛青，绿茵茵的，追逐着微波，向关中庄稼汉们透

红尘如烟

露着春天回归的信息。农村人忙碌着收拾家具，上山进沟，准备植树造林。

最近，县里安排部局长深入基层，统一要求到农村去蹲点5天，了解农民的生产生活，征求他们的意见和建议，帮助他们解决一些困难和问题。处理完机关的紧急公务，我和驾驶员老冯驱车来到我所联系的北台村。

村支书张振宝将我安排住在三组宋纪林家里。老宋今年51岁，瘦削的面颊上，两只大眼炯炯有神，给人一种精明强悍的印象。老宋是党员和支委，前几年担任过村支书。如今，他家里有4口人，饲养着3头奶牛。大女儿在乡中学任教，已经结婚成家。老伴是一个慈祥的老人，身躯微胖，忙里忙外，一刻也不消停。儿子开着一辆金蛙牌的农用车，为养畜户运送饲料，从村头往县城来回跑着接送旅客，常常回到家里两头不见太阳。

老宋家的瓦房盖在地势较低的土坑里。坐北朝南有3间上房，布局是那种最传统的样式，一明两暗，中间是过道，两头是厢房。不太大的院子里还有两间西房，一间是小女儿的闺房，一间是灶房。东边有两间简易房是牛栏。南边安着木质街门。这是一所北方典型的小四合院的格局。上房的东厢是老宋两口的卧室和会客厅，摆着一对人造革单人沙发，盘着一铺大炕，里面的陈设相当简陋。

老宋一家十分热情地将我让进东厢房，大家各自坐定。宋大妈给我们泡茶、递烟，和蔼真诚地招呼着客人。老宋的脸上带着庄稼人那种憨厚朴实的笑容，他望着我兴奋地说："你来我们村好啊，你父亲在北台蹲点时就住在我家，他可是个好干部，我们村里的人都很尊敬他。"张振宝说："你父亲是从基层干上来的，对农民特别有感情。"老宋仰面望着屋顶，对我说："你不知道，我的家里原来家大人多，住宿紧张，这个房子，还是你父

第一辑　脉脉温情

亲跑来跑去，给我联系批的木材指标盖起来的。可惜，他不在了。我们永远忘不了他。"这时候，满屋子的人沉默不语了。我非常感动，我为群众的深情厚谊所感染，我为自己的父亲而感到骄傲和自豪。父亲作为一名乡镇干部，在他足迹所至的地方，群众这样拥护他，这是我始料未及的。父亲一生耿直，视事业如泰山，视百姓如挚友，他的人缘极好，以至于在他去世14年后的今天，经常有人见了我还在问候他。父亲离我们而去了，他留给我们兄妹这样一笔巨大的无形资产，让我觉得他的身影时常浮现在我的面前。也许，我来这里蹲点，纯粹是沾了父亲的光。走进村里，人们好像都跟我很熟悉似的，我几乎觉得他们都是陌生的，他们却热情的和我打招呼。我听见一位牵着一头黑白花奶牛的老汉给站在村头的几个人说："这是老王的大后人，是咱县的交通局长。"我朝他们微笑着，算是回应他们。回到老宋的家里，三组的组长和刚从地里回来的几个乡亲们来到了老宋家的上房，我们相互拉着家常，给我一种回到老家的感觉。我借此机会讲了县里的发展思路和设想，诚恳地请乡亲们谈谈看法。"政策好，天帮忙，人努力才有农业的丰收，现在种地农民的负担太重，大家都不想种地了……"老宋首先开口，他思维敏捷，看问题一针见血。他的一些颇有见地的观点，使我感到震惊。在这寂静的小山村里，望着他们饱经风霜的面庞，听着他们思想深邃的言论，我才真切地感受到，中国农民是一个伟大的群体，他们的创造意识和为了生存而顽强拼搏的那种自强不息的精神，是任何理论家、预言家难以想象的。或许是旁观者清楚的缘故，我觉得，农民这些令人耳目一新的建议，在我们曾经制定的地方优惠政策中是无法杜撰出来的。

我和几个不知姓名的中年农民在一块交谈着，大家说着实实在在的话，没有一丝一毫的虚情假意。老宋抬

红尘如烟

头看窗外天色不早了，自己出门到牛栏去了。支书张振宝对我说："你先歇一会，晚上咱们召开两委会联席会，请你去和大家见见面，讲一讲县上的新政策。"他说完就出去找文书老黄通知会议去了。其他老乡也都相继回家安顿自家的家务。我送他们出来，走到院子才发现，天早已经黑了。牛栏挂着一个灯泡，老宋正在那里挤奶。他偏过头来对我说："你不要急，先歇一阵，喝完汤，咱们一块去开会。"我知道我们当地人把吃晚饭叫喝汤。我给他解释说，我到村里来之前，在家里是吃过了饭的。可是，他坚持要我再吃一些，非吃不可。说着话，他把奶桶提出来放到灶房隔壁的房子里，桶口蒙上纱布。灶房的灯亮着，宋大妈系着折腰，在灶前忙活，锅里传出蔬菜倒进热油中发出的吱啦声，一种饭食的香味飘出门户，满院生香。老宋的儿子坐在灶前帮母亲烧火，他开着农用车刚从县城回来，从早到晚也非常辛苦。

老宋洗了手，和我先后走进上房，刚刚坐定，他儿子端进来两碗炒面，硬性给我的手里塞了一碗。老宋笑着说："你不要嫌弃，到我的家里就像回到你的老家一样，如果让你饿肚子，我在百年之后怎么去见你的父亲呢。"我笑着说："我饿了会自己要吃的。"

吃完饭，我跟着老宋去村上开会，他胳肢下夹着手电筒，走在我的前面，不断给我提醒说："农村的地方路不平，不比城里的洋灰马路，你抬脚落脚要小心，崴了脚特别难受。"我突然发现，他就像我的父亲一样，生怕我摔倒，生怕我受到伤害，他不断地提醒着我，给我一种长辈的呵护。我记得小时候，也是一个夜晚，月亮很亮，父亲领着我去村上的饲养室记工分。他发现我走起路来像辫蒜辫子一样，两个脚骨老是交叉相碰。他走在前面给我示范。父亲说："人一生走路的姿势非常重要，从小就要走端行正，养成良好的习惯。"我学着

第一辑　脉脉温情

父亲的样子，走了几次，脚骨不碰了，原来磨出血的地方结了干痂，后来也脱落了。这种正规的姿势一直沿袭到今天。现在，老宋，一个和我素昧平生的农民，也这样关心着我，爱护着我，使我深受感动。

村上开会等人比较费时间，讨论抓示范田的问题，一直到深夜。回到家里，宋大妈早已经把北房西厢的炕烧热了。铺着新的铺盖。老宋端进来一盆热水，拿来一条新毛巾，站在那里看着我烫脚。他说："烫一烫脚解乏，你父亲就有每天晚上烫脚的习惯。"困胀的脚板放在热水中，我觉得血脉在奔腾，一股暖流直涌我的心田。我真正感到是回到了自己的老家。

安顿我睡下后，老宋又到院子忙什么去了。我看了一会儿报纸，不知什么时候就睡着了。半夜里，迷迷糊糊，我听见院子里风声在呼呼作响，窗下的炕眼门前传来轻微的响动。我拽了一下开关，电灯亮了，一看放在枕边的手表，时辰正是凌晨两点。院子传来宋大妈的咳嗽声，她蹲在窗前给我烧炕。我忽然想起我那位贤惠善良的母亲，多少个冬夜，在寒风中，她俯在炕眼门前，为了使我延续温暖，不顾缭绕的烟火对自己眼睛的熏燎，不顾夜风穿透衣衫。我心里感到非常过意不去，后来就再也没有睡着。天麻麻亮时，我起了床，来到院子。宋大妈在扫地，却不见老宋的人影，我以为他在睡觉。宋大妈说："他四点半就起来到县城送鲜奶去了，不管刮风下雨，天天都是这样，人家订了奶，我们过年都不能停的。"我记起来了，昨天晚上，我们在一起说话的时候，我看见老宋在洗着那么多的葡萄糖瓶子，有一斤装的，有半斤装的，外面都贴着一小块胶布。当时，我不明白他洗这么多瓶子干什么。城里人用货币的换取来享受农产品的鲜嫩，而农村人的每一毛钱上都浸透着他们辛苦的汗水。

红尘如烟

走出这个地坑式的院子，来到村头。风声沙沙，树影婆娑，小鸟欢快的啁啾着，花狗卷着尾巴在巷子里奔跑。大人、小孩们各忙各的事情，没有一个闲人。感受着不同城市的氛围，站在大自然的宽敞的胸膛上，我心潮澎湃。

我抬起头来，只见金色的朝霞从东天喷射而出，道路两旁的速生杨，被涂上了一层金红色。在林荫道的中央，一辆自行车从南边的土路上朝北驶来了，晨风吹起他的衣衫，我看见他离我越来越近，原来是老宋从城里回来了。

哦，我永远难忘的房东。//

她是这样一个母亲

一个为了女儿，不惜牺牲自己一切的女人。

我原以为自己与她非常熟悉，其实，我对她的许多事情并不清楚。那是初夏的一天，我在周原市商业街的人行道上，意外地与她邂逅。她背着那个米色的坤包，还是那么热情，主动伸出手来和我相握。在我和她握手的一瞬间，我感觉到了一种异样：她的右手怎么没有小拇指？是我以前没有在意，还是后来发生了什么变故？我感到纳闷，又不好问她。我只是在她的脸上看到了一种隐隐的忧郁。她邀请我到她单位去，并说中午要请我到重庆火锅城去吃饭。我婉言谢绝了，我已经离开了那个系统，我不想给人家添麻烦，就说自己有事，要赶快去办。她有些遗憾地说："那就下次吧，你到市上来，

第一辑　脉脉温情

一定要来找我。"我笑了笑，未置可否，招手让她去忙自己的事情。她和我打了招呼转身汇入人流远去了。望着她的背影，我不由得想起了以前的往事。

她叫杨丽娜，是一个朝鲜族姑娘，老家在丹东市。她父亲杨卫东是宏声器材厂的工程师，七十年代初，这个厂从江西吉安迁到了西北，她跟随家人也来到了这里。读完高中后，没有考上大学，就提早就业了。十八年前，她在我的上级机关办公室工作，由于业务联系较多，每次到市上来都是她接待，渐渐地，我与她熟悉了。加上我的同学洪云霞和她在一块工作，我们便成了相互倾诉的好朋友。

我第一次见她的时候，印象非常深刻。她身材苗条，皮肤白皙，一头浓黑的乌发像瀑布一样在脑后飘落下来，是一种自然的发式。在当今世界几乎所有女性对父母赐予她的原装面容整顿和改造的潮流中，她没有烫发、没有文眉，没有戴耳环、没有戴项链、没有戴戒指、没有涂口唇。但是，她很美，是一种原生态的美。

洪云霞是一个活泼的姑娘。有一次，我到市上来办事，她俩陪我吃饭。洪云霞给我讲了一个有关她的笑话。她说有一次省上一位领导来到市里检查工作，杨丽娜全程负责接待，她热情周到的服务给这位领导留下了美好的回忆。半年后，他又一次来到市上调研，却不见杨丽娜的人影，在吃饭时，他问洪云霞："杨娜丽同志到哪里去了？"洪云霞咯咯地笑着说："人家不叫杨娜丽，叫杨丽娜，她陪父亲到上海看病去了。"

我记得那是1997年的夏季，市上组织各县区的宣传部长去广元市考察学习，杨丽娜和洪云霞随团为大家从事联络和服务工作。我们住在利州宾馆，与《经济圈》杂志社等新闻单位召开了座谈会，相互交流了工作经验。在完成考察任务之后，东道主推荐我们去举世闻名的九

红尘如烟

寨沟看一看。我们长期生活在基层，很少有外出的机会，大家都想一饱眼福。如此这般，这件事情就这样确定了下来。杨丽娜到火车站广场去租了一辆大轿车，我们就高高兴兴地出发了。

那时候，南坪县（后更名为九寨沟县）的公路还没有修好，一路颠簸，一路灰尘。尽管如此，走进人间天堂九寨沟，大家都非常高兴。我们将车一直开到原始森林的边缘，大家欢呼着，吼叫着，从来没有这样放松过。不料，天空突然下起了大雨，我们准备返回，汽车却怎么也发动不起来。眼看天就要黑了，伙伴们非常着急，有的人不耐烦了，就骂骂咧咧的。我看见杨丽娜背着那个米色的坤包，在雨林里穿梭，她好像在哭，脸上不知是泪水还是雨水，顺着面颊朝下流。她不断地向我们道歉，她说她没有把事情办好，对不起大家。洪云霞一点也不示弱，她昂着头和埋怨她们的人吵架。我想这也不能怪她们，机械故障谁也不能预测。就在大家坐在车里避雨的时候，杨丽娜在泥泞的土路上奔波着，她和那几个仅有的小型农用车的司机讨价还价，最终雇用了4辆三轮车，分别将大家送下了山。

第二天早晨吃饭的时候，没有见她到餐厅来。我问洪云霞，她说杨丽娜昨天晚上送完人已经是凌晨三点多了，车厢太小坐不下，她跟着其他游人步行走下来快天明了。她淋了雨，在发烧，刚刚吃了一点药才躺下。听了她的话，我心里感到难受，我们都是男子汉，却让一个弱女子夜间步行！

太阳出来了，我们走出了木板楼，雨后的九寨沟就像沐浴后的少女，更加妩媚动人。杨丽娜换上了一身新衣服，和我们一块来到珍珠滩瀑布。有两个当地的藏民抬着一块木板放在瀑布前沿，供人们照相。她站在木板上和美丽的大自然融为一体，真是山美水美人更美，我

第一辑　脉脉温情

喊来摄影师拍下了精彩的瞬间。

我们走在天然氧吧里，感到心旷神怡。她边走边给我们讲解九寨沟的特色和神奇之处，我获悉了从前不知道的许多知识。我想，她肯定是在出发之前查了许多资料背诵下来，为大家的川西之旅提供诠释，这并不能说明什么。可是，当我们来到竹楼喝茶时，电视屏幕上有一个瘦弱的老汉在讲清史，当他讲到清朝的皇帝数目和执政年代时，杨丽娜说："他讲得不对，清朝始建于公元1616年，初称后金，1636年始改国号为清，1644年入关。不算努尔哈赤、皇太极和福临，总共是10个皇帝，顺康雍乾嘉道咸同光宣，从他们统治全国的1644年算起，到民国告成的1912年，清朝实际执政时间是248年。"我被她的这番话惊呆了，如果说，她熟悉九寨沟是为了这次旅行，那么，这谁也想象不到的历史问题，来源于她知识的渊博。知识美增添了她魅力的内涵，我不得不对她刮目相看了。我们这些人经常舞文弄墨，几乎每天与书本打交道，自以为是有学识的人，在她面前，我感到自己非常渺小和浅薄。我想起来以前看见她的情景，每次到她的办公室去，她都在学习，我不明白一个高考落榜多年的少妇，还这样下功夫有什么用。我记得有一次在会议期间，下午我们去渭河公园散步，我发现她坐在一块石头上在织毛衣，前面放着一本打开的书，用那个坤包压着一角，她在一边干活一边背诵英语单词。我偏着头走过去，讥讽她："这样刻苦，是想考状元吗？"她笑着抬起头来："我担心把以前学到的一点知识全部忘光，我就成了一个彻头彻尾的俗人了。"

她在公园苦读的这张画面一直镌刻在我心灵的深处，每当我滋生懈怠情绪的时候，我就不由得想起了她的话，她一个做具体工作的人这样发奋学习，何况我们从事综合工作的呢。

红尘如烟

在九寨沟的日子里，我不止一次听她念叨自己的儿子，显然她很想他，不时将照片拿出来端详。那晚，其他人围着篝火跳舞的时候，我和她坐在旁边喝茶，也许是为了打发无聊的时光，她向我诉说了她的家世。

杨丽娜的母亲名叫韩咏梅，原来是第十一野战军歌舞团的舞蹈演员，自从生了女儿以后，她主要做舞蹈教学工作，后来跟随丈夫转业来到西北，在周原市工人俱乐部工作。杨丽娜的对象名叫莫广生，是长安韦曲镇水磨村人，原来在槐芽林场工作，业余爱好写作，被调到眉坞县广播站当记者，后来又被调到民政局当干事。他每年要发表120多篇稿件，被市上看中，借调到双拥办，在那里干了五年，当上了副科长。儿子叫莫超尘，已经12岁，在读小学六年级。

她和人交谈，非常专注，双目望着你，观察你的表情，好像要看透你的心思。也表现了对对方的尊重和在乎。她说话的声音很轻，有一种流畅的音节美。这些细节，都给我留下了深刻的印象。

那次外出回来后，我离开了宣传系统，到县政府办公室当主任。由于不在一个系统，我和她再也没有见面。有一年春天，我去市上办事，在市政府二楼的过道里，碰上了张秘书长和一个身体略胖的中年人。张秘书长给我们互相作了介绍，他对我说："这一位叫莫广生，是秘书四科的科长，才从双拥办调过来。"我和他握了手，问他："你爱人是不是叫杨丽娜？"他说："是啊。"我这才把他们夫妻对上了号。后来基本上就没有什么联系。只是前年初夏的一天，我去市场买菜，意外地碰见了她，她还是背着那个米黄色的坤包，手上托着她的儿子，不时擦着他额头上的汗珠。我嗔怪她："你到我们县上来了为什么不给我打电话？"她笑眯眯地："我是准备到陇县去，路过这里买个东西，不便打扰。"我一看到了

第一辑　脉脉温情

吃饭时间，叫他们去吃中餐，她说什么也不去，我只好在西关市场给他们母子两人买了两碗羊肉泡馍。

她搬过来两个凳子，用纸擦干净，让儿子坐下。把蒜剥好交给他，让他慢点吃，不要烫着了。看样子她非常爱她的儿子。我深深地被她感动了，母爱是世界上最伟大的爱，爱孩子是女性最动人的一面。那时候，我并没有发现她的身体有什么残缺。

我常常在想，一个女人怎么会无端没有了小拇指呢？这到底是怎么回事？这个谜团在我的心里一直不能释然。

在市上召开"两案"交办会期间，休息的时候，我来到万卷书城看书，与洪云霞邂逅，她领着她的女儿在选购复习资料。看见我，她感慨万千，少不了埋怨，少不了揶揄，少不了玩笑。我应付着，问她杨丽娜的手指是怎么回事，她告诉了我事情的真相，还有我怎么也意想不到的事情，让我大吃一惊。

原来，父亲去世后，母亲和一个老干部成了家，对方的儿女很多，没有房子，老头就搬过来住在母亲家里。杨丽娜和莫广生在摩天院租了两间民房住了下来。有一次下大雨，山体滑坡，房屋倒塌下来，莫广生去杨凌培训，不在家。就在屋顶塌陷的一刹那，杨丽娜用自己的躯体把熟睡中的儿子挡在下面，儿子没有受到损伤，她的右手拇指却被楼板给切断了，鲜血直流，当人们把她从废墟中救出来时，她紧紧地把儿子搂在怀里……这一幕，让现场的人潸然泪下。洪云霞对莫超尘说："尘尘，你的第二次生命也是你母亲给的，你要好好学习，报答她的恩情。"这个孩子非常懂事，刻苦学习，每次考试都是年级第一，他还参加全国奥林匹克数学大赛，得了二等奖。杨丽娜是何等的高兴，何等的快乐。谁知厄运向她悄悄袭来。在莫超尘上高二的那年冬天，他的体质突然变得很弱，脸色苍白，成天没有精神。杨丽娜和丈夫莫广生领着他去医院检查，结果让他们难以置信，他患上了白血病，要进行骨髓移植。两口子领着儿子到上海、北京求医，也没有救下儿子的性命。儿子夭折后，给他们的打击可谓刻骨铭心，杨丽娜放声大哭，嗓子也哑了。儿子是她的希望和依托，母子连心。她把自己那截断指找来，与儿子的尸体一起火化了，她不能离开儿子。我知道，像她那样的年龄，不可能再生孩子了，可是，她那么爱孩子，没有孩子，她的日子怎么过呢？

一周后，她背着那个米黄色的坤包，又走进了办公室。人们感慨地议论着，这样一个弱小的躯体，包裹的却是一颗刚强的心灵。

莫广生在市政府工作了三年，被任命为城管执法大队副大队长，在一次强行拆迁过程中，与当事人发生纠纷，被一伙歹徒打伤，医治无效去世了，享年45岁。杨丽娜成了孤独的一人，她只好和母亲、养父在一起生活了。

我的心灵受到了强烈震颤，当灾难纷至沓来的时候，作为一个社会自然人，她如何能抵御得了这些打击呢！我想去看望她，但是，一直鼓不起勇气，我在想，我去了说些什么？能给她什么样的安慰，说什么能弥补她心灵的创伤呢。

被隐瞒的忠诚

一个有担当的男人，一次意外之后发生的故事。

我参加工作早，那时候年龄比较小，在单位里成了同事们玩耍的对象，倒与大家的关系非常默契。当时，

第一辑　脉脉温情

电信局与武装部、县中队划归军队管理,说是保密单位,外边的人感到非常神秘。我记得,有一天,我去送电报,在水桥巷口,县中队一个站岗的浙江籍小兵,放下枪,叫我与他在旁边的碌碡上压板桥。我们玩得正在兴头上,没有想到让走出后院的指导员发现了。那个小兵被狠狠地收拾了一顿。他低着头站在那里,一句也不言语,却不时偷看训他的那个人的脸。虽然受了挫折,背过领导,他还是老想着疯狂一把,看来,孩子的天性难以收敛。我们电信局几个伙伴也是一样。有一天,我们五人相约,天刚拂晓就起床,骑着绿色的邮电专用自行车,翻山越岭,跑到宝鸡去看朝鲜电影《卖花姑娘》,看着看着,都掉起了眼泪。散场后,我们到新民巷的小饭馆去,每人吃了一大碗馄饨,擦着额头上的汗水,唱着歌儿,又上了路。我们蹬着车子翻过逶迤蜿蜒的千阳岭,回到县上,个个累得就像一摊烂泥,倒在床上不想动弹。

我的职业是报务员。报房设在一间坐东朝西的厦房里,门口挂着闲人免进的警示牌,非本室工作人员不得入内,就连本局的同事多年也没有进去过一次。当时保密的要求很严格,其实里面也没有什么机密,只有一部无线电台和一部半导体电报机。报房靠南是一间井房,屋顶像个亭子,四角有四个砖砌的立柱,井上有一个老式的辘轳,缠着牛皮绳。那时候还没有自来水,局里买了一个小水泵往灶房的水瓮里抽水,每次抽水前必须先绞一桶水上来灌进管子里,才能抽上来水。抽水的时候,大家都主动去帮忙。炊事员是一个从农村请来的老汉,姓刘,我们都叫他刘师。我记得那是冬季的一天,刘师穿着一身黑棉袄、黑棉裤,他按着管子头。韩存功一开电闸,一股井水从管子里突然冒了出来,把刘师从头到脚浇了个透,他的下巴、裤角水流如注,浑身哆嗦,牙

红尘如烟

齿当当作响。苟书林抱来一捆蒿子放在当院点着,拉着刘师去烤湿衣服,火光冲天,只觉脸烧难耐,可衣服总是烤不干,到最后也只是光冒热气而已,看着刘师的狼狈相,大家想笑不敢笑,也不好意思笑。

刘师就住在灶房隔壁的房间里,那里盘有一铺土炕,他每顿做完饭,就把火渣铲到炕筒里去烧炕,他非常怕冷,一向爱睡热炕。每天开完早饭,他都要睡一觉,然后上街买菜,准备午饭。有一天,他睡过了头,醒来后提着竹篮子去蔬菜门市部买菜,人家早就下班了。那时没有自由市场,他连一点菜也没有买到。没有办法,他就把老坛子里腌制的蒜薹拿出来,给大家凑合了一顿,引起员工不满。加之他的做饭手艺一般,只能做一些山庄人吃的家常饭,并不会做菜,大家意见较多,局里找了一个借口,就将他辞退了。

接手叫周云亮,四十多岁,留着平头,人精干利落。他住在龙槐原村,本是河南汝阳人,早年随父亲逃荒到关中西府落了户。周云亮烹饪技术精湛,赢得了大家的好评,他的待遇也比其他炊事员高。可是后来发生的一件事情惹下了麻烦。大概也是一个冬天,野外已经落了霜,早晨起来,玻璃窗上结着一层冰。周云亮的媳妇即将分娩,他要回家去伺候媳妇坐月子,炊事员这份工作他不想让别人代替,他担心他离开一段时间会失去这份挣钱的门路。于是,他私自做主,没有告诉单位,让父亲来替代自己。周老汉已经六十八岁了,他在生产队是喂牛的。他弯着腰,老态龙钟,个人卫生也很差。我记得,我去高崖报到前,在局里吃的最后一顿饭是凉拌茄子。他把切成片的茄子从蒸笼里取出来,两个手捂着一捏,那黑水哗哗地落在了地上,我不知道那是茄子本身的黑水,还是他手上污垢形成的黑水,我觉得非常恶心。从那以后,我一看见凉拌茄子就想吐,几十年也

第一辑 脉脉温情

没有再吃过那个东西。周云亮回来后，军代表在大会上批评他说："电信局是要害部门，叫你来是让你给革命同志搞好伙食，你却把你爸这个生产队的饲养员叫来给我们做饭，你把我们这些革命同志当牲口喂不成？……"不料，周云亮并没有示弱，他站起来说："军代表，你不知道，牲口比人难喂，人白天只吃两顿饭，牲口还要吃夜草呢，我爸将十几头牛都喂得膘肥体壮的，还能把你伺候不好？……"军代表的脸一直红到了脖子根，他的眉毛紧锁起来。有人慌忙拽了拽周云亮的衣角，拉他坐下，示意他不要和领导顶嘴，他才气呼呼地坐下了。这件事情过后，周云亮自然也被炒了鱿鱼。接替他的人也是一个中年男人，家住在城内三队，姓李，他的拿手饭是臊子面和锅贴馍。

不久，电信局和邮政局又合在一起了，在灶上吃饭的人增加了，灶员们选出了灶委会，让他们想办法改善生活，公布账目。有一个邮递员叫李忠贵，是南寨人。他被选成了灶务委员。他每天骑着自行车跑文家坡的邮路。完成每天的任务后，一有时间，就从张崇乾手里把跑高崖的三轮摩托借出去，到工农操场练习驾驶。

有一天下午，他叫上我去张家寺买羊，他说我姑父是大队干部，一定能便宜不少。我坐在他的三轮摩托的偏斗里，回到了我的家乡，事情办得很顺利。那时候羊群都是集体的，我们只花了八元钱就买了两只绵羊，大的五元，小的三元。两只咩咩叫唤的绵羊被绑住了蹄子，放在我曾经坐过的偏斗里，我就骑在驾驶员身后的后座上。他把摩托开得很快，我们从烂泥沟过来，走到曹家源学校的路口时，从东边突然冲出来一辆手扶拖拉机，眼看就要碰在一起。李忠贵情急之下，猛一拐头，摩托冲过路边的杨树丛，倒在了还未挖去秸秆的高粱地里，轮子朝天飞转，把我们两个摔出了老远。我俩的小腿和

红尘如烟

脚都被挂伤了，流出了汨汨红血。我们挣扎着把摩托抬起来，忍痛回到局里。李忠贵说："今天的事情给谁也不要说，千万不要说。"他反复叮咛这句话。我当时不明白，我们又不是干什么坏事，是为了大家的事情才受的伤，为什么就不能说呢。尽管我有看法，但是，在行动上，我和他一样还是装着什么事情也没有发生的样子。没有人的时候，走起路来一瘸一拐，一有人就赶快装成好人，硬是忍着疼痛把步子走正。这样，局里本来就有的因工负伤的药资费、营养费，他都悄悄地个人负担了，就连摩托的修理费也自己掏了腰包。

两只羊买回来后，杀了不少肉，李师连夜烹煮。第二天，局里通知全体家属也可以到灶上来吃羊肉泡馍，也允许买煮好的熟肉，把羊汤提回家去自己做，价格非常便宜，同事们皆大欢喜。

以后，李忠贵当了机要员，穿的还是那种绿色的标志服，提着机要包成天穿梭在县上的首脑机关里。有一年秋天，他休假，叫我和苟书林到他家去玩。我们一同来到南寨。村上的人把这里叫寺门，我们也不知道他们这里原来有过什么庙宇。他媳妇个子不高，留着剪发，性情温和，话语不多，听说在医疗室当医生。旱塬上最缺的是水。村头上有一口深井，必须用吊桶打水，每次要有三人以上合作，才能绞上水来。而且，家家预备了一盘沉重的皮绳。那天早晨，李忠贵的媳妇在家里做饭，我们三个就去打水。井台上很热闹，排着许多人。他们自然认识李忠贵，以不同的班辈和他打着招呼。那是我一生唯一的一次体验吊桶打水的经历，我感到了协作配合的重要。我也发现了一个秘密：他回家后换掉了绿色的标志服，穿着和农民几乎一样的衣服，这是为什么呢？

后来，我离开了邮电局，再也没有见过李忠贵。听人说他调到西藏去了，是为了解决家属的"农转非"户口，

第一辑　脉脉温情

全家进了藏。又过了十年，一位从口外回来的朋友告诉我，他在西藏干得很不错，被提拔重用，在策勒当了检察长。他曾经有想调回到故乡的想法。我希望他能够回来，落叶归根是人之常情。只是过去邮电局的老人们多数已经退休，有的已经去世，有的返回老家居住。现在执事的许多新面孔，我们几乎都不认识。他们正式职工只是坐在宽敞明亮的房子里办理业务，脸上挂着恬静无忧的笑容。邮递员全是雇请的临时人员，他们大多都是兼职，都是为了挣这笔钱才送报纸的。

　　光阴飞速地流逝了，往日的亲历已经变成记忆。我想，时光和岁月既能消磨人的青春年华，也能加深一个人对往事的记忆和回味。未来是深广无限的，生生息息的延续，瞬息万变的更替，思想总是传承永久的灵魂，使人不会忘却对过去的感悟。

红尘如烟

第二辑　绵绵情怀

　　人世间的情怀没有完全相同的，也许，你的爱会冲破传统牢笼的束缚，被世人所不齿，但是，唯有真情见证你的真心；也许，你为情所困所扰，获得的是对人品的鉴定，对道德的礼赞。

红尘如烟

　　一个姑娘爱上了有妇之夫，他们的结局如何？

　　也许是前世未了的孽缘，也许是天作之合的邂逅艳遇。谁也不会料到，他们之间能发生这样的事情。

　　这是冬日的一个上午，天空中散散漫漫地飘着雪花，北风呼啸着，吹出尖利的口哨。围着红色拉毛围巾，身穿黑色羽绒服的美女牛芳霞早早来到靠山屯村，她是白石镇妇联干部，分包这个村。镇上通知她，万寿市财政局局长林文甫到靠山屯村蹲点扶贫，要求她配合工作，

第二辑　绵绵情怀

把靠山屯这个典型培养起来。

村委会在一条南北走向的公路西边，办公楼是70年代盖的筒子楼，已经破烂不堪。大门口只有一个小卖部和一个卫生所，一只灰色的猫蹲在墙角在打盹。

牛芳霞来到村上，和村干部一起打扫了楼道和院子，在大门口贴上欢迎市委扶贫工作队的标语。不大一会儿，几辆小车鱼贯而入。从第二辆车上下来一个身材魁梧的男子，他方头大脸，发黑如漆，穿一件灰色的风衣，戴一副琥珀色眼镜，满面春风。县财政局局长给牛芳霞介绍说："这就是市局林局长。"牛芳霞伸出纤纤之手与林文甫相握。林文甫的目光在牛芳霞的脸上扫视着，笑嘻嘻地说："深山出窈窕，敢问美女贵姓？"

牛芳霞嫣然一笑，有些羞涩地说："免贵姓牛，我叫牛芳霞，是镇上妇联干部，分包靠山屯村，欢迎您来这里蹲点指导工作。"镇书记立刻向林文甫介绍说："她是镇上派到村里协助您工作的，是您的助手。她可是我们镇上的得力干部，有女强人之称。"

寒暄过后，一行人到村部听取了村情介绍，就到中午吃饭时间了。县里的人请林局长去县城宾馆就餐，镇上的领导请林局长去镇上的食堂用餐。村支书说："到村上来了，就到我家吃个家常饭吧，顺便我再向您做详细汇报，看看咱们都上什么项目。

林文甫点头同意，一帮人说着话来到支书家。

席间，林文甫讲酒文化，讲扶贫，出口成章，牛芳霞对他肃然起敬，主动给他敬酒，林文甫兴致正浓，来者不拒，很快就喝得面红耳赤。县财政局局长让牛芳霞扶林局长上了车，他被送到南坪宾馆客房休息。到了宾馆，林文甫倒床呼呼大睡。牛芳霞百无聊赖，就在客厅看电视等待林局长苏醒。一直到半夜，他才醒来了。牛芳霞看他无大碍，没有什么事情，就准备离开房间，去

红尘如烟

找闺蜜借宿，被林文甫拦住了："你走了，我找谁了解情况啊。"

于是，牛芳霞这个黄花闺女第一次和异性在一起过了一夜。之后人们看她的眼神和从前不一样了。

随着工作上的接触，牛芳霞越来越对林文甫有一种难以掩饰的崇敬和爱慕。一次，在一个山地看架水的地形时，其他人还没到，冷不丁牛芳霞一把抱住了林文甫，把他吓了一跳，他推开她，惶恐地说："我是有妻室的人，我不能害你。"

"我不管！"她抱住他不松手。

林文甫紧张的满头大汗："我们不能这样，我给不了你名分。"

"我什么也不要，只要和你在一起。"牛芳霞把脸贴在林文甫的脸庞上，她的发梢摩擦着林文甫的皮肤，他感到有一种痒痒的，好似触电的感觉。

看到她不顾一切做出这样的亲密动作，林文甫担心被人瞧见，彼此尴尬，他突然急中生智大喊一声："来人了！"

牛芳霞倏地松开他，急忙左盼右顾，荒山无人，芳草萋萋，像什么事情也没有发生一样。她举起拳头在林文甫的背上擂着："你坏你坏！骗人！白白把机会损失了。"

正在她撒娇的时候，村支书和三组的组长从山弯那边走过来了。他们立刻装起了正经。

在牛芳霞穷追不舍的追逐中，林文甫犹犹豫豫，半推半就，和她走在了一起，他们成了地下情侣。

林文甫是有妇之夫，牛芳霞是黄花闺女。他们在世俗的眼里是不应该在一起的。可是，他们大有相见恨晚的感觉，意趣相同，非常投缘。牛芳霞是白石镇第一美女，为什么要和一个老头子打得火热。旁人总认为是图他的权势和钱财，她感到非常委屈，又无处诉说。镇上

第二辑　绵绵情怀

领导也听到了有关他们的闲话，在大会上不点名批评她，又反过来警告其他人不准传播这些负面的东西，谁影响了对白石镇的投资和项目，谁就下课！

不久，万寿市财政局下属的劳动服务公司非法集资案件牵扯到林文甫，他被捕入狱。原先和他亲近的人唯恐躲之不及，有的赶快删掉了他的电话号码，有的烧了他的名片，早先熟悉的人也装着不认识了。

他蹲在监狱里反思自己的过去。感到度日如年，这苦日子什么时候才算完？

牛芳霞来探监，她哭的像个泪人似的，坐在会见室对面的凳子上，隔着一道玻璃幕墙，彼此可以看见对方，但是不能接触。她纤细的手指抓着话筒，抽噎着，肩膀一耸一耸的，半天说不出话来。她泪眼婆娑地望着憔悴的林文甫："要是能替换，我甘愿替你受这个罪……。"她忘情地伸手去抓他的手，被眼前的玻璃挡住了。

林文甫说："我这个事情与你无关，何必自讨苦吃。"他告诉她，妻子已经和他离了婚，到深圳儿子那里去住了。他现在是无牵无挂，安心改造，争取早日出来。

她没有再说什么，从包里掏出《圣经》、《简·爱》、《复活》、《莎士比亚戏剧集》，又从另一个袋子里掏出一只烧鸡、一桶牛奶、一盒茶叶。又从第三个袋子拿出一身内衣、一件衬衫、一条灰色西裤。她把这些东西从传送孔里塞过去，泪眼蒙眬地对他说，她改名叫牛为君，一生只爱他一个。她的痴情让林文甫一时难以自持，泪流满面，泣不成声。

看管的警察大喊时间到，不由分说地拆散了他们。

林文甫被判刑后，离开看守所，被送到崔家沟劳改煤矿改造。他一心想早点出狱，积极表现，老实改造，得到几次减刑。他渴望自己早日恢复自由，早日和自己心爱的人团聚。这是自己最大的精神慰藉。为了这个令

红尘如烟

人向往的未来，他对今后的日子充满了期待。他幻想着牛芳霞现在会是什么样子，还在靠山屯包村吗？她穿什么衣服？是那件绛红色的连衣裙吗？真漂亮，天仙一般。想着这些，他的嘴角露出微笑。这是支撑他活下去的精神支柱。他设想着出狱后与她相见的情景，那种多年不能如愿的渴望就要实现了，他多么兴奋，忘记了自己是一个犯人。好像自己是一个出差的丈夫，就要和分离几年的妻子团圆了，多么美妙，多么令人神往！他终于等到这一天了！

林文甫出狱了，他辗转来到白石镇寻找日思夜想的朱芳霞。门卫是一个瘸腿老汉，瞅着他打量半天，说她早就辞职不干了，也不知道到哪里去了。

这是给他的第一桶冷水，泼的他心凉了半截。行踪无定，到哪里去找她呢，他犯了愁。毫无目标地在萧条的小镇上转悠了一圈又一圈，连一个熟人都没有碰到，这个世界变得陌生了，好生奇怪，人们都急匆匆地赶路，脸上露出焦虑和不安的神情。他走的浑身乏困，感到口渴难耐，就到街边的一个小茶摊上去买了大碗茶喝。

他一边喝着一边瞅着街上的行人，希望能看到她的身影，或者能看到过去的熟人，便于打听消息。街市的人渐渐稀少了，仅有的几家店铺也开始打烊关门。他感到有些无奈和无助，又不甘心就这样没有结果就离开这里。

他和摆茶摊的老汉闲聊起来，先聊天气，再聊生意，问老人的家庭情况。拉着家常，渐渐地两人之间的隔膜消除了，老汉的话语多起来了。他赶快问他知不知道镇上有个妇联干部名叫牛芳霞。

那老汉摸了一把灰色的胡子，咧着掉了门牙的嘴哈哈大笑着："她可是名人，谁不知道呀。听说她爱上了一个有妇之夫，父母和她断绝了关系，单位拿她当反面教员，社会上更是时时处处不容她，指责、谩骂、侮辱，红尘险恶，刀剑丛生，可叹天地之大无边无沿，却不容一个追求自由恋爱的女子有存身之地……"

"她到底怎么样了？"林文甫忍不住打断了老汉的话头，隐隐约约他已经预感到了不祥，但是，到底是什么结果，他迫不及待地想知道。

老汉抿了一口浓茶，闪了他一眼："活人难啦。"老汉接着说："听说她本来想等自己心爱的人回来，可是，泼皮无赖整日骚扰她，让她不得安生，自己摆摊做生意也被人黑，她彻底灰心了……"

"她怎么样？"林文甫双手合十，为心爱的女子祈福。

老汉笑了，又瞥了他一眼："她和一个闺蜜去赶庙会，回来后突然有了想法，在春天的一个早晨，她沐浴更衣，剪掉乌发，跑到百里外的石佛寺出家当尼姑去了，可惜啊可惜！"

"唉！"林文甫一拳砸在茶桌上，震得茶杯跳了起来。

听到这里，他突然感到浑身激灵一下，好像钢刀扎在了心尖上，肝肠寸断，心头滴血。

老汉说："你是他什么人？为什么对她的事情如此上心？"

林文甫惶恐地说："我，我，我是她的一个远房亲戚，路过这里，本来想找她叙叙旧，只是随便问问而已嘛。"

老汉诡秘地又笑了。林文甫掏出皱巴巴的纸钞要开茶钱，被老汉挡回去了："一碗淡茶，不值什么钱，客官留着打车吧。"

他站起来向老人深深地鞠了一躬，抹着眼泪离开了白石镇。

后来，林权改革时，靠山屯支书找到林文甫，让他在北山承包了一片荒山种树。林文甫建起一个植物园，请人写了"芳霞园"的牌匾。在牛芳霞当年工作的白石

红尘如烟

镇绿化院落时,他托人运来两棵雪松。这两棵雪松被栽在大门两侧,好像是一对相守相望的夫妻。

从爱情出发,奔向婚姻的坟墓!

赢家

一对未婚夫妻,常为小事争输赢,到底最后谁赢了?

李莉是一个争强好胜的姑娘,她向来不服输。这一次,和她的对象张木又发生了别扭,她等着他来服输,她要当赢家。

她和张木相恋已经三年了,两人十分相爱,但是,经常为一些小事情发生口角,每次发生矛盾之后,无论孰对孰错,都是张木首先与她和好,她以为这既不是自己的强势,也不是张木的无能,而是他对自己深深的爱恋。母亲多次给她讲过,爱一个人,就要包容她,迁就她,这样家庭才能平安无事。她感到自己非常幸运,在母亲和爱人的宠爱中幸福无比。

她记得她和张木相识的第一年的七夕,他们两个人相约去大华电影院看电影,到了电影院门口,张木要看《泰坦尼克号》,她却坚持要看动漫。两人僵持了片刻,张木担心旁人笑话,无可奈何,就依了她。

她认为自己又一次成了赢家,志得意满,笑得就像弥勒佛。她端着张木给她买的一盒爆米花,坐在影池里,一边看一边吃,手舞足蹈,哈哈大笑。

张木对动漫一点也不感兴趣,他觉得那都是哄小孩的玩意,干坐在那里想着自己的心事,不一会儿就歪在

第二辑　绵绵情怀

一旁睡着了。他的呼噜声越来越大，引起周围观众的不满，有人开始嚷嚷。

李莉回头对发怒的人说："抱歉，他太累了，原谅他吧。"说着用胳膊肘碰了他几下，他才醒来了，揉着惺忪的睡眼说："莉莉，夜深了，把电视关了！太吵了"

"办不到！"李莉笑着说："我够不着开关。"

张木说："你个子缩小了吗？变成小孩子了吗？"

"这是在电影院！"

旁边的观众吃吃发笑。张木这才缓过神来，有点不好意思地笑了笑。又低头睡着了。

走出电影院，外面阳光灿烂，街上尽是卖玫瑰花的。

李莉嚷嚷着她肚子饿了，要去吃饭。张木说："那好，今天是七夕，咱们找个环境好一点的中餐馆美美地撮一顿。"不料，李莉却噘起了嘴："你太老土了，就知道吃中餐。我不去，我要吃麦当劳。"

张木看过许多有关麦当劳的资料，知道那些快餐食品里添加了氢化植物油，口感好，卖相好，但是不利于消化，对于人体有害。不想去吃麦当劳。

可是，李莉态度坚决，非要去吃麦当劳不可。张木无可奈何又跟着她走进了麦当劳店。他只买了一份套餐端到靠窗的餐桌上，让李莉吃，他自己低头看手机。

像这样的分歧，三年来不知道发生了多少次，李莉仍然非常任性和固执，张木一直在忍让妥协。

这一次，他们相约去三里屯逛街，从早晨逛到傍晚，两人都很疲劳，买完了东西回家的时候，张木要乘公交，李莉要坐出租，两人谁也各不相让，最后约定各坐各的车，各回各的宿舍，谁先理谁，就算谁输。

张木坐上公交走了。李莉坐着出租回到她的宿舍，却突然感到空落落的，有点心虚胆怯。她看到桌子上的镜框里张木给自己照的相片，看到挂在墙上的羽毛球拍子，

红尘如烟

那是他们两个打过多次的健身用具。她想张木，拿起手机看了看，微信、QQ、短信都没有任何张木发来的信息。

思念让人失魂落魄，她等待着张木主动和自己联系，主动和自己和好，自己就是赢家。

她等了好长时间，就是不见张木的音讯，她晚上失眠了，她想给他打电话，但是，她想起他们之间的约定，她不想输，她要当赢家。

就这样在熬煎中度过了一年多时间，张木还不来服输，她等不住了，跑到张木的单位去打听。

她幻想张木是故意在吊自己的胃口，千万不能让他知道我到他们单位去打探消息，她要知己知彼，才能百战百胜。

在一栋高耸入云的玻璃大楼里，她走进旋转门。大堂有人便热情地迎上来和她打招呼："请问您找谁？"

"我不找谁，只是打听一下张木，他在吗？"

门迎是一个漂亮的姑娘。她告诉李莉张木到马尔代夫去了。她大为失惊："他跑哪里干什么去了？"

"去旅行结婚，他找的对象可漂亮了，听说是一个海归博士呢。您是他的同学吗？"

"啊？"李莉惊叫一声，她没有回答姑娘的问话。差一点晕倒在地，被门迎姑娘给扶住了。她口中喃喃地说："赢家？谁是赢家？谁是赢家？"

夜静思

捕风捉影的人是怎样一种心态，她能收获爱情吗？

顺义花梨坎有位漂亮姑娘，名叫白绒花，她在东直

第二辑 绵绵情怀

门一个白领家里当保姆。休假这天,她到石门去赶集。在逛街的时候,发现她的同学,后沙峪的石万勇在街边卖萝卜。

石万勇看见白绒花之后,性格内向的他有点不好意思,急忙转过身去,想避开她这个熟人。白绒花却径直走过去笑微微地问道:"老板,这萝卜多少钱一斤?"

石万勇没有转身,只是喃喃地说:"这萝卜不卖。"

"不卖你摆到街上干啥呢?"

"展示无公害农产品呗。"

"想展示,我给你推荐一个好地方。"白绒花说:"你拿到国展去展示啊,那里外宾很多,还能赚外汇。"

石万勇不由得吭哧一声笑了,但是,他还是背对白绒花,不肯转过身来。

白绒花走过去,望着捏着手机的石万勇:"有什么不好意思的,你卖萝卜是为了生存,我当保姆也是为了生存,像个大姑娘似的,这样坐在那里玩弄手机,谁买你的萝卜。"

石万勇没有说话,他避开白绒花犀利的目光。

白绒花说:"我来帮你卖萝卜。"说着面朝街道大声呐喊起来:"萝卜萝卜,沙地产的水果萝卜,嘎巴脆甜,姑娘吃了更漂亮,小伙吃了更英俊,老人吃了能长寿,小孩吃了更可爱,快来买啊。"

春节过完了,地窖里贮存的萝卜还多,母亲对石万勇说:"你装一袋萝卜拿去石门卖,过年的时候大家大鱼大肉吃腻了,吃点爽口萝卜也好。放在地窖里,已经开春了,它糠心了就不好吃了。卖完萝卜你去南法信请你对象郭巧云到咱家来过元宵节。"

石万勇两次高考落榜后,父母坐不住了,让他死了考大学那条心,赶紧找对象成家,年龄已经不小了。母

红尘如烟

亲差媒人给他介绍了南法信的郭巧云，这个姑娘非常精明，口算胜过计算机，就是心眼有些小，为人固执倔强，不知谁给她起了个外号叫千里眼。两人订了婚，男方的父母想让他们尽快完婚，女方家里承包着一个大棚种植反季节蔬菜，想让女儿多帮他们干几年活再结婚。这样，订婚已经三年了，还是未婚状态。其实，石万勇也想拖一拖，他想跳出农门，他不想和父辈那样和土地打一辈子交道，苦于还没有找到适合自己的工作。他从来没有做过生意，喊不出口，不知道怎么卖萝卜，就坐在那里玩手机，等候买主上前询价，却无人问津。

经过白绒花的呐喊鼓动，人们呼啦一下子围了上来，萝卜很快卖完了。石万勇有点刮目相看这个女同学了，上学的时候，她非常腼腆，和男生说话脸都发红，在城里混了几年，变得如此开通了。

看到白绒花喊的口干舌燥，他有点过意不去，想请她去吃顿饭，白绒花说："萝卜才卖多少钱，咱们吃了，你怎么向你妈交代？"石万勇说："小镇上能吃个啥，随便吃点，咱们说说话，我想请你给我的前途把把脉。"

两人来到百顺饭店，点了三个小炒，两碗米饭，一边说话，一边吃饭。白绒花说起她在城里遇到的奇葩事情，两人快乐地大笑着。

谁也没有料到，此刻会发生意外的情况。

郭巧云开着三轮电动车给百顺饭店来送黄瓜、西红柿、韭苔、西葫芦，卸完菜，老板请她在餐厅的一个角落喝茶，突然间，她听见耳熟能详的笑声，循声望去，好家伙！石万勇和一个美女在一起吃饭，开心地大笑。她心里咯噔一下子，浑身的热血向头上涌去，好啊，花心的东西，你脚踩几只船啊，气死我了！她的醋意涌上心头，掏出手机啪啪拍下了他们在一起亲热的照片。她也顾不上给老板打招呼，起身走到院子发动三轮车，气

第二辑　绵绵情怀

呼呼地开出饭店，开出小镇，到了一条行人稀少的公路上，她停下车来，给石万勇打电话。

"万勇！胆大的石万勇！限你一个小时以内到我家来。"

"干什么？"

"来了你就知道了。"

"我忙着哩。"

"你忙什么呢？"

"我在卖萝卜。"

"你卖的是水萝卜，母萝卜吧？"

"你什么意思？"

白绒花手指一摁，他和白绒花在一起的照片发到了石万勇的手机上，他很惊奇，她真有千里眼啊，怎么拍到这张照片的，石万勇在饭店周围搜寻着，并没有郭巧云的身影啊，奇怪！

他向她解释，她不听，咆哮道："我看见你们在一起吃饭，没有看见的不知道你们在干什么！你这个花心的东西，还没有吃到碗里的，就瞅着锅里的。"

石万勇尴尬地向白绒花摊摊手，就匆忙打了一辆出租车直奔南法信。到了郭巧云的家里，并不见她的人影，她母亲系着围裙在做饭，父亲刚从大棚回来，正在洗手。

石万勇说："巧云让我到家里来，怎么不见她的人影？"

郭巧云的父亲说："她到石门送菜去了，很快就回来了。"

未来的岳父泡了一壶茶，招呼石万勇在客厅坐下喝茶，等候郭巧云回来。两人一边喝茶，一边拉家常。石万勇说，他的同学给他提供了一个信息，说东直门斜街有一家英语培训机构招聘教师，他明天想去试一试。

老人连忙鼓励说这是好事，年轻人就要有志向，不能混日子，正说着话，郭巧云回来了，她把车停在院子，气呼呼地进来拉起石万勇走进自己的房间，锁上门，拽着他的耳朵，呼呼地喘粗气："老实交代！你和她什么关系？"

"同学。"石万勇咧着嘴，两只手抓住郭巧云拽他耳朵的手，想让她松开，她就是不松手。

郭巧云突然俯在石万勇耳旁，小声说："老实一点，你是不是被那个妖精开封了？我要的是原装货，不要二手货！"

石万勇吭哧一声笑了："不放心，现在检验一下？"说着就要脱郭巧云的衣服，郭巧云一把将他推到了一边："想得美，洞房花烛夜的时候才行。我要随时监控你，你每半个小时与我视频一次，全天不许关机。"

石万勇像不认识眼前这胖姑娘似的，呆呆地望着他，半天没有说出一句话。

这时候，母亲喊他们出来吃饭，石万勇给二老打了招呼，说他得赶快回家，否则，他妈妈会着急的。郭巧云的父亲拦他吃了饭再回去，他说他如果不回去，明天妈妈就要吃剩饭了，说着急匆匆地走了。

石万勇自学考拿到了英语六级证书，应聘非常顺利，周一他就去上班了，几天平安无事。

大概过了半月左右，那天，他前去上班，坐班车到东直门车站，刚下车，就发现那里围着一群人，不知在干什么。他挤过去一看，惊呆了，郭巧云和白绒花扭在一起。郭巧云抓住白绒花的衣领，踢飞了她手中的菜篮子，想抓她的头发，白绒花躲着。郭巧云骂道："你这个小妖精，勾引我的未婚夫，我打死你！"骂着要抓她的脸。白绒花躲闪着，向旁边的人解释道："我买了菜，正要坐公交回主家去做午饭，这个疯婆子抓住我就打，真是莫名其妙。"

第二辑　绵绵情怀

石万勇擢开人群，挤进去拉开了郭巧云："你在这里丢人现眼，搞什么，你卖你的菜去！"

郭巧云两眼发红，像一头发怒的狮子："你们看看，我说的没有错吧，她在这里就是等我的未婚夫。"

石万勇捡起地上散落的蔬菜，放进篮子里，扶起白绒花上了车，人们散了。郭巧云瞪了石万勇一眼，气呼呼地开起她的三轮车走了。

石万勇来到培训学校，准备上班，刚走进门庭，教导主任拦住他，把他叫到一个小房子里，也不说让他坐，板着面孔，严肃地对他说："学校是教书育人的地方，你说，品德不好的人能当教师吗？"

石万勇如置十里云雾，不知道是怎么回事，他惊讶地望着眼前这个留着怪异发型的青年人，希望他能给自己一个合理的解释。

原来，培训学校来了一个胖姑娘，说石万勇道德败坏，拈花惹草，学校如果录用他，她就天天来闹，让这里鸡犬不宁。

教导主任用缓和的口气说："虽然，我们不能单凭她的一面之词说你如何如何，但是，我们需要安静的教学环境，闹不起，惹不起，抱歉，我们只好与你说再见了。"

石万勇终于明白了是怎么回事，一向脾气温柔的石万勇霎时愤怒异常，他把自己的手关节捏的嘎巴响，他想打人！他焦躁不安地在地上转了几个圈，悻悻地离开了这所他心仪的培训学校。

走在冷风飕飕的大街上，他泪流满面，她想起了给他联系这个工作的同学白绒花，心里涌上一种从未有过复杂情感，他不知道自己要到哪里去，他想去找白绒花，但是，觉得她毕竟是保姆，在别人的家里说话不方便，他坐在路边的石头上，他给白绒花打了电话，告诉她中午有空的时候要请她在一起喝咖啡，有要紧的事情向她

红尘如烟

表白。

白绒花在那头激动地语无伦次了，赶忙打扮起来，照着镜子试衣服，试了套又一套，总觉得不满意。窗外的树枝上喜鹊在喳喳叫，她心慌意乱的，不知道石万勇要给自己说什么。

石万勇坐在冰冷的石头上，想了很多很多，他揪着自己的头发，回想与郭巧云相处这三年自己内心的憋屈，再也无法克制了。忍让。包容、大度、宽厚这些词汇提醒自己让着她，她的寻衅滋事，她的野蛮粗野，他都忍了。为了息事宁人，自己不与她计较，可是，她太过分了，弄丢了自己的工作。他最不能容忍她的无端猜测和极度不信任，如果不和她了断，这辈子就会毁在她的手里。

想到这里，他的主意已定，立刻给郭巧云打电话，直接对她说："感谢你把我和白绒花逼到了一起，本来，我们只是同学关系，我打算和你结婚的，没有想到你的心眼这样小，还没有结婚，就这样捕风捉影，以后，如果结了婚，如何在这个世上与人相处。我郑重地告诉你，我决定和你解除婚约！以后，你干什么事情，都与我没有一毛钱的关系。我要忠告你的是，今后，无论找谁，人生的伴侣，没有起码的信任和尊重，谈何爱情，这样的婚姻就是精神加锁，就是拴住男人的铁链，我们要用文明的铁锤砸烂它，还男人以尊严和自由。"

石万勇感到自己解脱了，浑身感到轻松愉快。他昂起男人的头颅，朝金色灿烂的咖啡厅走去。

郭巧云回到家里，给父母诉说自己的担心和顾虑，她最怕石万勇被别的女人抢走。父亲正要说她。她的手机响了，她以为石万勇给自己打来电话是认错的，急忙回到卧室，关上门，准备撒娇。

不一会儿，卧室传来郭巧云的哭声，她号啕大哭，哭得非常伤心……把父母吓了一跳，不知发生了什么事情。一直到半夜，郭巧云也没有出屋……

成功的爱情与浪漫相随，失败的婚姻归咎于信任缺失。

夜静思！

平静背后的隐情

丈夫为国捐躯，为了不使婆婆伤心，她经历了怎样的情感折磨。

那件事情发生后，婆婆总觉得儿媳有什么事情瞒着自己。她被这个事情一直在纠结着，不能释怀，又不好开口问她。

西扬威胡同16号，据说是清末一个贝勒爷的府邸。后来他们搬走了，住进来许多平常百姓。蔡家的四合院就是先人卖糖葫芦换回来的。至今老北京的人还记得蔡记糖葫芦的美味。他们选用上等的山楂、冰糖，做出的糖葫芦色泽鲜亮，酸甜可口。老家扛一个插子上街叫卖，他怀里揣一个小竹罐，里面插着许多小竹签。有了买主，他便让他摇签，摇出大点，就免费送一个糖葫芦；摇出小点，才让客户付费。这种形式吸引了不少顾客，他们的生意名声大震，从做小买卖成了富裕人家。

婆婆富丽萍是个八旗女子，满足血统，嫁到蔡家生了三儿子。大儿子蔡金锁在美国加利福尼亚州开一家律师事务所。二儿子蔡银锁住在鼓楼大街，他在工商所上班。三儿子蔡铜锁，与佘秋凤结婚后，第二年就到边界当兵去了。佘秋凤和婆婆富丽萍住在老屋里。

红尘如烟

蔡铜锁临走时，媳妇送给了他一块手表。铜锁送给媳妇一把精致的小铜锁。婆媳俩一直相处得非常和谐，别人还以为她们是母女俩。

有一天吃晚饭时，婆婆叹息着说："铜锁也不知道给家里打个电话，他的心真瓷。"

听到这个话，佘秋凤的眉毛跳了一下，她很快恢复了脸上平静的表情："妈妈，您想您的老儿子了。他肯定忙，会给您打电话的。"

富丽萍叹了一口气："我们蔡家对不起你，让你受委屈了，我都不好意思见你的父母。"

"妈妈，你是世界上最好的婆婆。我不觉得委屈，铜锁保卫国家安全，也是保卫咱们自己的家。"

第二天，佘秋凤去老北京食府上班，她给二哥打了个电话："二哥，你以铜锁的名义给妈打个电话，她老念叨他。"

"我明白。你一定要保密，那件事情不能告诉她，她的心脏病犯了可不得了。"

就在这天中午，蔡家客厅的座机响起来了，富丽萍急忙拿起话筒："喂，你谁啊？铜锁？你这个龟孙子，这么长时间也不打个电话，忘了我这个老娘可以，你如花似玉的媳妇你也不想吗？"

"妈，我记着您和她，等我转业了，我回来好好报答你们。"

"我怎么感觉你的声音变了？"

"我，我最近感冒了……"

"那吃药了吗？"

"吃了。"

打完这个电话，蔡银锁出了一头汗，他给弟媳说差一点让老太太发现破绽。佘秋凤告诉他，蔡铜锁说话语速较快，一口气要讲完一件事。她要哥哥每隔几天，记着以铜锁的名义给母亲打个电话安慰安慰她老人家。

其实，婆婆是非常精明的。那天，她从菜市场回来，一掀门帘，她发现，儿媳在哭泣，听见动静，立刻把手中的东西放进立柜中间的抽屉，锁上了一把小铜锁。疑虑产生在顷刻之间。老太太纳闷了，家里只有她们婆媳二人，从前柜子、抽屉都是不上锁的，现在，为什么要锁呢？

她到底锁的是什么呢？婆婆百思不得其解。她猜想，是不是儿媳看了电视上的防盗节目，担心家里值钱的东西被盗，才把户口本、身份证、银行卡、现金都锁起来了吧。等到她上班走了。婆婆打开没有上锁的两个抽屉，发现值钱的东西都放在左边抽屉的铁盒子里，并没有加锁。

哪是什么呢？婆婆不由得遐想起来，会不会她有什么病，把检查结果锁起来了，前几天她说身子不舒服，婆婆催她到医院去检查，她回来后说什么也没有好着呢。还有另一种可能，铜锁当兵走了快十年了，她独守空房，耐不住寂寞，有了外遇，情人写的情书被她藏起来了吧。她想起一件事情，有一天，她去遛弯，一个邻居对她说，看见秋凤在湖边哭哩。她为什么哭？

婆婆越想越担心，小儿子不在身边，作为母亲要守住他的媳妇，不能让她给他戴绿帽子。她打电话叫来二儿子，逼他起开抽屉的铜锁。

蔡银锁面有难色，叉着话头，不想打开铜锁。

"妈妈，别这样，秋凤是世界上最好的儿媳，你打着灯笼也找不到第二个。"

"我没有说她不好。你给我打开抽屉！"

"我不打！"蔡银锁说："个人的隐私是受法律保护的。"

老太太喊着："我就犯这个法了！"说着举起榔头咔

红尘如烟

嚓一下砸了下去，吊扣掉了，她拉开抽屉，屋子看人闹的街坊们都惊呆了，里面放着一块手表，一张烈士证，铜锁的照片望着她笑。

富丽萍一个趔趄，眼看就要倒下去，佘秋凤迅速扑上去，把婆婆抱在了她的怀里……

碧血化石鱼

一个美丽动人的爱情故事，如诗如画。

宋朝末年，甘肃陇东一带遭了年馑，穷苦百姓饥寒交迫，无力抵御自然灾害的无情袭击，古丝绸之路上饿殍载道。平凉有姓张的一家，为了活命，商议由儿子儿媳留守家园，老两口携带女儿雏芝沿门乞讨，谋求生路。他们向东而行，流落到千阳。一日傍晚，天降大雪，他们老小三口饥肠辘辘，在苍茫的荒原上步履艰难的行走着。茫茫雪野，渺无人烟。眼看天就要黑了，到何处去安身？他们强忍着饥饿和寒冷，在厚可盈尺的积雪上走啊，走啊，显得非常沮丧和狼狈。忽然，他们发现前面不远处有灯光闪烁，想必这里有住户人家。他们便强打精神，急切地向着灯光走来。终于来到一扇柴门前，老汉便上前敲门。随着"吱呀"声，门被打开了，透出来一方亮光，只见一位相公英俊剽悍，双目有神。他站在门口见那门外老小三人浑身泥雪，瑟缩战栗，急忙将他们三人让进屋里。老汉叙说了家乡灾情，相公深表同情。他当下烧火做饭，为逃荒者充饥御寒。当晚，相公将他们留在家中休息，自己前往瓦窑，用麦草打地铺，在那

第二辑 绵绵情怀

篝火旁过夜。

相公姓万名平郎,以卖瓦盆为生。他5岁时母亲因病去世,父亲一条扁担两只筐,一头挑瓦货,一头挑平郎,常常去新兴、安化镇赶集,出售瓦货,维持生计。日复一日,年复一年,平郎渐渐长大了,他天资聪慧,跟随父亲学做瓦货,长进很快。有一次,父亲赶集回来的路上,天已经黑了,他急着赶路,没有注意脚下,一脚踩空,掉下万丈深渊,一命呜呼了。从此,平郎孤苦伶仃,一人苦度日月。

在第二天吃早饭时,听罢平郎关于他身世的叙述,老汉和雏芝母女十分同情,不禁伤感啜泣,泪流满面。平郎见这一家人心地善良,富于同情心,就特别关心他们的落脚点。他关切地问道:"大伯一行,欲往何处?"张老汉叹息一声,情绪低落地说:"只为混一碗饭吃,保住性命也就不错了,那里还有什么去处。"平郎诚恳地说:"倘若老伯不嫌弃寒舍简陋,就请你们在这里安身吧。小生全当孝敬二老父母,抚养同胞妹妹便是了。"张老汉他们喜出望外,求之不得,自然急忙允诺。从此以后,张老汉一家三口和万平郎生活在一起,就像一家人一样。老汉帮平郎筛土踩泥,雏芝母女缝衣做饭,操持家务,虽说不怎么富裕,倒也有吃有喝,不饿肚子。

雏芝是个聪明伶俐的姑娘。有一年初春,她想给平郎碗里添些绿色,一个人到山坡上去揪荠菜,手指磨得出血。这些细节,被平郎看在眼里,疼在心上。他去城里卖瓦货时,在摊子上买了一把玲珑锋利的小刀,送给雏芝。姑娘特别喜爱,成天带在身上。在油灯下,雏芝精心给平郎缝了一条腰带,上面绣了金鱼戏水的图案。平郎把那腰带缠在身上,心领神会,将其信物视为珍宝,两人情投意合,真诚相爱。后来,老两口商量,便将雏芝许给平郎为妻。

红尘如烟

日月如梭，光阴荏苒。不知不觉，张老汉一家来到平郎家已经三年。家乡灾荒已过，天年有转。有一天，张老汉接到儿子的来信，催促他们返回故乡，全家人团聚。信中还说儿媳的姑父，在敦煌做丝绸生意，家财万贯，其令郎尚未婚配，听说雏芝相貌出众，差人前来提亲。盼望他们早早回归故里，举办婚事……

张老汉看过书信，担心平郎、雏芝知晓，急忙让老伴把信纸塞入灶膛烧了。然后假惺惺地对平郎说："你兄嫂来信，催我们回去。我们明日起程。你也知道，故土难离，我们不回去是不行的。等到来年春暖花开，我们把雏芝送到千阳来与你完婚。多谢你收留我们在这里落脚三年。"一听父母要带她返回河西走廊，与平郎哥哥分离，雏芝非常不情愿，后来，经平郎解劝，她才勉强答应随父母回老家去看一看。

次日清晨，平郎很早起了床，他到河滩的果园里去摘了一筐李子，准备让他们带上。他提着果篮，走近老两口住宿的窑洞门口时，只听两人在屋里商量计谋。老婆说："依我之见，将敦煌员外提亲之事讲于雏芝，量她也会欣然应允，尘世上哪有美貌女子不爱荣华富贵的道理。"老汉说："真是妇道之见，眼下倘若道破实情，女儿必定不走，反倒坏了大事。等待回到平凉，她即便知道，千里迢迢，为时晚了……"平郎听到这里，恍然大悟，他没有想到这个看起来忠厚老实的张老汉原来在哄骗自己。想起这些年他和雏芝的深厚情意，他心如刀绞。他强忍着自己的悲愤心理，装着什么也不知道的样子，敲门进去。平郎帮他们收拾好所有要带的东西，一直把他们送到大路上，才和雏芝依依惜别。

平郎回到家里，只觉满院空荡荡的，心里万分难受，伏在炕沿，放声痛哭。不知过了多长时间，忽闻有人呼唤他的名字。平郎止住哭声，扭头一看，原来是在耀州

第二辑 绵绵情怀

城里卖大碗的堂叔站在他的身后。见到亲人，平郎满腹委屈和辛酸又一下子涌上心头，他哽咽悲泣，一时难以遏制。经堂叔千般劝慰，平郎才擦干了眼泪，将事情的原委倾诉一遍。堂叔说："兄长过世，为叔时常替你牵肠挂肚，却未曾知晓你竟遭此折磨，如此也罢，即离淡忘，跟叔到耀州去吧。"

当天下午，平郎就收拾行囊，跟着他唯一的亲人堂叔，到耀州城里谋生去了。

雏芝回到故乡，方知上当受骗，父母见钱忘义，逼她就嫁于员外之子，她誓死不从。雏芝整日间茶饭不思，号啕泣哭，伤心至极。张老汉夫妇搬来亲戚好友，轮番劝说，没有一点效果，就决定硬性嫁娶，通知男方准备花轿来抬。就在出嫁前一天半夜，雏芝欲寻短见，被看守的嫂嫂发现后搭救下来。她见雏芝如此对平郎一往情深，深受感动。于是，就和男人商量，给雏芝准备了盘费，雇请了马车，放她星夜逃走。

次日清早，娶亲的人马浩浩荡荡来到张家，却不见新娘的影子，以为张老汉昧婚，强行要人，胡打胡闹。张老汉无奈，只好领着抬亲的人马，直奔千阳县而来。

雏芝到达千阳，天已大亮。看到熟悉亲切的地方，她不禁又喜又怕。急忙来到平郎的旧院，想到自己终于躲过一劫，要和自己心爱的人生活在一起，心情特别激动。可是，眼前的一切却使她非常吃惊，只见院里荒草萋萋，空无一人。窑洞也成了鹁鸽的窝巢。她跑前跑后，四处寻找，就是不见平郎。她叫天天不应，喊地地无声，她几乎疯狂地奔跑着，呼唤着。忽然，听见不远处人嚷马啸，乱嚷嚷的。雏芝知道娶亲的人马追她来了。她来到草碧河畔，从怀里掏出平郎送给她的那把小刀，遥望荒山沟壑，呼唤着平郎的名字，她闭上眼睛，用小刀朝颈项刺去，殷红的鲜血，滴淌在清澈的河水中，霎时化作一条条红色鲤鱼，自由自在地顺着流水游走了。雏芝也倒在河水中，顺着河流漂泊而去。

后来，堂叔在耀州去世，平郎将他的尸体运回千阳安葬。掘墓时，挖出一只红色石鱼，平郎甚是喜爱，将它经常带在身上。当他回到当年的旧宅院时，面对故居窑洞、残垣断壁，满目凄凉，往事依稀，他不觉流下了伤心的泪水。这时，耳边忽然响起雏芝的声音："只恨二老忘恩负义，逼咱夫妻各奔东西。只叹我生时不能报答你的一片真情，只有死后化作石鱼和你相伴，为你排忧解难。这里是我安身立命的地方，河滩、沟壑和我们相处的故土深处都有石鱼，你若生活困顿，就挖了它挑到城里去卖，我希望你过上幸福的生活……"平郎掏出怀里的石鱼，泪如泉涌，他默默地替自己心爱的人祷告，企求她在九泉之下不要再有哭声。

平郎没有再回到耀州去，她按照雏芝指引的地方，专门挖掘石鱼，挑到街市上去卖，这样三年下来，积攒了不少银钱。他用这些钱，请工匠为雏芝修了一座庙，叫张女祠，人们又称为石鱼娘娘庙。

五家磨轶事

一个具有传奇色彩的历史故事，情节曲折，引人入胜。

唐高宗咸亨二年（671），西秦千阳郡五家磨村，有个小户人家，兄弟三人，老大叫陈侃，老二叫陈佩，老三叫陈涛。陈侃娶妻惠小姣，陈佩娶妻何绣月，均有

第二辑　绵绵情怀

几分姿色。陈涛年幼未成家。

惠小姣入主陈家为大嫂，生一男孩，取名玉同。这个孩子聪明林立伶俐，惹人喜爱。在他6岁的那年，跟邻居家的顽童们去灵山看庙会，不慎走失。陈氏家族满门出寻，仍然不见玉同的踪影。惠小姣茶饭不思，寝食难安，一双凤眼哭得红肿如桃。陈侃见妻子如此熬煎，于心不忍，向东家借了一些白银做本钱，沿黄里铺东行，到彭祖原、柳林镇一带收购棉花、土布，四处贩卖，以便广泛打听儿子的下落。每年春节一过，他就离家上路，到收麦时节才回来。这样奔波了四个年头，虽然赚了一些蝇头小利，但是，终归没有把儿子找回来。好在随着时间的推移，妻子把这见憾事渐渐淡忘了。到了第五年秋天，仍然没有什么音讯，陈侃彻底死了找寻儿子之心，他告别妻子，打点行装，一心想到远处去做买卖。出发后，他在途中遇上一个富有的布商，拉他去山西销货，并答应给他丰厚的酬金。陈侃发财心切，便随他去了。在太行山下的城埠小镇和乡村惨淡经营八年，陈侃有了可观的积蓄，就想回家探亲。初春时节，汾河的水才开始解冻，陈侃踏上归途。有一天，走到一个向北的土路上，他在草丛中拣到一个布囊，打开一看，居然全是白银。他惊呆了。他想起自己这么些年来挣钱的艰难，深知要挣这么多白银是何等不易，失主肯定非常着急。于是，他就在附近的小客店里住了下来，等待失主。住了三天还不见有人找寻，他只好又继续赶路。一日抵达长安，住进一家悦来客栈里，与另一陌生旅客同房歇息。两人躺在炕上，闲谈江湖生意之事，各自感慨颇深。那人沮丧地说，自己不小心，从山西过来时，将一带白银绑在毛驴的鞍子后面，可能没有系牢，给丢失了。陈侃喜不自禁，遂详细询问了有关细节，得知此人姓董，叫董延龙，祖籍乾州，他在凤翔城里开了一个银货铺，这次是去平遥批

红尘如烟

发银制品。陈侃心想，天下有这等奇遇，也许我和他有缘分吧。接着，他就把拣到的白银如数还给董延龙。董老板喜出望外，感激涕零，向陈侃磕头作揖，向他敞开了心扉，述说着他家里的情况。他恳求要和陈侃交朋友，作亲戚。陈侃伤感地说："我的命运不好，只有一个儿子，七年前跟庙会时走失了，至今没有下落。"说到这件事情，他黯然神伤，情绪非常低落。董延龙劝慰他说："你不要发愁，我早年花了三两白银，从一个过路人手中买下一个男孩，他眉清目秀，又乖巧懂事，仁兄如不嫌弃，我可以忍痛割爱，送给你做养子。陈侃自然求之不得，急忙答应下来，两人在旅途之夜，立下了君子协议。第二天一并起程西行，到了凤翔银货铺，董延龙安排酒菜招待陈侃之后，命人将那男孩领来相见，并说这个孩子一直在底店亲戚家里寄养了几年，前不久才接过来。

陈侃一见那少年，觉得非常面熟，又不好多言。他心里有一种说不出来的冲动。他仔细观看他的左眉，那里果然有一颗黑痣，便喜上心头，这不就是我丢失的儿子嘛。在董延龙出去的时候，他小说问那孩儿："你老家是哪里人，你还记得吗？"

陈玉同胆怯地望着这个陌生人说："我不记得了。只知道我家在一条河边，滩里有柳树林。我的舅家在南山半腰里。我家里有爹娘和两个叔叔。"陈侃担心董延龙产生其他想法，他没有与儿子相认，只是和董老板一家客套一番后，就领着儿子上了路。他们从石嘴坡到桂家峡，想走捷径回家。走到白石河时，适逢上游山洪暴发，河水猛涨，恍惚中见一人失足落水。旁边的人急切地劝渡船前去救人。船家却说风高浪急，不出高价，谁敢冒这种危险。陈侃说："救人一命，胜造七级浮屠。我出50两银子，你赶快过去救他吧。"船家这才眉开眼笑地划船向呼救者游去。等船家把这个落汤鸡似的人拖上岸

第二辑 绵绵情怀

时,陈侃大吃一惊,落水者不是别人,正是自己的小弟陈涛。陈侃感到十分诧异,他惊奇地问他:"兄弟为何到此?"陈涛脸色蜡黄,身体十分虚弱,他呼吸急促地说:"自从大哥出门以后,几年不见音讯,有人传说你在太原青楼染上梅毒,已客死他乡。二哥逼大嫂改嫁,大嫂不从,已经和二哥闹翻了。她让我出来打听你的消息。我走到歇马原,在路边的一个小酒馆歇脚,有一个熟人拉我喝酒,我喝高了,走路也摇晃不稳,就掉到了河里。"陈侃听罢,感慨万千,他思乡的心情更加迫切,就与玉同和小弟一起急忙朝家里赶去。

惠小姣居家空守寝室八年,朝思暮想自己的男人,希望他能早一点回来与自己团聚。却听到丈夫去世的噩耗,她格外震惊。起初,她怎么也不相信这是真的。但是,经不住小叔陈佩如簧之舌的鼓噪,她顿生许多疑团和忧虑,如果丈夫真的不在人世,自己今后的日子可怎么过。本族的长辈命令她为自己的男人素服守孝,她只好噙泪听命。最让她心烦的是陈佩,他不务正业,经常出入赌场,贪赌不返,早已债台高筑,常常被讨债的人打得头青面肿,伤痕累累。为了解脱自己,他把家里能卖的东西都拿出去卖了,没有什么东西可卖,他竟然打起大嫂的主意。他想大嫂徐娘半老,仍有姿色,一定能卖个好价钱。他托他的赌友四处打听,找人保媒,逼嫂改嫁。偶有东府一客商,名叫葛天兴,丧偶已经三年,家道殷实,身体强壮,想讨一娘子续弦,共度后半生。陈佩就将大嫂介绍给葛天兴,约他们在五家磨西瓜园见面。葛天兴是个有钱的商人,对漂亮女人有一种特别的痴迷,他见到惠小姣如此美貌,心花怒放,满口答应,当场交给陈佩订金500两。陈佩手中有了钱,心中自然欢喜,惟恐此事不成,断了他今后的财路,便热心张罗婚事。

按照当地的风俗,迎娶寡妇必须半夜雇人抢亲。

红尘如烟

陈佩对葛天兴说："我大哥已经去世,我大嫂与他情深,头上要戴一朵白花,以示纪念,你们来抢亲的人,看见戴白花的女人,抬上就走,如果让我们本族的人发现,他们阻拦,此事就搁浅了。"葛天兴把陈佩说的注意事项全部记在心里,乐滋滋地回去准备当新郎了。

回到家里,陈佩对自己的媳妇何绣月说："嫂嫂已经聘为人妻,今夜三更迎娶,你去帮她收拾衣服,劝她上轿,千万不能声张。"何绣月毕竟年轻,皮肤又白,她是个非常爱打扮的女人,要作别人的伴娘,她也觉得是自己在男人面前显露风姿的大好机会。她找来碎瓦片,照着镜子刮了自己脸上的黄毛,穿上新衣服,又将一朵平绒做的小红花插在云鬓上。她手里拿着罗帕,迈着忸怩的步伐来到大嫂的住处,劝她说人挪一步活,何必死脑筋。惠小姣寻死觅活,无心离开陈家。她心乱如麻,想了很多,倘若不从,自然免不了一顿毒打。加上何绣月的百般哄劝,惠小姣的口气有了一点松动,伴娘非常高兴,搂着她说起体己话来。惠小姣说："你看我这个样子,怎么到别人的家里去呢。既然要我与葛天兴结婚,当是喜事,怎么能穿着孝服,戴着白花去呢。"何绣月不知孝服和白花标志的内情,便自告奋勇和嫂嫂换了衣服,把她的红花插在嫂嫂的头发上,自己把那朵白花拿过来戴上。两个人和衣坐在炕边,只等那边花轿来抬新人。

却说在夜深人静的半夜时分,五家磨村来了6个提着灯笼的陌生人,一顶花轿悄悄抬到陈家大院。何绣月和惠小姣从屋里走了出来。那些人就像做贼似的,慌里慌张,一见穿孝服、戴白花的女人,抱起来放进轿子里,抬起就跑,何绣月张嘴就要说什么,被人用毛巾塞住了嘴。那伙人抬上轿子迅速离开了村子,什么痕迹也没有

第二辑　绵绵情怀

留下。

　　陈佩拿到大嫂的聘礼，悠哉游哉的又钻进了赌场，想以此为赌注，赢个百万富翁，一直到第二天早晨，银子全部输光了，他一脸晦气，没精打采地往家里走。他想葛天兴说好事成之后还有500两，那时候，说不定自己会时来运转，手气好了，一把就能把损失的钱财赢回来。这样想着，他觉得还有希望，心情也好了许多。他哼着《小寡妇上坟》的酸曲，走进陈家大院时，却见大嫂在洒扫脚地，不见何绣月的人影。陈佩急风火燎地问道："我老婆呢？"惠小姣诡秘地咧嘴一笑："你不是把她卖了吗。你们赌钱的人是不是都走这条路啊：先赢后倒糟，拆房卖老婆？"陈佩气急败坏地在院里直跺脚，连一句完整的话也说不出来。他知道是惠小姣作弄了何绣月，让自己的计划落了空，闹出个无法向世人张扬的尴尬结果。他越想越生气，操起房檐下一根木棒，正要朝惠小姣打去。

　　这时，只听得一声呐喊像晴天霹雳，吓得陈佩浑身哆嗦手抖棒落。原来，大哥陈侃、小弟陈涛和侄儿玉同刚走进家门，一齐站在他的面前。他浑身发软，双腿弯曲跪在了地上。惠小姣见男人和儿子都回来了，激动得热泪盈眶，她跑过去抱住儿子伤心的大哭起来。小弟陈涛说："大嫂，你盼着大哥回来，他回来站在你的面前，你却不理，连一口水也不给喝啊。"惠小姣笑着擦了脸上的泪花，深情地望着自己的男人轻轻地说："他爹，你可回来了。"陈侃把行李交给妻子，让她把儿子先领进屋去。他操起陈佩撂下的那根木棒，就要教训二弟。陈佩见势不妙，撒腿跑出了家门。以后几天也没有回来。家里人也分头出去找他，一直没有踪迹。后来，听人传说，他跑到石塔寺当和尚去了。

红尘如烟

尘世染色体

一个陪读母亲的忏悔。

你怎么会不认识自己的儿子。作为母亲，你一手把他养育成人，在他身上倾注了你毕生的心血，寄托着你无限的希望和梦想。儿子离开你已经10年了，你对他的思念从来没有间断过。

你为自己的儿子曾经骄傲过。那年夏季，他考上了复旦大学，成为家族中第一个大学生。左邻右舍的赞美，亲戚朋友的羡慕，那种荣耀，那种满足，在从你挂在嘴角的笑容中完美地体现出来。

你知道自己的儿子倔强的性格。他把自己关在小屋子里，彻夜在枯燥的数据和浩瀚的知识海洋中熬煎，他发誓不考上一本，他还要复习，他要上名牌大学，他愿意为自己将来的锦绣前程付出更多的汗水。

你用自己贤惠善良的性格影响儿子。在这个古朴安静的小镇上，他是尽人皆知的乖巧、懂事、聪明的孩子，他的循规蹈矩，他的温顺听话，他的礼貌待人，无不留存着你的身影。

你对儿子的爱是渗透在骨髓深处的痛。你担心他的冷暖，担心他的温饱，担心他的安全，担心他被坏人引诱。你如此慷慨地装上了电话，就想听到儿子的声音。你让接线员把线留得很长，可以把电话抱到卧室去放在床头。你生怕漏掉儿子打来的电话。你忍不住打过去，儿子问你有什么事情，你说没有什么事情，儿子不高兴了，没有事情打什么电话！你无言以对，你哭了，那么伤心，

第二辑 绵绵情怀

那么委屈。

你多少次在睡梦中梦见儿子。你想去看望他。你在自家院子的柑橘树上摘了10个最好的橘子，用手帕包起来，把它塞进三面新的被子里，一起背上启程了，你登上了南下的列车去看望儿子，你担心儿子受冻。走进学生公寓，在儿子宿舍的门口，你第一眼看到了许多双乱摆着的脏鞋子。走进屋里，你解开被子，橘子滚了出来，你拿起一个散发着清香味的橘子让儿子吃，他却皱着眉毛埋怨你这么远拿这个干什么，学校超市什么都有。望着凌乱不堪的屋子，你叹了一口气，原来有许多想给儿子说的话一句也说不出来了。

你感觉儿子变了，他变得你似乎不认识他了。他似乎也没有想见你的那种急切心情，这让你感到非常失望和难过，你总是在想他还是我的儿子吗？城里人的荣耀是用金钱铸就的桂冠，你一个小学教师对亲情依然如此痴迷了，换来的却是儿子的厌烦。

你回到镇上没有先前的兴奋和憧憬。你总是回想儿子的眼神，那种漠然，那种焦灼。那种烦躁，那种冷淡，深深地刺痛了你的心，你回想起过去的日子，回想起等待儿子回来过年的那种喜悦，回想起想给儿子打电话又担心他会厌烦的那种犹豫，那种无奈，那种魂不守舍的情景，泪水打湿了你的衣衫。

你第二次去上海是在儿子毕业后的第三年夏天。你走进儿子的出租屋，却看见了女人的裙子和胸罩，一个圆脸的姑娘和儿子一起站在了你的面前。儿子对你说："这是我的女朋友于倩。"那个姑娘连一个招呼都没有打，只是上下打量着你，好像在看一个过时的农村老太太。"你们没有结婚怎么就住在了一起？"你盯着儿子，满脸怒气。儿子不在乎地看了一眼女友，笑着说："这有什么，80后都这样。"屋子里乱七八糟，在

红尘如烟

你看来这是猪圈,这是垃圾堆。你放下挎包就急忙收拾起来,不一会儿屋里整洁了,看着舒畅了。你坐下来喝口水。这时候,一会儿儿子乱喊,一会儿于倩乱嚷:"你把我的某某东西放到哪里了?"那语气只是埋怨,没有点滴感恩。

你俯在窗口却无心欣赏黄浦江美丽的夜景。夜已经很深了,两个人每人怀抱一台笔记本电脑还在玩游戏。你在小卧室关灯睡了,半夜醒来,你发现客厅的灯还亮着。早晨起来,你做好了早饭,在屋里转着圈等候他们起床吃饭。那个卧室的门还是紧闭着。到了11点,于倩披头散发地出来了,接着是儿子伸着懒腰坐在了沙发上。

你端出了丰盛的早餐,你让儿子赶快洗脸吃饭,你做了他做爱吃的煎饼,土豆丝、炒鸡蛋、红烧肉。儿子没有欣喜的表情,却埋怨你:"人家睡觉,你叮叮当当吵死人了。"于倩洗漱完毕出来依附在儿子的身上闹着要吃烤肉。你满脸发烧,也不避人,年轻人知道什么叫廉耻吗?你在心里对这个准儿媳颇有微词。

你深深地感到儿子不是从前的儿子了,他变得陌生起来,你几乎不认识他了,你总是在心里问自己,这还是我的儿子吗?繁华的都市造就了灵魂的荒漠,楼房的森林,汽车的海洋,欲望的牢笼,黑色的染缸,心灵的白布还有纯洁的尺寸吗?

你选择了离开,尽管你已经退休,回去也是你一个人生活,你还是决定回去。离开上海,离开儿子,回到安详、淳朴的小镇去,过正常人的生活。你回眸一望,留下一张没有写字的纸条,就这样悄悄地走了,就像你悄悄地来一样。

第二辑　绵绵情怀

血色玫瑰

一个执着的情痴女子，令人心痛。

我与她相遇纯粹是一种偶然的机缘。现在回想起来，我仍然感到那是一场梦幻。/ 我和她素昧平生，又相隔在千里之外，按说不会有什么瓜裹的，可是，她的执着、她的追逐、她的期望，让我有些后怕。

我记得那是春节过后的一天下午，外面的冰雪还没有消融，残阳如血。我送走了新年第一批参观的客人，刚刚回到办公室，电话铃声响起来了。我看了看显示屏，是外地一个陌生的区号和号码。我本来不想接听，我怀疑那又是推销产品的骚扰电话。可是，又一想，万一是那个编辑部打来的，岂不误事。这样想着，我拿起了受话器。对方是一个女性的声音，她好像与我非常熟悉的样子，喊着我的姓名我的职务。我有些奇怪，就问她是怎么知道我的这些信息的。她咯咯地笑，并不回答。过了片刻，她对我说："我叫柳叶，是你的文学发烧友。我在沈阳一家私营企业当会计。我的老家在内蒙古大草原，我在沈阳大学毕业后，我母亲让我留在这里，给我那个独身一人的姨妈康慧作伴，我就住在她家里……"说到这里，她问我："你听我说这些不烦吧？"出于礼貌我当然不能说烦。她又接着说，她把我那部长篇小说看了三天三夜，她哭了，她觉得我写的有几个人物就是她的母亲、她的姨妈和她的命运。她在想不知作者是一个什么样的人，她一定要和我交流，她和别人打了赌，别人笑话她异想天开。她说她听到我说话的声音非常亲切，她高兴极了。她说她给我发了一条彩信，让我看看。

83

红尘如烟

我放下话筒，打开手机，真有一条彩信，是一朵血色玫瑰，速度很慢，半天才看清楚。

对于这个突如其来的朋友，我有些茫然，我并不知道她真正的身份，也不知道她与我联系的真实目的。如果，她只仅仅是一个文学爱好者，那么，她看作者的作品就可以了，有必要这样直接联系吗。前些年，社会上流行追星族，许多年轻人对那些球星、歌星、影星趋之若鹜，有的姑娘甚至不惜牺牲家人的性命，强迫父母陪自己千里迢迢去找她心中的偶像。对于这些我是不以为然的。何况，自己只是一个业余文学爱好者而已，有这样的魅力吗？

那次联系之后，她不断给我打电话，问寒问暖，我有些不知所措。我不知道在爱情、友情、亲情之外，还有一种超越性别、年龄、地域的超然的纯情吗？也许，这种交流只是心灵的沟通，并不附带什么物质的条件和世俗的依赖。可是，我们毕竟生活在现实社会里，不能不考虑影响。有一位朋友对我说，现在的社会，有什么别有病，没有什么别没有钱，动什么别动情。我觉得他的话非常经典。像我这样传统的人，总想着不能误导别人，像她这样和我无休止地联络下去，有什么意义，也不会有什么好的结果。于是，我有意回避她的热线联络。我把她的座机和手机号码都输进我的手机号码本里，一看到她的名字，我就按终止键盘，不留神接上后，我就说在开会，很快关掉手机。这样大概过了一月左右，她开始给我发短信，每天一条，时间都在早晨8点左右，我也没有看，就让她发去吧。

秋天的时候，我的一篇散文在大赛中获了奖，组委会通知我去沈阳领奖。我在起程之前，也没有想到要去找她。躺在火车的卧铺上感到无聊，就买了一本消遣性的杂志翻看起来，有一则小故事，引起我的注意。说王洛宾去新疆采风,遇到一位美丽的牧羊姑娘向他求爱,王洛宾考虑到自己是有家室的人,就拒绝了她。若干年后,王洛宾又去新疆采风,他想起了那个痴情的姑娘,便到她家里去看她。一位老奶奶说,她患相思病,忧郁成疾,早已经去世了。王洛宾受到强烈刺激,他跑到姑娘的墓前,流着泪写下了民歌《在那遥远的地方》……

读到这里,使我的心灵受到巨大震颤,我不由得想起自己的遭遇,我打算去找她,看看她是一个什么样的姑娘,是胖是瘦,是高是低?她见了我会说什么。

会议间隙,我按照她早先给我的地址,走进一条古老的巷子,在一所老房子的三楼东头找见了她的姨妈康慧的家。开门的是一位满头白发的老太太,她穿着一件大红的上衣,手里捏着一副眼镜。我说:"柳叶是住在这里吗?"她打量着我问道:"你是……"我说我是她的一个同学,来沈阳开会,过来看看她。老太太高兴地将我让进屋里。客厅放着一个老式躺椅,上面铺着一条毛毯,旁边的茶几上放着一本夹着书签的长篇小说,我拿起来一看,是英国女作家多丽丝。莱辛的代表作《金色笔记》。这部小说我是熟悉的,开头写道:两个单身女人分别住在伦敦的一座公寓里。结尾是:两个女人相拥而吻,之后就分开了。

我打量着屋里的陈设,问道:"如果,我没有猜错的话,您就是柳叶的姨妈?"她将茶杯放在我跟前的小桌上,笑着说:"是的,我叫康慧,是搞建筑工程设计的,现在退休在家。难得你还来看我的侄女,真是有心人。"她坐在躺椅上,用毯子苫住自己的膝盖,继续说道:"前些时候,他崇拜一位作家,给人家打电话、发短信,人家不理她,她便感到非常绝望,看破了红尘,说什么世上没有人懂得她的心,扬言她要远离红尘,去出家。我以为她是开玩笑,谁知道她收拾东西真的去了张

红尘如烟

家界……""是真的吗？"我大吃一惊，怎么会是这样呢？

我心情沉重地走出这条老巷子，我原来想象的会面的场面霎时化为乌有了。我不知道是她追逐的错位，还是我拒绝的罪恶，让一个妙龄少女去过青灯孤卷的生活，是不是有些太残忍。站在车水马龙的街道，我拨打她的手机，获得的却是停机的信息。我打开了她曾经发给我的彩信，面对这血色玫瑰，我的心情久久不能平静。如果，我去劝她，她会怎么样，会不会还俗；如果，她向我提出其他要求和条件，我该这样面对呢？

千古豪情

文豪苏东坡有过怎样的家庭生活，他对伴侣的取舍标准给我们怎样的启示？

苏轼一生先后娶过三房妻子，均姓王。他的结发之妻叫王弗，是四川眉州青神县进士王方的女儿，她年轻貌美，知书达礼，性情温和。庆历六年（1054），19岁的苏轼娶16岁的王弗为妻。

苏轼刚到密州任知州时认识了王弗。王弗聪明秀雅，温文贤淑，性情温柔，才貌双全。他们相亲的时候，在一条幽静的小河畔约会。届时，苏轼只看到王弗的丫鬟，不见她本人。丫鬟告诉苏轼，小姐看中先生的才情，不在乎外表。丫鬟反问苏轼还见不见小姐了？苏轼忙说："不见，不见，学生也是敬佩小姐才华的。"王弗和苏轼相处的日子里，正是苏轼年轻奋发之际，王弗总是温情地劝导苏轼："待人处事要秉公清正，谨慎行事。"

第二辑　绵绵情怀

每当苏轼读书时，她便陪伴在侧，终日不去，堪称他的贤内助。苏轼为人旷达，待人接物相对粗疏，王弗便常常躲在屏风后面静听，如有不妥之处，立即提醒丈夫注意。王弗与苏轼共同生活了11年，治平二年(1065)五月，妻王弗卒于京师，年仅27岁。

王弗去世后，苏轼悲痛万分，他按照父亲苏洵的安排，将妻子安葬在母亲坟茔的旁边。并在埋葬王弗的山头上种植了30000株松树，以寄托他的哀思。又过了10年，苏轼为王弗写下了被誉为悼亡词千古第一的《江城子·记梦》：十年生死两茫茫。不思量，自难忘。千里孤坟，无处话凄凉。纵使相逢应不识，尘满面，鬓如霜。夜来幽梦忽还乡。小轩窗，正梳妆。相顾无言，唯有泪千行。料得年年断肠处，明月夜，短松冈。

苏轼的第二任妻子叫王闰之，是王弗的堂妹，在王弗逝世后第三年嫁给了苏轼。她比苏轼小11岁，自小对苏轼崇拜有加，生性温柔，处处依着苏轼。王闰之伴随苏轼走过了他人生中最重要的25年，历经乌台诗案，黄州贬谪，在苏轼的宦海浮沉中，与之同甘共苦。25年之后，王闰之逝世。苏东坡痛断肝肠，写祭文道："我曰归哉，行返丘园。曾不少许，弃我而先。孰迎我门，孰馈我田？已矣奈何！泪尽目干。旅殡国门，我少实恩。惟有同穴，尚蹈此言。呜呼哀哉！"在妻子死后百日，苏轼请他的朋友、大画家李龙眠画了十张罗汉像，在请和尚给她诵经超度时，将此十张足以传世的佛像献给了妻子的亡魂。苏轼去世后，其弟苏辙按照兄长的意思，将其与王闰之合葬，实现了祭文中"惟有同穴"的愿望。这段经历成为千古传颂的爱情佳话

苏轼的第三任妻子叫王朝云，字子霞，是杭州钱塘人。宋神宗熙宁七年(1074)九月，苏轼被贬为杭州通判。一日，他和妻子王闰之参加一个宴会时，认识了王朝云。轻盈

红尘如烟

曼舞的王朝云年仅12岁，因家境贫寒，自幼沦落在歌舞班中，成为一位小歌女，以卖唱为生。王闰之见她聪明伶俐，心灵手巧，便买回家给她当了丫鬟。朝云来到苏家后，苏轼和夫人开始教她读书识字，待她如亲人一般，使她甚为感激，从心里敬佩苏轼这位大文豪。朝云聪颖、活泼、漂亮，惹人喜爱。连秦观都写诗赞美她美如春园，眼如晨曦。朝云成人后，苏夫人将她收为丈夫的小妾。此时的苏轼已经40岁了。王朝云比他小26岁。在苏轼最困难的时候，王朝云一直陪伴其左右，和他共渡难关。王朝云是苏轼的红颜知己，苏轼写给王朝云的诗歌最多，称其为"天女维摩"。在苏轼晚年的流放生涯中，王朝云始终紧紧相随，是他一生中最忠贞的伴侣和朋友。她乐观的性格和侠义心肠，给心灵痛苦的苏轼带来了极大的安慰与希望。但不幸的是，朝云被扶正后过了11年，即先于苏轼病逝。元丰六年(1083)，王朝云为苏轼生下了一子，产后身体虚弱，被瘟疫夺去了生命，年仅34岁。

朝云去世后，苏轼一直鳏居，再未婚娶。遵照朝云的遗愿，苏轼将亡妻葬于惠州西湖孤山南麓栖禅寺大圣塔下的松林之中，并在墓边修筑六如亭以纪念，他撰写悼念亡妻的楹联是："不合时宜，惟有朝云能识我；独弹古调，每逢暮雨倍思卿"。朝云墓如今已成为当地万人参拜的名胜古迹。

苏轼一生共有4个儿子。王弗为他生了长子苏迈，王闰之为他生了次子苏迨与三子苏过。这三个儿子都由王闰之一手抚养成人。公元1083年秋，朝云生下了第四子苏遁，可惜不久就夭折了。

苏轼的一生历尽磨难，一贬黄州、二贬惠州、三贬儋州，但他乐观旷达，宠辱不惊。他以宽广的胸怀去拥抱变幻莫测的大千世界，活出了潇洒浪漫、豪情满怀的精彩一生。

第二辑 绵绵情怀

魂落何处

一个诡秘的男人，一个需要名分的女人，在纠结中度过了青春年华。

有的人怕麻烦，总想过自由自在、无拘无束的日子，殊不知，逃避法律的约束，带给他的是更大的麻烦和无奈。

在北京某法律援助处，我看到一个奇特的案例，让我震撼，世界之大，无奇不有。这对奇葩男女给自己挖了一个大坑，在里面越挣扎陷的越深……

女一号叫张月英，是个典型的东北女人，高挑的个子，颧骨有点大，脸庞显得瘦削，手指很长。她26岁时，因不满丈夫的背叛而离了婚，回到通辽市，住在娘家。母亲整天为她的婚姻事情熬煎，催她赶快找个人把自己嫁了，省得村里人说闲话。母亲的唠叨令她心烦，一气之下，她离家出走，跟着同乡来到湖南长沙，在一个建筑工地给民工做饭。

这里的民工是浙江舟山一个老板组织的劳务公司，全国各地的人都有。有一个瓦工人长得高高大大，口中镶嵌一颗金牙。他话语少，干活卖力。他叫刘根柱，是河南驻马店人。他对张月英非常关心和体贴，有空和她拉家常，照顾她。张月英感到他是一个好人，心存感激，经常帮他洗衣服，给他做好吃的。渐渐两人有了感情，约定搭伙过日子，不结婚，他们就住在了一起。

三年后，张月英发现自己怀孕了，她和刘根柱商量。刘说："这个孩子不能要，咱们没有钱，居无定所，将来怎么办。"她觉得他说的有理,就去医院打胎。

医生检查后说孩子已经很大了,如果打胎你以后就不能生育了。她回家又和刘根柱商量,刘说那就生下来吧。因为他们没有任何手续无法到大医院去生产,就在一个小诊所生下了他们的女儿。

女儿三岁那年春天,张月英领着她去幼儿园报名,排了好长时间的队,轮到她们了,人家伸手要户口本,她拿不出来。只能神情忧郁地领着女儿回家。看到母亲脸上的泪珠,女儿仰望着母亲,拽住她的衣襟:"妈妈别哭,丫丫不上幼儿园了。"

幼儿园没有上成,引发张月英一连串的忧思,以后的路还很长,这日子怎么过。张月英对刘根柱说:"咱们结婚吧,要不,这个孩子没有户口,今后什么事情都办不成。"

刘根柱挠着头,支吾了半天才说:"再等两年吧,等我挣了大钱,把你风风光光娶回家,一切问题就都解决了。"

张月英满怀希望等待着。一晃五年过去了,刘根柱还没有一点与她结婚的意思。

那年过完春节,刘根柱跟着老板来到北京一个工地干活。张月英和女儿还在长沙,她不能上学,张月英在家给教她学习语文,数学。

起初,张月英给刘根柱打电话,他还问长问短,后来,电话打过去,他就发火说他忙着,没有什么事情不要烦他。再后来电话就打不通了。他是怎么想的?难道他变心了?想甩了他们母女?张月英越想越害怕。

夏天的夜晚,张月英和女儿坐在院子里乘凉,他们希望刘根柱能突然回来。

湛蓝色的天空繁星似锦,只是月亮只有一个牙儿。女儿问妈妈:"月儿什么时候圆?"

"爸爸和妈妈结婚的时候。"

"那你们赶快结婚吧,我要看到月儿圆的样子。"

▶ 第二辑　绵绵情怀

张月英没有说什么，她心里很苦，她担心刘根柱不要她们母女了。她收拾行李，第二天领上女儿坐火车来到北京，找到那个工地，她们在那里等了五个多小时，才看见刘根柱慢腾腾地走过来，女儿扑过去抱住父亲的腿，刘根柱一把将她推开，怒吼道："你们跑来干什么，丢人现眼！"

经过律师反复协调，刘根柱就是不答应结婚，他的理由是没有钱。其实，张月英并没有给他要多么排场的婚礼，只是要一个结婚证，要个名正言顺的名分罢了。

而刘根柱为什么不结婚呢？律师分析有几个可能性：刘根柱不愿意和张月英结婚，他在老家还有个老婆，怕犯重婚罪；刘根柱心中另外有了人，不想要张月英，认为她们是拖累是累赘；刘根柱另外并没有女人，他就是一个没有担当的男人，只享受爱情的乐趣，不愿意承担家庭和社会的责任。

这种纠结已经闹了很多年。在多方努力无果的情况下，张月英对这个男人死心了。她昂起头和女儿一起在生活的道路上走下去。丫丫已经长成一个漂亮的大姑娘了，张月英领着女儿开了一家时装店，生意日渐兴盛。

二十多年后，拆迁队在一处老房子里发现了一堆白骨和一颗金牙，据法医鉴定，此人已经死了有三年以上。

激情之后

民工背井离乡到外地去打工，夫妻不能团聚，他们精神饥饿，让人嘘唏，又很无奈。

在我很小的时候，社会各阶层的称谓按照分工大

红尘如烟

致有工人、农民、学生、干部等等。后来随着大批农民离开家乡，到外面去打工挣钱，便产生了一个农民工的阶层。

上一周三，市上来了一位领导检查农民工工资发放问题，中午吃饭时，他讲了一个笑话。说是有一个农民的儿子准备外出打工，临出发的前一天晚上，父亲给他谈话，千叮咛万嘱咐，他说："你到城里去要注意，现在社会好了，办什么事情都很方便。你到那些花街柳巷、洗浴城和发廊里少去。那些姑娘看起来很漂亮，其实，她们有病哩。你如果染上了病，回来就给你媳妇染上了；你媳妇染上了就给我染上了；我染上了就给你妈染上了；你妈染上了就会给村主任染上了；给村主任染上了就给全村妇女染上了……娃呀，你一定要听话。"自然，这个段子引起了大家的哄堂大笑。我却觉得这个故事反映出了一个农民工精神饥饿的问题。现在的农村，留守的都是妇女、老人、儿童，号称386061部队。中青年都外出打工去了，他们夫妻长期分居，他们的感情生活没有寄托，他们的激情无处释放，这是一个现实的社会问题。

我记得那天大概是中午一点左右，我正在家里午休，单元门上方的门铃响了。我以为是有人想打听门户，没有理会，我不想去开门。住在一楼，成了住户的顾问，经常有人敲开门打听某某人的住处，对此，我比较厌烦。可是，门铃又响起来，我不知道是谁，只好下床，趿上拖鞋，来到客厅。打开门，却发现我小学的同学高玉虎站在门前，他的头发很长，面容憔悴，显得非常疲惫的样子。我急忙将他让进屋里，给他沏了茶，和他交谈起来。我问他："你不是到兰州打工去了吗？什么时候回来的？"他没有回答我的话，却揪着自己的头发，非常痛苦地说："咱们同学朱俊强犯法了……"

第二辑 绵绵情怀

"啊?"我大吃一惊。在我的印象当中,朱俊强是一个老实憨厚的人,他怎么会犯法呢。小时候,他爱睡懒觉,经常迟到。到冬天的时候,他脖子上套一个方格的围脖,老师把他拽到黑板前,抓住他的围巾,用粉笔在他额头上连续敲捣,骂道:"我把你这个扁脑袋他儿……"扁脑袋是他爹朱长泰的外号,他头长得有些扁,有人背地里把他叫横路进二。朱俊强虽说也是农村户口,但是,他家住在城里,是城中村。他父亲在东街蒲家场开了一个油坊,早晚榨油,中午推到西关市场去卖。他母亲叫杨改秀,娘家是杨家河滩人,经常留着两条很粗的辫子。她在城里给人抱小孩,当保姆。两口在雪白巷老宅盖了5间瓦房。朱俊强上学时傻乎乎的,经常是人们取笑的对象。有一年冬天,老师安排每个学生回去打一铁勺糨糊准备裱糊窗户,结果,糨糊用完了,窗户还没有糊严。老师又点了几个学生再打些糨糊来,其中朱俊强也被点上了。那时候粮食紧缺,城镇居民每月只有27斤原粮。朱长泰一听又要打糨糊,非常生气,他说:"你老师是不是吃糨糊哩,有完没有!"家里没有给他再打糨糊,第二天,他来到学校,老师问他为什么没有带糨糊来。他说:"我爹不给打,他说你吃糨糊哩。"同学们都笑起来,老师有些尴尬,只是把他骂几句了事。后来,朱俊强勉强上完了初中就辍学了。

他跟着他的一个亲戚在县秦腔剧团当吼娃娃,演出《智取威虎山》时,他反穿皮袄,斜戴棉帽,站在那里充当八大金刚之一,台词只有"没哈没哈"几个字。用他的话来说,他扮演的角色不是吃枪子,就是挨打的坯子。后来,剧团解散了,他又变成了农民。值得庆幸的是,他找了一个漂亮的媳妇,是羊头庙妇联主任李红莲的女儿,名叫黄月琴。山里人为了改换门庭,以嫁到城里为荣。结婚后,许多人担心,朱俊强管不住媳妇。只要她一上

红尘如烟

街，就会招徕许多男人的目光。黄月琴走路很快，加上朱俊强给她买了一辆嘉陵牌轻骑，她成天在大街小巷穿梭，城里的男人把她叫电蹦子。有一年冬至前，巷子死了一个老人，朱俊强和另一个男人负责给主家的亡灵打墓。台塬上风大，寒气袭人。朱俊强对他的伙伴说他想到百货公司去买一顶帽子。那个人笑着说："你不用买了，你媳妇早就给你操心好了。"他说："真的吗？"那人说："咱俩是生前友好，我怎么会骗你呢。你媳妇给你准备了一顶绿帽子在家里放着呢，一会儿回去你问她要。"他就是这样一个人，回到家里去向媳妇讨要绿帽子，被媳妇打了一顿，成了左邻右舍相传的笑话。

就是这么一个老实的农民，他能犯什么法呢？高玉虎喝了一口茶，翻着眼睛，有些结巴地说："他他……他把人杀了！"

原来朱俊强和本村的同乡一起到兰州一个建筑工地干活，晚上下了班，他来到碧玉楼发廊理发。之后，那个姑娘热情地对他说："你出门在外那么辛苦，干活这么累，我给你按摩按摩，你会轻松许多。"朱俊强问道："按摩一次多少钱？"她说："10元。"朱俊强心想这么一点钱也无所谓，就跟着她进了里面的小屋。那个姑娘一边给他按摩一边开导他，让他活得潇洒一些，并说她们还可以提供特殊服务。说着就在他的敏感区挑逗起来，他压抑已久的性渴望烈火被突然点着了，他不顾一切地和那个姑娘融为一体……从此，他认识了她。她自称叫刘红嫣，是虢镇潘溪人，还和他认了乡党。

朱俊强在劳作之余，就去找她发泄，有钱就开钱，没有钱就记账。春节过后时间不长，朱俊强从家乡来到兰州，刚安排住下，他就去找她，两人温存之后，刘红嫣提出要清账，她准备到上海她的男朋友那里去。朱俊强说他刚从家里来，手头没有钱，两人争吵起来。刘红嫣说："你不清账，我就给你老婆打电话。"朱俊强上前和她扭打在一起，他原本想吓唬她，没有想到，捏住她的脖子不一会儿她就死了。听见里面闹腾，老板打开门看到这个现状，让两个小伙扭住他，就打了110……

高玉虎找我的目的是想让我找人说情，给他减轻罪责。不是我不帮他，他如今杀了人，我实在是帮不了他。这件事情发生后，各种议论在大街小巷传得沸沸扬扬。有人说，农民工感情缺失是一个社会性的问题，如果他和妻子经常在一起，就不会出现这些事情。也有人说，他本身是一个爱拈花惹草的东西，就是他老婆整天伴着他，他也会感情走私。

后来，听说他被枪毙了，他只活了42岁，家里父母、妻子和一个8岁的女儿在一块生活。半年后，黄月琴到西安韩森寨一家工厂打零工去了，谁也不知道她还会不会回到朱家来。

被转嫁的责任

父母离异后，孩子应该由谁抚养？

1997年的秋季，我的一位亲戚家里发生了奇怪的事情，成了人们街谈巷议的热门话题。那一天，我在县招待所开会，服务员蹑手蹑脚地走进会议室，她来到我跟前，俯下身子小声对我说："外面有人找您。"我放下手中的材料，急忙走出会议室。我在猜想，他会是谁呢？他怎么知道我在这里？

我穿过一楼走廊，来到院子。只见表哥站在台阶下，

红尘如烟

他的眼睛发红，满脸倦容，旁边放着那辆破烂的嘉陵牌轻骑，轮子上沾满了泥巴。他看见我后说："我到单位去找你，有人说你在这里开会。家门不幸，又出怪事，你侄儿碧峰失踪了……"

我有点不相信自己的耳朵，这怎么可能呢，但是，表哥绝对不会开这种玩笑。我问了问情况，就只好安慰他几句，让他先回去，我们继续想办法寻找。后来，我们发动亲戚朋友，到处寻找，找了好长时间也没有找到，无可奈何，只好作罢。

我小时候是在姑母家长大的，姑姑和姑夫对我恩重如山，我一直对他们心存感激。可是，我对碧峰是非常反感的，我总觉得他跑到外面去没有学到本事，丢掉了清纯和憨厚，却沾染了城市浪子许多不良的生活习气，这种做派让我非常讨厌。

我的姑夫和姑母一生善良厚道，为人勤谨，只生了表哥一个孩子。而表哥却生育了5个儿女，两个儿子，三个女儿，其中有两个女儿是双胞胎。

碧峰是表哥的大儿子。小时候，他还聪明伶俐，在爷爷奶奶跟前也很孝顺。后来，他到云南麻栗坡去当兵，三年后复员回到老家农村。面对繁重的体力劳动和乡村单调的生活，他是一天也待不下去。打发表哥多次找我给他安排工作。

由于他是农村户口，不属于安排对象。我只好想办法给他找一些临时性的事情让他做。我通过两用人才办公室把他介绍到西安一家国有公司作保安，每月400元工资，还有服装和其他福利，可是，他干了半年就不干了，后来又相继换了三家公司，仍然不安心，认为没有意思，又离开了。这样折腾了几年，到处流浪。最早和他一起进公司的保安已经转成了正式警察，他还是一个游民。

表哥托人在景家寨给他找了一个媳妇，结婚后4年

第二辑　绵绵情怀

生了两个孩子，他在农村更是变得懒散邋遢，不愿意干农活。后来买了一辆三轮车当上了收奶员。就在这段时期，他与何家沟一个有夫之妇偷偷地相好了，他们商量好私奔了。当然，这些情况，我是后来才知道的。

碧峰离家出走的第四年，媳妇通过法院和他离了婚，带着小女儿改嫁到东原去了。把大儿子国强留给了表哥抚养。表哥的二儿子志峰，在部队学了烹饪手艺，在宝鸡宾馆做饭，后来，和媳妇一起在桥南裕泉做贩菜生意，把他们的三个孩子也留给表哥表嫂经管。这样一来，家里留守着四个孩子，表哥表嫂受苦受累不说，经济负担成了大问题。江峰10年未归，给家里一分钱也没有寄，他把本该属于自己的责任转嫁给了自己的父母，难道就心安理得吗？

我看得出来，表哥有苦难言，他只好默默地承受。每年正月初三的早晨，我去给他们拜年的时候，从来没有看到表哥和表嫂一点喜庆的神情，生活的重负已经使他们筋疲力尽，皱纹包围了他们的眼睛，白发爬上了他们的头颅，他们瘦削的腰杆已经再也直不起来了。

今年初夏的一天，志峰突然来找我，他说他哥回来了。他跑出去和那个女人在宁夏一带承包工程，积攒了7万元，让那个女人卷走了。他说他想来找我，怕我骂他不敢来。我对志峰说："你告诉他，他不要来，来了我也不想见他。他这次走的时候，把他的儿子领上，不要再留给老人。"志峰喝了一口水说："他回来转了一圈，还想走，现在西藏铁路通了，他想到拉萨去淘金。"

志峰回到宝鸡的第三天，给我打来电话说他哥领上儿子准备到西藏去，到了宝鸡火车站又变了卦，把国强给他领来，让他先带着，说到西藏安顿好了，就过来接儿子。我知道这又是他的诡计，他是不会再回来的。果然，半年过去了，江峰再也没有回来。国强跟着志峰收拾蔬菜，在叔叔那里打工。有一天他也找不见了，谁也不知

红尘如烟

道他跑到哪里去了。一个没有父爱和母爱的孩子，他心里是怎么想的呢？志峰说有一天他发现国强画了一头猪，旁边写着他爸爸的名字，他把这幅画贴在门扇上，可见他对父亲是多么的憎恨。

有一段时间，我曾经埋怨表哥不该让国强辍学。表哥无可奈何地说："不是我不让他上学，是学校不要他了。你知道他期末考试考了多少分？8分！还是两门课加在一起的分数，让人笑掉大牙。"他还是一个15岁的孩子，如今不上学，没有知识，他今后的人生道路怎么走呢？

有一天，我去宝鸡开会。中午休息时，我去万邦书城查阅资料，走到经二路人防地道口旁边，发现一伙乞丐在争抢一个盒饭，我发现了国强的身影，他的脸面肮脏不堪，只有牙齿是白的，穿着一双胶鞋没有后跟。他看见我后，撒腿朝汉中南路跑去了。

看到这种景象，我不由得又恨起碧峰来了。他们这些不负责任的家长，他们转嫁的岂止只是对儿女的养育责任，其实是给社会转嫁了一种潜在的隐患，让人忧虑，令人愤慨。逃避责任的一代，你们应该好好反思一下自己，你们的自私自利到了让人无法容忍的地步！如果，普天下的父母都像你们这样，那么，这个世界将会变成什么样子！

红丝巾

一段不堪回首的往事，一桩没有结局的婚姻，一个无可奈何的罪犯，是谁酿造的这杯苦酒？

这个选题我原来打算去年就要写的，只是别的事情

第二辑 绵绵情怀

耽搁没有写成。我不放弃这个题目，是因为过去的那段生活，过去的那些人物一直在我的脑海里浮现，我无法将他们抹去。

我小时候一直生活在乡下，对于城里人的生活习俗并不知晓。在我上小学的时候，我们村子搬来了一户下放居民，就住在我家隔壁。那个男的，叫赵寿山，穿一身灰色的中山装，四个贴在外面的口袋非常明显。左胸的上边口袋里插着一枝很粗的黑色钢笔。他留着偏分头，农村人叫洋楼。他说话的口音很不好懂，后来我才知道那种语调是南方人特有的。女的是个医生，名叫范云锦，补着两颗金牙，她长得瘦高瘦高的，使我想起沟里的楸树。他们夫妻两个有一位皮肤白皙的女儿，个子不高，眼睛很大很圆，叫赵耕馨。我看她既不像父亲，也不像母亲，却是个非常活泼好动的姑娘。她喜欢农村的小鸟和河水。每天早上起来，端了脸盆和缸子，来到小河边。她洗脸、梳头，农村人感到很正常，但是，她刷牙，农村人就不理解。有个准备上地的婆婆走过来问她："耕馨，你吃了什么脏东西，把毛刷子放在嘴里胡捅？"赵耕馨偏着头笑着说："吃了好东西也要刷牙的。""城里人毛病就是多，吃了咱农村的粮食也嫌脏。"婆婆怎么也想不通，她嘟囔着走了。

替赵家安顿好住处和盘好锅灶后，父亲让我把赵耕馨领到学校去插班。我们农村的孩子比较封建，男孩子和女孩子不在一块走路，也不搭言。她不认识其他学生，去学校的时候，紧紧地跟着我，我怕其他同学笑话，就走得飞快，想和她拉开距离，她以为我要甩了她，追得更紧了。

我们学校生源少，没有费多大的周折，赵耕馨就插在了我们三年级。也许，老师是为了破除我们的封建观念，上体育课时，排两路队，一男一女，而且要求手拉手。

红尘如烟

同学们脸红红的，手虽然拉在一块，头却一个偏东，一个偏西，十分滑稽。我和赵耕馨被安排在一起站队，并且坐在一张课桌前。我们照例在桌子中间划了"三八线"，互不越界，互不侵犯，倒也相安无事。

她来到我们学校后，因为会说普通话，当了播音员，很受老师们的宠爱。她的穿着和农村孩子显然不同。特别是那条红丝巾非常惹眼，我也不知道是她母亲买的，还是父亲买的，她非常喜欢那条红丝巾，几乎春秋冬三季都围在脖子上。她喜欢在操场上奔跑，喜欢在田间的小道上和其他女同学赛跑，跑起来，那条丝巾，被风张扬着、飘舞着，像一团火焰，非常绚丽夺目。我不止一次地听见，我们农村的女同学在一块议论她的红丝巾，她们羡慕的神情溢于言表，她们希望自己也能有这样一条象征城里女孩的红丝巾。但是，几乎没有一个人能如愿以偿。农村很苦，农民很穷，父辈们实在拿不出来闲置的钱买可有可无的红丝巾，多少女孩子为此流下了伤心的泪水，还有的性格暴烈的女子为此绝食不吃饭，闹得家里人十分不愉快。很快，村里便传出了咒骂赵耕馨的闲话，说都是她惹的祸，脖子上缠个丝巾能顶吃还是能顶喝，下一辈子变成驴，不用说，从早到晚给你的脖子上套上拥脖。

农村人想法多，女孩子读几年书，家里就不让再上学了。他们说女娃迟早是别人家的一口人，识几个字，能认得钱，不被人欺哄就行了。有的姑娘没有上完小学，就穿上一身红衣，哭天抹泪，告别父母，做了别人的新娘。

赵耕馨的父亲是个神秘的人物，我们谁也不知道他原来是干什么的。他到我们村上来以后，除了劳动，就是爱看书。有一次，他借我家的破自行车去县城买书，走到红升村的土坡上，自行车的闸皮失灵。坡下走着两个农村老汉，一个戴一副圆坨眼镜，一个挑着一副笼子，两人正说着话。赵寿山骑着自行车大喊着身不由己地从

第二辑 绵绵情怀

坡上冲下来，把挑担子的老汉撞倒了。他赶紧把老汉拉起来说："对不起，对不起。"老汉瞪大眼睛看了看他，说："没事，你走吧。"他看没有什么大碍，也就推着自行车继续赶路。挑担的老汉不懂他说话的意思，就询问戴眼镜的老汉。这个粗识字的农村先生故意挑逗他，就说那是骂人的话，下放干部文墨深，他把你骂极了。挑担的老汉一听，非常生气，你撞了我，怎么还骂我呢！他气冲冲地赶上前去，扳住自行车车头，狠狠地对赵寿山说："我对不起你一家子！"晚上回到家里，他将这些不可思议的遭遇讲给我父亲听，逗得我们捧腹大笑。可是，赵耕馨没有笑，她一个人坐在我家的门槛上，连一句话也没有说，显得心事重重的样子。后来，我才知道，她和她父母吵了嘴。

  我初中毕业后，就进城当了学徒。赵耕馨跟着她母亲在大队合作医疗室帮忙抓药。有一次，我回家休假，母亲对我说，耕馨她妈给她找了一个上门女婿，是大队贫协主任的三儿子。我感到很吃惊。贫协主任弟兄三个，他是老大，因为是长辈，我也不知道他叫什么名字，只知道他姓何，好多人叫他大何，他二弟叫何有财，三弟叫何三财。大何年轻时死了女人，有一个大女儿，是个疯子和哑巴，20多岁，时常脱衣服，被成天锁在土窑里，她心急难耐，抱住门窗摇晃着大喊大叫，总是没有字语，谁也听不懂。大何有三个儿子，都是光棍。老三叫何谦恭，和我是初小的同班同学，他长得人高马大，坐在教室的最后边，我们叫他"大炮"。他对读书不感兴趣，只爱赶马车、爱用鞭子训练骡马。后来就退学在家务农，没有你年，他把学到的课程全部忘光了成了准文盲。他这样的人怎么能和赵耕馨生活在一起呢。那时候，赵家的人把世事看透了，以为他们也和老百姓一样要在农村永远生活下去，繁重的体力劳动没有强壮的身体是不行的，他们把养老的希望寄托在女婿身上。何谦恭呆头呆脑，出蛮力气，干农活，

红尘如烟

特别有劲。只是和赵耕馨怎么也不般配。但是，母亲说，人家的事情，谁也不要参言，闲事少管。

　　我下了夜班回家休假。那天下午，我去井台打水，赵耕馨在那里的石槽里洗衣服，她把红丝巾铺在水面上，石槽里的水变成了红色，经夕阳的照耀，红丝巾泛着点点亮光。她轻轻地撩拨着石槽里的水花，满脸的犹豫和苦闷。我喊她过来帮我搅动辘轳，她摔着手上的水珠走过来了。她就站在我的对面的井台上，手握住了光滑的辘轳把子，弯着腰和我配合着向上搅水。我忧郁了半天，嗫嚅着问她："听说，听说你找对象了？"她望着我眼睛发红一言未发，竟然哭起来。我被吓坏了，什么也不敢说了。我说："你千万不要哭，要不，别人还以为我把你怎么样了。我妈又要骂我。"她用手背在眼睛上擦了一下："你想怎样就怎样，管他别人说什么。"我劝她不要哭，她的泪水还是从指缝里流了出来。她泪眼蒙眬地望着我说："我想出去当工人，听说陕棉九厂要招挡车工，我不知道我爸我妈让不让我去。"

　　我知道，她出去当工人是为了逃婚。我从内心来说是希望她走出这个给她压力和痛苦的小山村。可是，她母亲是个厉害的女人，曾经放出话来，谁要是搅了她女儿的婚事，她就叫谁给他们夫妻养老送终。我劝她回去找父亲说一说，年龄还小，婚姻可以缓后再说，不一定就要那么急。

　　后来，我就回城上班去了。赵耕馨终于没有扭过她的母亲，和何谦恭成了亲。就在那年冬天，从省里来了几个人，说是赵寿山被平了反，要把他们全家迁回省城去。到这时候，村里的人才知道赵耕馨她爸原来是省里的一个大官。他们全家到农村来时是3口人，能迁走的也只能是3口人。何谦恭是农村户口，怎么办？

　　赵耕馨跟着她的父母回省城去了，何谦恭又回到他父亲那里去生活，也没有办什么离婚手续。

第二辑　绵绵情怀

　　半年后，县计委来了两个干部为县面粉厂招收工人，点名要何谦恭。大队干部起初不太同意，后来，看人家是"戴帽"招工，没有办法，也就开了介绍信。何谦恭糊里糊涂走进面粉厂当了工人，他的主要工作，就是扛起麻袋，把小麦倒进磨粉机的斗子里，简单重复，靠的还是力气。村里的人说，何谦恭是沾了他丈人的光，否则，当工人的美事怎么会轮上他呢。

　　赵耕馨回到西安继续复习功课，后来考上了西北大学经济管理专业本科班。她在上大学前，到县里来看过何谦恭，两个人静坐了半天，就分开了，据说赵耕馨是流着泪离开的，不知道为什么。半年后，厂里有了何谦恭的绯闻，说他和一个年轻女工有了私情，而且使女方怀了孕，何谦恭主动提出来要和赵耕馨离婚。手续是她母亲来到县上拿着省里的介绍给办的。那一天，县上召开公判大会，一排刑事犯罪分子，被五花大绑站在刑车上，大何的脖子上插着一只削尖的牌子，上面写着"故意杀人犯何发财"几个字，在他的名字上用红笔打着叉。他怎么会杀人呢？

　　原来事情还是出在他那个疯女身上。何家老小3条光棍在一起生活，疯女经常不穿衣服，全身裸露着，抖着两个大奶子在村里跑，大何防不胜防，实在没有办法看管她。就想了一个黑心的主意，沉着黑夜，他把疯女哄骗到北部深山子午岭遗弃，几天以后，她被饿死在深山老林里。他做这件事情也是被逼无奈，他含着泪水，把自己的亲生女儿送上了绝路，一直坐卧不安。他以为天衣无缝，不会有人知道的。谁知，村里有一个漏划地主的儿子，在"文革"中与他结下了冤仇，一直在暗中盯着他的一举一动，后来就将他告发，他被呜呜呜叫的警车带走了。地主的儿子冷冷地笑着，对村里的人说："大何胡争了一辈子，临死还拣了个便宜，坐了一回小车。"赵耕馨的母亲看到大何被押赴刑场执行枪决，他的两个

红尘如烟

儿子用架子车拉着一口白身棺材，停在路边，他们不知道刑场在什么地方，他们准备为老子收尸。赵耕馨的母亲藏在墙角里，暗自落了一阵泪，就急匆匆地回省城去了。

与赵耕馨离婚后，人们原以为何谦恭要和那个女工结婚的。不料想那个姑娘是军人的未婚妻，他们偷情的事情被人写信告知那个军官。他带着政治部的介绍来到县上，把何谦恭告到了政法组，何谦恭以破坏军婚罪被判了7年有期徒刑。在他老子被枪毙后百日那天，他被戴上手铐押进了看守所。有一天中午，街上人最多的时候，法院在什字街口召开宣判会，他被当众捆了一绳，县中队那个瘦小的小伙子攥着绳头，把他举过了头顶，引起满场惊叹。

何谦恭被判刑后，被押送到新宝砖瓦场劳改，后来就没有了他的消息，不知道转到什么地方去了。村里的人传说很多，有的说他被流放到口外，学到了技术，在那里安了家；有的说，他越狱逃跑时，被警察打死了。时间一长，村里的人把他已经忘却了，也没有人再提起他。

我在邮电系统工作了14年，后来转到了行政上。我记得那是一个深秋季节，我被派到省委党校去进修。在西安小寨西路那个院子的4号楼前庭里，我意外地遇见了也来参加培训的赵耕馨，她现在已经是关中东府一个大县的女县长。她的头发被高高挽起，显得个子比原来高了一些。她脖子上那条高档的红丝巾交叉着放在衣领上，上面套着一件呢子大衣。她戴上了一副金丝眼镜，显得平生了几分文雅和秀气。我起初并没有认出她来，只顾走路。她喊着我的名字，一把拽住了我的胳膊："王兄，当了部长，不认老同学了。"我打量半天，才认出她来。我感觉她和从前不一样了，比以前成熟多了，温柔的微笑里带着几分疲惫，惊讶的呼喊中带着由衷的惊喜。她对提着她行李箱的司机说："这是我的兄长和同

> 第二辑　绵绵情怀

学,我们全家下放农村时,就住在他家隔壁,他父亲是村干部,对我们给予了不少照顾。"那个年轻的司机朝我点了点头,微微一笑,算是打过招呼了。他先拿着钥匙,把县长的行李提到二楼的房间里去了。我俩来到院子的榕树下,各自找了一个石头坐下。她非常兴奋,笑着望着我,我又看见了那双大眼睛和那明亮的光泽。"做梦也没有想到,会在这里见到你。"她解开了大衣扣子,露出了那条火红的红丝巾,我非常惊讶:"你一直没有遗弃那条红丝巾?"她拢着额前的刘海,偏着头小声说:"你当年不是说红丝巾好看嘛。"我不知道说什么好,只是有些不好意思地低下了头。她把红丝巾末梢缠在指头上,语调缓慢地说:"红丝巾是我对生活的憧憬,是我的希望和旗帜,我看着它,就会想起小时候在乡下那些无比美好的时光,想起那些女孩子羡慕的目光,我要在别人的羡慕中张扬自己的风采和个性。你们以为我当了县长是因为我父亲的缘故,其实不然。是班子结构的需要,也是我的运气。换届时,上级要求各个地市要有一个县的正职是女的,咱是沾了性别的光。你是知道的,我当再大的官,终归还是个女人嘛。"

我们正在说着话,那个司机从草坪那边的小路上跑过来了,手里拿着一个精巧的红色手机,边走边喊:"赵县长,陈书记电话,他说有急事找你。"赵耕馨站起来顺着草坪中间的甬道,朝着东方小跑起来,红丝巾又在空中飘扬起来,像一面鲜艳的旗帜,那么夺目,那么灿烂。她跑着跑着,突然扭过头来,笑着朝我喊道:"你先休息一下,晚上,我请你喝咖啡。"

第三辑　芸芸众生

　　大千世界，无奇不有。人生就是一个舞台，形形色色的人物都在表演，他们以各自的特殊性在你的周围存在着、活跃着，在这里你可以看到他们的影子，让你思考和回味。

恭维者

　　一个把恭维作为达到自己各种目的的手段的人，他肉麻的恭维，你听着舒服吗？

　　司马迁在《史记·货殖列传》中写道："天下熙熙，皆为利来；天下攘攘，皆为利往。"尽管，恭维被正人君子所不齿，但是，还有相当一部分人采取吹嘘、夸张、拍马、溢美的手段，在人生的舞台上不断演绎恭维的桥段，为了达到个人不可告人的目的，不惜说出许多肉麻的语言，让人听起来浑身起鸡皮疙瘩。

　　不被花言巧语所蒙蔽，不被阿谀奉承所迷惑，拿起

第三辑　芸芸众生

解剖灵魂的手术刀，剥开奉承的画皮，看看它内心深处包裹的是什么货色。

恭维上司。18年前，我在北方一个县级部门担任主要领导。我这个人喜欢直来直去，自己不去恭维别人，也不喜欢别人恭维自己。可是，我有一个下属，名叫冯子余，不知道出于什么目的，总是对我恭维不已，从相貌、衣着、气质、家庭、学识、风度，恭维的体无完肤，让人感到浑身不自在。考虑到他的脸面，我在同事面前，没有说他。待到只有他和我两个人的时候，我批评他不要那么庸俗，不要搞那一套，踏踏实实干事，堂堂正正做人。

他望着我，好像不认识了，半天没有说话，但是，在他的眼神里我看到了他失望的神情。

我知道，他与领导套近乎是有所图的。他原来在街道摆摊砸铁桶，他父亲退休后，他顶了班到我们单位来了，他没有正式编制，虽然在机关上班，但是，他本人还是工人身份。

也许，他觉得我不是他希望的那种人，便越过我去恭维我的上司。恰好那位是个最喜欢别人恭维他的人，冯子余把他恭维得满脸笑容，眼睛眯成了一条缝。他好像背部正痒得难受，突然有一只小手伸进来，给他挠舒服了，他特别享受那种感觉。特别是在民主生活会上，冯子余把领导恭维得心花怒放，他在冯子余的口中比孔繁森还优秀，比焦裕禄还勤政。会议刚一结束，领导拉住冯子余的手，使劲地摇着，悄悄地对他说，晚上咱们好好喝一顿。

冯子余这一招旗开得胜，他变得自高自大起来，在单位盛气凌人，好像他有了高山，别人都要看他的眼色行事一样，有人在背后给他起了一个雅号，叫哈巴狗！

领导通过关系要了一个自然减员指标，给冯子余转

红尘如烟

了干，他还想当官，就动脑筋讨领导欢心。他想，目前，正是换届的当口，领导也想被提拔，给他造点舆论吧。他藏在屋里，写了一篇吹嘘领导的稿子，寄给电台。不知道怎么回事，他把一把手写成了一把毛。恰巧，这个稿子落在领导的一个熟人手里，他打电话给领导，说你们单位一个叫冯子余的人写了一篇吹嘘你的稿子，说你是他们县的一把毛。

领导一听勃然大怒，把冯子余叫到他的办公室，拍着桌子怒吼道："胆大的冯子余！你居心叵测！你污蔑我就罢了，还要送到电台去广播！"冯子余吓得浑身打了一个寒噤，脸色煞白，冷汗直冒，我我了半天，也没有说出一句完整的话来。

不久，他就被调到民政局下属的一个福利厂去当勤杂工，理由是上边有文件，要求清理超编人员。

冯子余一落千丈，他不甘心，反戈一击，举报领导说他横行霸道，以权谋私，收受贿赂。结果，上级纪委调查时，发现都是捕风捉影，捏造事实，还了领导的清白。领导的法律顾问以诽谤罪将冯子余告上法庭，他被判有期徒刑三年。自那以后，再也没有他的消息了，但是，他眯着眼睛的神情一直留存在我脑海里。

恭维富人。团县委有个副书记，名叫刘浩帆，他个子不高，年龄不大，却城府很深，看透了世事。他知道团委作为群团组织，要靠活动造成影响，要活动，就得有钱。他想了一个办法，自己不花钱，让富人们自觉掏钱。他策划包装富人的活动，这种恭维不是用语言去讨好他，而是给他戴上光环，让他晕晕乎乎飘飘然起来，就会成为自己的提款机。

有一个瓦匠出身的人，名叫邓福宽，他办了一个建筑装潢公司，由于起步早，挣了不少钱，成为当地有名的富人。刘浩帆以组织的名义，给他的申报了"新长征

第三辑 芸芸众生

突击手"、"新时代创业带头人"、"跨世纪标兵"等等荣誉。霎时间,邓宽富成了名人,上电视、上报纸、戴红花、受表彰,他兴奋异常,突然觉得自己这么伟大,活得太值了。这些荣誉都是刘书记给自己的,便产生报恩心理,叫上他下馆子、洗桑拿、进歌厅,他掏钱,他们以考察的名义,到新马泰旅游了一圈。

一次,他们在一起喝酒,刘浩帆说他买了一套房子没有钱装修,邓宽富立刻表态给他一把钥匙,其它的事情你不用管了,三个月以后,刘浩帆从邓宽富手中接过钥匙,他领着妻子到新房去一看,妻子大呼:"哇塞!太美了,富丽堂皇,像宫殿一样!"

两人从此成了铁哥们,关系密切。

刘浩帆的人脉气场也出现上升趋势,不久,他被提拔到一个山区县去当县长。他年轻气盛,想大干一场,弄出点让上级赞赏的政绩来。他们准备要集中建60栋住宅楼,实行气、暖、电、水集中供应。

邓宽富获悉这个消息后,赶到县上找到刘浩帆,表示他要承包这个工程。刘浩帆拉住邓宽富的手说:"我们是多年的朋友,这个事情我第一个想到的就是你。"在丰盛的宴会上,邓宽富非常高兴,喝的酩酊大醉,他以为这事成了,就按照刘浩帆叮咛的程序,让程序员作了标书,在投标时间里投了标。

结果却让他大吃一惊,中标的不是他的公司,而是另一个外县公司。他通过业内人士打听,原来那个中标的公司,是托市里一位领导给刘浩帆打了招呼,刘想在政治上进步,不敢得罪上司,只好淘汰他了。看到近亿元的钞票进了别的公司账户,他心里特别有气。

一天晚上,他约朋友在一起喝酒,两人都喝得有点高了。他说出了这个事情,朋友给他出了个主意,让他去举报刘浩帆,让他升官的梦到牢房里去做吧。

红尘如烟

邓宽富拿出了自己密不示人的笔记本，实名举报刘浩帆受贿的事实，很快，外界传来刘浩帆被停职，被省纪委带走调查的小道消息，但是，谁也不知道是他当年恭维的富人邓宽富举报了他。

恭维美女。何尔蛮在南坪县是个不起眼的小人物，但是，他在市井的知名度很高，有女人字典的美称。在这个是美女不是美女都喜欢别人夸自己是美女的时代，用恭维讨取女人欢心，也是他的本事。在他妻子坐月子的时候，他耐不住寂寞，跑出去找乐子。

他到公园看上了一个独处的姑娘在那里拍照，便走过去搭讪："请问美女，几点了？"

姑娘听见有人喊自己美女，转过身来莞尔一笑："11点，先生。"他便凑上去，用他的三寸不烂之舌，把姑娘从里到外赞美了一番，不到一个小时，两人便依偎在一个条凳上，好似多年的恋人，如此缠绵悱恻，如此卿卿我我。很快，两人走进了一家小旅馆开房。

他们宽衣解带，正要云雨一番时，突然，几个大汉破门而入，擒住何尔蛮一顿暴打，掏尽了他身上所有的钱，拿走了他的手机。

他灰溜溜地回到家里，唯恐老婆知道他的艳遇，每天都谨小慎微的，过着提心吊胆的日子。

有一天，他去上班，他家里漏水了，妻子给他打电话，接手机的却是一个姑娘。姑娘说："我被你丈夫强暴了，我扣了他的手机，请你们往我的账户上打10万元，否则，我就报警让他坐牢。"

这个消息犹如晴天霹雳，让妻子十分震惊和气愤，她本想到单位去闹，又一想这样，对自己也不好，就硬忍着，等他回来。

何尔蛮并不知道那个女人给妻子说的话，依然编着瞎话骗妻子。妻子问他："你的手机呢？"

第三辑　芸芸众生

何尔蛮一愣：立刻故作镇静地说："你问我手机干什么？"

"你拿出来！"妻子满脸怒气，目不转睛地盯着他。

"我不拿，你能把我怎么样！"

"你是死猪不怕开水烫！"妻子哭泣起来："我当初瞎了眼，怎么会找你这样一个伪君子！"

何尔蛮感觉事情有点严重了，必须改变战略战术，才能渡过难关。他又拿出了看家本领，开始恭维妻子，不料，她不吃这一套！

他无计可施，黔驴技穷了，又编出一个莫须有的故事来哄骗妻子。他说，有一天，他到小树林里散步，发现一个老大爷跌倒了，后来来了一个姑娘说她的手机没有电了，借他的手机给120打电话，她一边打电话，一边走，后来就不见了。

妻子再也不相信他的谎言了，抱着婴儿回了娘家，后来，妻子报警抓住合伙骗人的坏蛋，但是，她和丈夫离婚了。

恭维朋友。人生在世，谁能没有朋友。可是，朋友有各式各样的人。有一种朋友，他如果无端地恭维你，你就要小心了。

我们朋友圈里有个人，名叫闫宇飞，他是个见面熟，和你说三句话，就给你发名片，和你见两次面就说和你是老朋友。时间长了。圈里的人摸透了他的习性，他如果处心积虑地恭维你，那就是准备向你借钱。他借钱的理由不是亲戚住院，就是老家失火了。既然是朋友，他开口了，大家不好剥他的面子，就把钱借给他了。时间长了，朋友们发现他借钱并不是有急用，而是去买彩票。已经欠了别人6万多元，有的朋友就劝他："你不能这样了，欠这么多钱，你用什么还？"他眼睛一瞪："万一我中500万元了，那6万元又算得了什么。"结果，他

红尘如烟

还是乐此不疲，到头来连 50 元的奖都没有中过。渐渐地，朋友们觉得他这个人不地道，骂他老赖，再也没有人给他借钱了，他再花言巧语恭维朋友，也没有人信他的话了。

恭维敌人。在和平年代，所谓的敌人就是政敌、情敌、商敌而已。政敌在同事中产生，情敌在闺蜜中产生，商敌在同行中产生。

在一个行政机关，老张和小李都希望自己被提拔。老张的资历、水平、能力都在小李之上，他想只要我好好工作，就会被提拔的。小李整天恭维老张，说他如何如何优秀，咱俩肯定你先被提拔。老张乐滋滋地，等待任命文件。其实，小李在恭维他的背后，早就找人活动，想当官。终于有一天，小李被提拔了，老张还是一个写材料的干事，他才明白小李恭维自己是为了麻痹自己的竞争意识，他突然感到这个小李太虚伪了，太厚道，一气之下，他辞职下海了。10 年后，老张成了一家大公司的董事长，小李手中有权后，索贿受贿，被双规丢了工作。到处找事干。有人给他介绍到老张的公司来，老张一看是他，摇着头说："他给我倒找 1 万元我也不要他！"

吴玉萍和姗姗是闺蜜，两人合租一套房子。一天，吴玉萍的男朋友陈晨来找她，她出去买药了。在等她的过程中，陈晨和姗姗聊了起来，聊得很投机。两人互留了电话号码。陈晨走后，姗姗在吴玉萍面前恭维陈晨，说的吴玉萍心里美滋滋的，觉得自己是世界上最幸福的女人。殊不知，姗姗背着她和陈晨多次幽会。有一天，吴玉萍上街回来，走到半道碰见一个熟人，她很惊讶地说："陈晨不是你的男朋友嘛，怎么我看见他和姗姗在婚姻介绍所领结婚证？"

"啊？不会吧？怎么会这样！"吴玉萍大吃一惊，她跑回宿舍，发现姗姗的东西不见了，只留下一张纸

第三辑　芸芸众生

条："欢迎你参加我与陈晨的婚礼。你的闺蜜姗姗。"吴玉萍把纸片撕得粉碎，他给陈晨打电话，那个号码已经打不通了。

欢欢和梁木都是下岗职工，各人承包了两节柜台，卖办公用品。梁木在欢欢面前老说她人缘好，认识的人多，一定会发财。到时候要拉他这个穷兄烂弟一把。背地里到单位去活动，说欢欢进的货都是残次品，她的作风不好，谁买她的东西，别人就会怀疑与她有一腿。回到商店，照旧恭维欢欢。可是，没有人来买她的东西了，她感到奇怪，就连过去的熟人，见了她都有意躲避。生意做不下去了，她只好撤柜，买了一辆三轮车去卖菜。终于有一天，过去的一个同事告诉了她失败的原因，她才恍然大悟。可是，她的儿子还与梁木的女儿成了对象……

刻意恭维你的人，你可要小心了，不要被这种精神贿赂所蒙蔽。擦亮双眼，识别那些形形色色的恭维者和他们的用心。如果，我们的心田是一片洁净的海水，就不要被龌龊所污染，清廉而美丽，让正能量像灯塔一样，照亮我们人生的航程。

吹嘘者

吹嘘一度成为社会性的弊病，他们滑天下之大稽，在你忍俊不禁的笑声中，对他不由得产生鄙视！

有吹嘘嗜好的人，一般都比较疯狂。许多年以来，狂人一直活跃在我们的周围，想起他目空一切、不可一

红尘如烟

世的做派，人们很快就想起他的模样和嘴脸。狂人之狂到了登峰造极的地步，他因此而著名，人们在唾弃和咒骂他的同时，倒吸一口凉气，有些担心他做出什么对自己不利的疯狂事情来。

狂人取得如此显著的成就不是偶然的。说来也怪不得他。他父亲原来是一个鸡贩子，领着他到农村去收鸡，再卖给城乡接合部的烧鸡锅子，当他看到屠夫用刀活活地剁掉鸡头的时候，他吓得索着脖子藏在了父亲的身后。狂人起初并不狂，和普通人一样，后来在社会上混，他发现人不厉害就会受欺负，他要变成混混，把自己变成一个魔王。狂人剃了光头，买了一副漆黑的墨镜，在自由市场花几块钱买了一个假玉石戒指戴在手上，在人多的地方吹一吹，学着港澳影视剧中黑社会老大的样子，嘴上叼着雪茄，走到哪里都是大大咧咧的，还带着几个跟他混酒喝的小喽啰。一天，狂人的母亲给他打电话："我是你娘……"他立刻回敬："我是你爹！"他娘叫着他的小名骂他，他才知道真是他娘。他自言自语道，他娘的，我以为是哪个女人骂我。

狂人写作。狂人想在世上冒个泡，在人间留个名。有一天，他突然对写作有了兴趣，疯狂地写，疯狂地寄，写了5年，发出去的稿子都石沉大海。他去找一位高人求教。高人告诉他，要想发表作品必须要有知名度，写的好坏是次要的。是啊，狂人一想也对，自己是无名之辈，人家连信封都不拆，谁看你的东西。于是，他给自己冠以中国一号作家，世界作家，著名的文学大师。这些自封的名号让人耻笑。他还是没有成功。怎么办呢，他想我总要开朵花。

狂人当官。狂人在写作上吃了败仗，没有当上作家，他想调整一下思路，他想当官。他知道凭他的学识、能力，要想当官几乎不可能。他听人说有一条捷径，只要肯出钱就能买官。他走上来了贷款买官，受贿还贷的仕途，五万元买了一个县官，爪哇县县长。他上任以后，疯狂地胡整，想干出一番政绩来，升官发财。他搞了一个万亩广场，耗资2个亿，可惜没有人到那里去，他规定凡是领工资的人每天到广场必须去一次，那里有专人登记，去一次每人发补助10元。他要建造天下第一龙，长9公里，高500米，又是两个亿。他讲究排场，给自己买了一辆加长林肯车，选了美女司机，在自己的住处设立了岗哨，吃饭的路上也是警车开道，摩托护卫，好不神气。有一天，他突发奇想，给武装部长安排组织排练，他要阅兵，武装部只有几个人，地方没有驻军，哪里有兵可阅。但是，他是管钱的领导，不敢得罪他。部长想了想，他和教育局长商量，组织初中以上的学生穿上迷彩服，让县长过一把瘾。他站在用吉普改装的敞篷车上，踌躇满志地笑着，两个脸蛋红红的，他挥动着短促的手指头，活像一个卡通人物。他的这些举措十分搞笑，有人在下面议论说，不是国家元首还阅兵，冒天下之大不韪。他听到这个闲话后很不高兴，决定要把爪哇县改成爪哇国，他就可以当总统了，我阅兵，我做主，你还有什么说的。他安排下属拿出方案，要找人创作国歌，设计国旗、国徽，紧锣密鼓地实施他的狂妄计划。这个远大的目标还没有来得及实现，他受贿事发，被戴上了手铐，走进了他曾经视察过的监狱，成了史上最疯狂的著名犯人。

　　狂人坐牢。狂人灰溜溜地走出监狱的大门，成了一无所有的穷光蛋。他要凭自己的三寸不烂之舌把疯狂进行到底。有一次，几个明星来本地走穴演出，狂人大驾光临，前往剧场出席晚会，走到门口被收票的拦住了："你的票呢？""没有票！""想白看，没门！""你知道我是谁？""我管你是谁！""老子刚从里面出来。""原

红尘如烟

来是前科犯啊。""什么？你狗眼看人低。"说着拳头上去了，那个小伙子眼窝青了，门牙也掉了，鼻血也流出来了。很快有警察涌上来。他被定罪为破坏公共秩序罪，又被关进去了。狱友看见他笑了："这么快又回来了，坐牢也上瘾啊。"狂人做出一个扭捏的姿势，满不在乎地说："天当被，地当床，我潇洒，在苍茫，老子依然很疯狂。"狱友说："看不出你的文采不错啊。"狂人骄傲地昂着头得意地说："可惜你才知道，老子是著名作家。""作家？"狱友摇了摇头，显然有些不相信："怎么没有看到你的作品啊。"狂人沉醉地说："我的作品接近曹雪芹的《红楼梦》，那家伙是供不应求啊，还没有轮到你这里就没有了？"狱友心想，吹吧，吹牛暂时不纳税。

  狂人挨打。狂人走在大街上乜斜着眼睛，搔搔鼻子闻街上的香味。他走到一个卖烧鸡的摊子跟前，问老板说："你卖烧鸡你幸福吗？"老板笑着说："我挣到了钱，我当然幸福。""那你给我一只吧？""为什么？""我来分享你的幸福。"老板往外推着他："擦了鼻涕玩去！"狂人转过身瞅着那香喷喷的烧鸡，朝地上吐了一口唾沫："老子当年发达时，你如果能请我吃一口，你八代祖宗都感到无上光荣。现在老子落难了，别说吃你一只鸡，你送给老子都不要，你知道我是谁吗！等我以后东山再起，先杀了卖烧鸡的。"

  狂人走进茶馆，看到那里人多就挤过去神秘地说："某某某你知道吗，她是世界名人，是我的密友，刚才给我打电话我没有接。"他左盼右顾，在察看别人的反应，他感到火候还不到位，接着又说："你知道我为什么不接她电话吗？不知道吧，她一定会拜访我的，我准备接见她，和她会晤。"旁人只在旁边笑他。大家在窃窃私语，哪里来的神经病！不知天高地厚。他又喋

第三辑　芸芸众生

喋不休地讲起他的高谈阔论，鼓吹要建立公共帝国，他说他要破除婚姻私有制，实行资源共享，他已经把妻子租出去了，号召大家积极响应。有人说什么地方冒出来一个疯子，把他打出去。几个小伙子走过来把狂人抬起来扔到了门外。正好一个打牌输了钱的人走过来没有地方出气，朝他猛打一顿，狂人摸着嘴角的血迹骂道："那个孙子打爷爷？！"

嫉妒者

一个把嫉妒演绎到顶峰的人，对于别人的什么事情她都嫉妒，由此产生一种莫名其妙的恨，其猥琐心理昭然若揭！

大凡人都有一点嫉妒心理。从一般意义上讲，嫉妒会使人奋进，增添赶超别人的动力。但是，有一种嫉妒是深存心底的对任何事情任何人都不服气的一种秉性。今天，我要告诉你的故事，就是要说这样一个嫉妒者。

他叫季敦，是我早年的同事，我一直把他当作朋友对待。他这个人嫉妒成性，没有第二个人像他那样把嫉妒演绎到登峰造极、无以复加的地步。他的那些所作所为说出来，你一定感到好笑和荒唐，然而，那的确是事实，他就是那样一个人。他从来不希望别人比自己过得好，不希望别人超过自己。他看待世间一切事物都是唯我独尊。别人的孩子比他的孩子漂亮，他心里就有气，到处散布诋毁那个孩子的坏话；他看见别人的媳妇比自己媳妇俊俏，他从心眼里就不服气。一次，喝了酒，他愤愤

红尘如烟

不平地对我说，"某某某那个尖嘴猴腮的模样，怎么会娶到那么漂亮的妻子，一朵嫩白菜让猪给毁了！她要是跟上我你看多美！"我说："你这个人心理怎么如此龌龊，俗话说，君子不欺朋友妻，你怎么动这样的心思！小心我让她丈夫打断你的小腿！"他声称就是嫉妒，特别嫉妒，恨不能变成土匪把那个美人给自己抢回来。

有一天，一位同事患病住院，我叫上季敦前往医院看望。在医院的院子里，有一位瘫痪病人自己摇着轮椅在花园的甬道上溜达，他看见人家这个轮椅，竟然又羡慕又嫉妒，连连说："这东西太好了，太好了！"我感到他有点变态，我说："你喜欢，给你也买一个你坐上如何？人得了病没有办法才坐轮椅的，你连这个都嫉妒，太过分了吧。"他自知有些失态，不好意思地说："我也不能克制自己，凡是看到新奇好东西，自己不占有就感到心里不舒服，就特别的嫉妒。"我想，他这种状态说白了也实在是一种精神疾病。世上有治疗器官疾病的医生，谁能治疗他这种灵魂上的顽疾？

有空闲的时候，我们在一起回忆自己的童年。他对儿时没有怀念，留下的依然是嫉妒和愤恨。他说小时候家里穷，母亲几乎给他没有买过新衣服，经常穿哥哥退下来的旧衣服。那时候，他特别嫉妒和憎恨哥哥，他甚至想只有哥哥死了，母亲才有可能给自己买新衣服。但是，哥哥无病无灾，一直非常健壮。他总觉得母亲偏爱哥哥，不爱自己。没有想到，长大以后哥哥不好好读书，当了农民，自己考上了师范学院，当了老师，吃上了国家饭，后来调到了行政单位。哥哥还在老家种地。父亲去世后，母亲想跟他到城里来住，一次探寻他的口气。他想起小时候母亲的作为，没有好气地说："你不是一直爱哥哥吗，你就靠他给你养老吧，跟我干什么！"这句话刺疼了母亲，母亲流了泪，到父亲的坟上去坐了半

第三辑 芸芸众生

天。后来，季敦觉得自己有些过分，给母亲道歉，要接她到城里来住，母亲说什么也不来。她说："我就是饿死冻死也不要你管。我死了没有人埋，就让野狗叼去吧。"他说这些话的时候，眼眶里涌动着泪花。我相信他说的这些都是真的。我骂了他一顿，我说你太没有良心了，给母亲怎么能说那样的话呢。没有父母的养育哪有我们的今天。过去谁家不是老大的衣服老二穿这样往下传呢。大家都过的是穷日子，你即是有钱，没有布票也扯不了不布的。你说这样的话太伤母亲的心了。我给他出了一个主意，让他休假的时候，领上妻子和儿子回老家去帮母亲干活，给母亲赔个不是，让妻子邀请她到城里来住。

结果，他们回去后，母亲非常高兴，抱住孙子在小脸蛋上亲了又亲，变着花样给她们做好吃的。季敦的媳妇也很会来事，一口一个妈叫得非常亲切，外人还以为她们是母女关系。这样，母亲带着家里的土鸡蛋、核桃、大枣、苞谷糁来到城里，给他们做饭，打扫屋子，他们一回到家就有热饭吃。尽管如此，母亲没有并没有原谅他，她说："要不是看在媳妇和孙子的面子上，我才不来呢。"季敦听了这句话心里不舒服，他不怨恨他母亲，反倒嫉妒起儿子和媳妇来了，说话带刺，发泄他的不满。他给我说，他和媳妇还吵了一架，骂她献殷勤，讨好婆婆，倒显得他不尽孝道似的。媳妇说他是变态，赌气回娘家去住了，这样一来，他非常被动。没有办法只好厚着脸皮去请媳妇回来。丈母娘是个厉害的角色，他一进门，就被骂了个狗血喷头，他哑口无言，也不敢反驳。心里窝火，他没有地方出气，回去就骂儿子，儿子憋屈，就把小狗踢了两脚。小狗无奈，在沙发上撒了一泡尿报仇……

听他一番叙述，我笑出了眼泪。在好笑之余我想都是嫉妒惹的祸，聪明反被聪明误，嫉妒恰被嫉妒害。

红尘如烟

谁都知道，在行政上干事都想谋个一官半职，这也是人之常情。我们一个干事被提拔后，季敦闹情绪泡病假不上班，他嫉妒被提拔的人，我到他家里去看望他，劝他想开点，好好干，有能力、有机会就会得到提拔，嫉妒别人说明自己没有本事。没有想到后面这句话惹火了他，他像连珠炮一样发泄了一通牢骚，捶胸顿足，唾沫飞溅："谁说我没有本事，我发表了那么多通讯报道，你们谁发表过那么多？你们有本事怎么写的讲话县长收不上，我写的就收上了呢？我没有本事？天底下还有比我有本事的人吗？"我知道和他说不到一块去，就借故离开了他家。身后传来他摔杯子的声音。

那段时间我没有再理会他。谁想到，有一天上午，他神秘兮兮地跑到我办公室来，关上门问我："我听到一个小道消息，要选干部去援藏！你说我报名好还是不报好？"

我说："对于个人来说，这是一件大事情，你一定要想好了再说，回去和你妻子商量，看她是什么意见。雪域高原条件艰苦，去了至少得在那里工作三年时间。如果你想去，就要有吃苦的精神准备。作为年轻人，我主张你去锻炼一下也好，咱们这单位就是抄抄写写，这种工作干的时间长了，人就有点痴呆化了。"他显得六神无主，忐忑不安，一会说想去，一会儿又说不去，在那里抓耳挠腮，举棋不定。我劝他不要着急决断，回去好好想想再说。

最终，他没有去。他对我说担心去了回不来，妻子怎么办？孩子怎么办？其他的同事去了，在阿里地区一个县作县长助理，双份工资，内地发一份，西藏发一份。他知道这个消息后，后悔极了，他特别羡慕那双份工资。他算了一笔账，在西藏工作一年比他在内地工作两年的收入高。他嫉妒那个被提拔后派到西藏去的干部，逢人

第三辑 芸芸众生

就说:"当年我如果报名的话,就没有他的猴耍!这是我玩剩下的,我让给他了。"不久,又传来那个干部当了副县长的消息,他更加气得捶胸顿足,看见窗外树上的麻雀在飞都觉得不顺眼,跑出去捡石头打它,却没有打着,石头掉下来砸了自己的脚面,疼得直吸气。同事们吃吃发笑,有人起头说,现在咱们背诵毛主席语录,大家心领神会,齐声喊道:"……搬起石头砸自己的脚……"季敦脸红了,一直红到脖子根,他低着头钻进了厕所,半天没有出来。

大凡嫉妒的人,事事处处不允许别人超过自己。当别人比自己强时,他就会采取多种手段诋毁别人,制造舆论,瓦解他的声誉和影响力;当别人不如自己时,他踌躇满志,心中窃喜,表面上还要装出一副安慰弱者的样子,但是,那种虚假和做作就挂在狡黠的眉梢,差一点掉下来甩碎,让人觉得他既可憎又可怜。

嫉妒者嫉妒同事,嫉妒亲人倒也罢了。甚至嫉妒与他毫不相干的人和事,大家大多在背后议论指责一番,也不会把他怎么样。可是,有一次,他嫉妒决定他命运的头儿,被人家察觉了,不动声色一脚将他踢出了首脑机关,他至今不明白他被突然调出去的真正原因。

他被安排在县水泥厂工会当了一名普通干部。后来机制改革,水泥厂成了私营企业,精简管理人员,他下了岗,无事可干,非常苦恼。有一天来找我,让我给他找一份工作。我知道他手不能提,肩不能挑,喜欢穿得整整齐齐,油头粉面,风风光光,不愿意干脏活累活,想有一份体面的工作。我答应替他想办法,毕竟我们曾经是十多年的同事和朋友,我虽然不感冒他的为人和做派,但是,他现在处在人生的低谷,没有工作,生活来源也是个问题,我不能不管。后来我推荐他到市上一个

红尘如烟

机关编写部门志。单位给了他一间房子，办公室设备齐全，生活用品也是应有尽有，每月 1800 元工作，还在机关灶给他办了饭卡。我让他好好干，珍惜这次工作的机会。因为，我知道他的文字功底还是不错的，写材料是没有问题。我希望他重新崛起，不要嫉妒别人，要嫉妒就嫉妒自己的狭隘和无能。我这话说得扎人，我想让他梦醒，不要总和别人过不去，你不行就是不行，要承认这个差别和现状。

　　从此之后，好长时间再没有他的消息了，我以为他在埋头编志，说不定还能青史留名呢。没有想到，一次在市上开会，吃饭的时候，我和我的老领导坐在了一起，他就是那个部门的一把手。我问起季敦的工作情况，他叹了一口气，说："你看上的人，你介绍过来的，我想他一定有才华，把志书能编好，我们还希望在市上和全省系统内能评上奖。起初挺好的，埋头苦干，踏踏实实，哪里都不去，就翻资料，写稿子。谁知后来出了问题……"市上的领导过来敬酒，他的话头被打断了。酒场的场面有些混乱和嘈杂，互相敬酒碰杯，大声划拳炒成一片，老领导被人拉到另一桌去了，留给了我一个无法释怀的悬念。

　　如今，他的情况如何，我不得而知。因为，我已经离开了西部。也许，他就在你身边。不信，你转身看看。

拉托者

　　依靠油嘴滑舌，东拉西扯，骗取钱财的人，把自己打扮成一个通天的神灵，原来只是一个骗子而已！

第三辑　芸芸众生

回到家乡，县上的朋友问我，某某的儿子在北京干什么大事，回来后县上四大班子前呼后拥，好像迎接国家领导人？不容我说什么，他又接着说，听说他老有钱了，在北京有三处豪宅，两辆豪车？

我与某某早年在一个单位工作了十年，他儿子我自然是认识的。可是，人在北京，身不由己，一个在西，一个在北，住的很远，平时各忙各的，来往并不多。给我印象最深的是那次乡党在一起聚会，他穿一身名牌西服，戴着名表，春风得意，满脸豪情地给大家散发金箔名片。那些头衔大得吓人，多的一张名片印不下，还搞了折页。我仔细推敲名片，觉得地址还是真的。

至于他做什么买卖，干什么事情，我确实不知道。我的朋友还笑话我替他保密，是不是给我发保密费了。我只能淡然一笑。

回到北京，一天，我去海淀区找我的一个故友，路过某某儿子名片上写的那幢大楼，我想顺道进去看看，因为他给我打了好多次电话，让我到他那里去。走进大楼，楼道挂着许多企业的牌子，一个精瘦的保安在门口摆弄手机。

我问他某某在吗？他头也没有抬，说："拉托去了！"

我感到奇怪："医托？房托？饭托？"

"官托！"他突然愤愤地说："过去谴责人家皮包公司，人家好赖还有一个公章和皮包，他只凭一张嘴……"

我从大楼里走出来，来到故友家，和他说起某某的儿子，他突然瞪大眼睛盯着我："你去找他了？"我说他不在。故友说："你千万别和他深交，这是一个不靠谱的人，专坑亲戚和熟人/……"

我希望他说的详细点，他又戛然而止了。喝了一会儿茶，他说："你和某某那么熟，提醒他让儿子注意点，别闹出什么事情来，后悔就来不及了。"

红尘如烟

清明节前夕，我回到家乡去上坟，在街上碰上某某，寒暄了几句，我说："现在社会比较复杂，你提醒儿子找个实在的工作，谨慎从事，不要搞云山雾海的事情，免得有什么闪失。"

他脸上立刻掠过一丝不快的神情，好像我是嫉妒他儿子。看着他生气的样子，我也就不说了。父因子贵，因为他儿子神通广大，他被县上领导奉为神明，对他百般优待和尊崇。听说，他非常享受这种荣耀，每天拉着老婆要到人多的地方走一圈，接受人们的羡慕、恭维、赞扬、吹捧，他感到非常惬意，自然对我的话感到刺耳。话不投机，不能多说，我很快就走开了。

到了北京，还是各人过各人的日子，各人享受各人的乐趣和忧愁。我也无心去想某某儿子的事情，他再邀请我参加什么活动，我都没有去。

一天晚上，我看电视北京电视台播出的一条新闻，让我大吃一惊，海淀区法院正在审理一起诈骗案，嫌疑人就是某某的儿子，他神情沮丧地站在被告席上，灰头土脑，再也没有往日的得意神情。检方指控他以升职、安排工作、争取资金项目为由，诈骗19名个人和20多各单位的资金1200多万元。

不久的一天早晨，我在公园散步，手机响了，居然是某某打来的，他已经好多年不和我联系了。现在打电话是什么事情。我摁了接听键，他带着哭腔说："老兄，你救救你侄儿，他出事了，把他妈气得死去活来，还躺在医院里。"

我说："你和县上的领导熟，请他们也想想办法。"

"他们也出事了，有两个也进去了。"

他的意思是让我们找人给他儿子判轻一点，他说他只有这一个儿子，儿子坐监儿媳也保不住了。

现在是法制社会，我虽有些熟人，但是我无权也不

第三辑 芸芸众生

能干扰司法行政，不是我薄情，就不是这么回事。

某某的儿子被判有期徒刑12年，房产和小车被收缴变卖。

若干年后，某某的儿子出狱时，他母亲坟上的荒草已经长得半人高了。他父亲患了老年痴呆症，胸前挂着一张小纸牌，坐在他女儿家院子的石头上，望着门口的行人发呆。

某某的儿子一天灰溜溜地走在家乡的大街上，无人问津。过来两个姑娘，一个指着他的脊背，给另一个说："诈骗犯回来了，小心他骗你！"说着两人咯咯地大笑。

他扭过头瞪了两个姑娘一眼，一脚踢飞了脚下的一个小石子，咬牙切齿地说："老子略施小计，照样骗你弹尽粮绝！"

吝啬者

他的吝啬和小气比欧也妮，葛朗台有过之而无不及。

我的同事兰小毛两个脸蛋红彤彤的，像两个熟透的苹果。同事们给他起了个外号，叫红苹果。

圣诞节即将来临，都市商家们挖空心思营造节日促销气氛。辞旧迎新成为人们使用频率最高的词汇。在这个吉祥纳福的时刻，我却接到了一个不幸的消息，兰小毛昨天去世了。

我不相信这是真的，我总以为这是梦幻，因为他还不到去世的时候，他的年龄距离寿终正寝还相去甚远。

提起他的名字，我的脑海里立刻浮现出这样一个清

红尘如烟

晰的轮廓：一位低个子男人，上下一般粗，戴一副宽边红色眼镜，留着短发，红脸膛，走路甩着胳膊，进了洗手间只听得电闪雷鸣。

有一年夏季，我们几个同事成立了所谓的西瓜协会，其实，就是每人轮流买西瓜供大家消暑。别人买来的西瓜，他吃得飞快，吃得最多。我们一块还没有吃完，他三块已经结束战斗，只见他的嘴角黑色的瓜子像吊线的珠子那样朝地上坠落，这种功夫了得！他始终瞪大眼睛盯着桌子上的西瓜，生怕别人比他多吃了。他是永远都不吃一点亏的人。他对吃亏是福这句话非常反感：吃亏就是吃亏，那是什么福！

他是一个把占便宜演绎到极致的人，而且不屈不挠，脸不变色心不跳。并不是家里穷，也不是经济困难的问题，他就是这样一个性情的人。

记得有一年秋天，我们外出考察，对方单位接待我们吃完饭，在酒店门口道别的时候，服务员追了出来，说少了一条红色的餐巾布。她解释说这不是一次性的，丢了她要赔的。大家面面相觑，不知是谁拿了人家的餐巾布。接待方的人赶快出来圆场，让我们先走，他们待后处理。后来听说接待方给酒店陪了80元，其实那个东西不值10元钱。这件事情，我们感到非常丢人，领导也很生气，就是不知道是谁干的，大家一路都在互相猜疑。

到了第二个考察点，我被安排和他住在一个标准间。吃完晚饭，我躺在床上看电视新闻，他在卫生间洗澡。他的手机响起来了，我担心家里有什么急事，拉开他的小包的拉链，准备把手机取出来，看看是谁来的电话。没有想到，我在他的包里看见了那块红色耀眼的餐巾。我感觉自己受到了刺激，赶紧拉上拉链，也没有取出手机。我担心他知道了会感到尴尬。

第三辑　芸芸众生

离开酒店的时候，他将草纸、牙刷、拖鞋，还有付费的用品全部塞进了他的箱子。结账的时候，我们这个房间给人家多开了100多元。后来管理后勤的同事变得聪明了，到了新的酒店，入住之前他让服务员把付费用品全部撤走。

回到单位，我担心会丢他的面子，把他所做的事情没有告诉任何人。可是，他的作为，越来越让同事们看不起他。上级来人检查工作，汇报的时候，在会场一般要摆上一些时令水果和高档香烟，以示热情和尊重。这种会议有时候就开成了漫谈式的马拉松会议，我们恨不能会议早点结束，尽快脱离云山雾海。他却恰恰相反。散会之后，人都走了，他不走，待到最后，等别人走了，他把桌子上的香烟迅速塞进自己的口袋。渐渐地同事们知道了他的习惯。会议刚一结束，不等他动手，后勤管理员把香烟全部收起来了。他显然有些失望，狠狠地瞪几眼那个姑娘，无奈地离开了。俗话说，上有政策，下有对策。到了再一次开这种会议的时候，他改变了方略，总之能沾的便宜不能白白溜走。你不让我拿，我就使劲抽，一根接一根的抽，反正自己不掏钱，你也不能阻挡我吧。

在一块工作，有时候为了活跃气氛，我们也开玩笑。有一次，与他年龄相仿的小张问他："小毛，看来你爹文化程度不高，你们弟兄三个，给你起名叫兰小毛，那么，你大哥就叫兰大毛，你二哥就叫兰二毛吧？"他呲着嘴，眼睛朝上看着说："我二哥不叫兰二毛。""那叫什么？""没毛！光板！"大家还没有来得及笑，他先嘿嘿笑了。至于是真是假，几十年过去了，也没有人去查考这些话的真伪。

他经常找我们同事借钱，有时候说他父亲住院了，要交住院费；有时候说老家要修房子，需要钱。在一块

红尘如烟

工作，也不好驳他的面子，我们一般在他开口后都借给了他，只是感到他借钱太频繁，自己的工资都干什么了？心里这样想，表面上也不好说什么。

有一次，他向小张借了500元，就去银行存钱。原来他借钱的借口都是子虚乌有的由头，他攒到1500元，想存2000元，就向同事借500元，这样用别人的钱给自己生利息，这等便宜怎能不沾！

小张回去给他妻子汇报他给兰小毛借钱的事情。他妻子在储蓄所工作，他知道兰小毛，但是，兰小毛不认识小张的妻子。小张的妻子说："兰小毛今天在我们所里存了2000元，你还给他借钱。"原来他借别人的钱都存银行了。小张把这个秘密告诉我们，大家都不给他借钱了。

他显然心里不舒服，每天沉着脸，不多说话，大家也心照不宣，各忙各的。奇怪？突然，有一条中午，他从外面回来，非常兴奋，趾高气扬地说："我兰某人要发大财了，你们想借给我钱，我也不要了！"我们不知道他发了什么财，是买彩票中了头奖？还是捡到了金条？他故意卖关子不说，故意吊大家的胃口。小张说："你既然发了财，那你把同事们请一下？"他爽快地答应了，他说："等我拿到这笔巨款，我一定买五毛钱的麻子，让你们一周嘴不闲，让你们永远记住我。"他如此慷慨，让大家非常失望。

后来，办公室只有我和他两个人的时候，我对他说："小毛，咱俩是生前友好，你给我透露一下，你到底发的什么财，让我也跟着你沾个光。"他这才半推半就地告诉我。

原来，他收到了一条短信，说他的手机号抽上了一等奖，奖金18万元，还有一台电脑。他按照人家的提示，操作完后，对方又发来一条短信，说根据国家的有关规定，要代扣个人所得税，让他往指定的账户打 36000 元之后，那 18 万元就会到账，电脑也会寄出。

他拿出家里的存折打过去如数的金额，电脑是收到了，是儿童玩具。那笔巨款却没有下落，他打电话，对方已经成了空号。他一下子懵了，像热锅上的蚂蚁，惶惶不可终日。他请了病假待在家里，踢着桌子、板凳出气，他打电话把我叫到他家里，问我怎么办。我提醒他这种套取资金的办法显然是诈骗行为，赶快报警。他说报警太丢人。我说："你不是爱占便宜吗，自己的钱都丢了，还怕丢人？"他这才报了警。

这件事情的结局与他想象的结果大相径庭，给他当头一棒。他满脸愁容，人突然苍老了许多。当他妻子发现存折上少了 36000 元，怀疑他在外面包养女人，和他大吵大闹，他就是不肯说出实情，最后，妻子和他离婚了。

受到了如此打击，我感到他既可憎又可怜。一个人孤苦伶仃的，话语也少多了。这种状态一直延续了半年多，他的情绪才有所缓和。梦魇被淡忘了，他从阴影中走了出来。也许是生活寡淡孤独的缘故，我发现他特别喜欢和在一起孩子玩。

星期天，我们在单位集体加班，小张的儿子在水池旁边玩耍，兰小毛对他说："你把我叫声爷爷，我给你一块糖。"恰巧这话被刚出门的小张听见了，他非常气愤，这种便宜你也沾。他走过去抓住兰小毛的衣领说："你把我叫一声爷爷，我给你两块糖。"两人厮打在一起，兰小毛想起小张断了自己财路的作为，朝他的裤裆踢了一脚，小张疼痛难忍，火冒三丈，一拳打掉了兰小毛的一颗门牙，结果，两人都受到了训斥，取消了评选先进的资格。

不久，兰小毛就从我们单位调出去了，我很长时间再也没有看见他。最近，由于他的猝死，过去的同事，相互报告的就是他的死因,有几个版本,有人说,他死的那天早晨去吃早餐,那里的豆花、油条收费,只有泡菜是免费的,他把不收钱的东西吃得太多了,亚硝酸盐中毒而亡。呜呼哀哉,可悲可叹!

有人给他写了一副挽联:

爱沾便宜最大便宜没有沾到:活着。

算计别人厚颜敛财空手而去:穷鬼。

我去参加他的遗体告别仪式,发现他躺在那里,像个惊叹号,两眼瞪着,两个脸蛋失去了往日的红颜色,变得蜡黄,嘴却半张着,不知道想说什么。

我的目光在人群里搜寻着,我希望能看到他前妻的身影,希望她能来送前夫最后一程,不知道她会不会来?

落伍者

一个墨守成规的人,在他的眼里,新的事物似乎都不对,事实教育了他,突然间感到自己落伍了。

你一定见过老康,因为他就生活在你身边。你第一次看见他时一定感觉怪怪的,他和一般人不一样。他的穿着打扮,言谈举止,使你感到穿越到了很早以前,他好像在那个时代停滞下来了。他一直就穿一身中山装,只有灰色和蓝色两种,一个早被时代淘汰的大头皮鞋一年四季穿在他的大脚上,特别令人费解的是,他的头上总戴一顶草绿色帽子,汗渍把帽圈渍成了深黑色,就是到了炙热难耐的三伏天,他也不肯把帽子摘下来。有两个同事打赌,说你如果能把他的帽子摘下来,我请你吃

第三辑　芸芸众生

一顿大餐，对方说，那不要了老康的命。老康最爱他的孙子，可是，有一次，孙子当着妈妈的面摘下了他的帽子，他勃然大怒，打了孩子两巴掌，把帽子夺过来赶紧戴在头上。原来他是个秃顶，头顶非常光亮，像猪尿泡，四周还有几根稀疏的头发。他要始终保持自己固有的形象。他右侧的裤腰带上挂着一串钥匙，还拴着一根尼龙绳。有了手机以后，也拴了一根铁链子，一头装在裤兜里，一头拴在裤子上，总怕丢失了什么。

　　你一定认识老康，因为他几乎无处不在。老康最喜欢的事情，莫过于有人要免费发放保健品，一听到这个消息，他连瞌睡都没有了，早晨4点半就起来到指定的地方去排队。有一天，他和老伴去上街，走到一家商店门口，有人在门口放着一个纸箱，呼喊免费抽奖。老康兴冲冲地过去把手伸进去，选了又选，终于咬着牙摸了一张，打开一看，是二等奖，导奖员让他拿着奖券到里面去领奖。他兴冲冲地跑进商店，那女服务员满脸堆笑，接过他的奖券说："你得的二等奖是一颗宝石，价值4000多元。"老康特别激动，今天运气真好，他说："那你赶快把奖品给我呀！"服务员从柜台里取出一颗玉米粒大小的东西，对他说："你要想拿走这个奖品，你必须要交200元税款，自觉纳税是每个公民应尽的义务。"老康一想太划算了，就交了200元，把奖品揣进兜里。老伴问他："你打算把这个宝贝给谁？"老康闪闪眼睛："放下吧，给小儿子订婚时再用。"老伴把宝石拿到一家珠宝行去鉴定，人家说这是玻璃球，扔了都没有人要！老康气的睡了三天三夜，跑去找那家商店理论，不料，卷闸门关着，他爬在门缝一看，里面空空如也！老康没有地方撒气，把那卷闸门狠狠地踢了两脚。

　　你一定读过老康，因为他自称是资深知名作家。他写的诗自己认为是世界上最好的诗歌，他在文学社团里

红尘如烟

以别人的老师自居，如果有人在群里和他聊了几句，他便对别人说，某某是我的铁杆粉丝，是我的学生，好像他本来就是一个文学教授。有一年春天，社团组织一个迎春朗诵会，还叫了媒体记者，现场采访。每人朗诵一篇作品。老康走上台去，整了整他的帽子，朗诵的竟然是《我喜获一枚像章》，下面的人议论纷纷，这首诗是40年前歌颂红色浪潮时的产物，如今还在朗诵这个，让人感到不伦不类。有人就说老康还活在20世纪70年代。怪不得他看不惯如今的社会形态，说什么也是今不如昔。有人说他像果戈理的《套中人》的角色。他自己感觉良好，一点也不觉得自己是个落伍者。

你一定听说过老康，因为他的故事是人们饭后茶余的话题。有一天，老康坐公交去公园唱红歌，车上人很多，一个大肚子女人在那里摇摇晃晃站不住了，一个小伙子站起来给她让了个座位，想让她坐下休息一会。他刚一起来，老康突然抢过去坐在了那里。小伙子有点生气，瞅了瞅老康，他悠然自得，看着别处。小伙子说："大叔，这个位子是给孕妇让的，你怎么坐了？"老康装着没有听见，小伙子又说了一遍，老康扭过头来发怒了："这个座位你买下了！我怎么不能坐！"小伙子生气了："你，你一把年纪了，为老不尊，和孕妇抢座位？"

老康操起大巴掌乒乓朝小伙子脸上打去，嘴里还念念有词："我替某某人教育你，不知道尊老爱幼！"车上的人看不下去了，纷纷谴责他："你抢座，还打人！""这种人白活了，怎么教育自己的子女。"有人要打电话报警，被小伙子拦住了，他捂着脸说："我们和你同坐一辆车，是最大的耻辱！"老康还说："人民公交人民坐，人民坐人民公交有什么错？"你猜想，老康回到家，是如何对家人反馈他在车上的事情的？他骄傲地一挥手，说："我老康今天当了一会真正的男子汉！看这个世界上谁敢欺

第三辑 芸芸众生

负我老汉！"他像一个演说家那样吹嘘他在车上如何如何威风，只字不提众人谴责他的丑事，还说什么，现在的社会就是弱肉强食，谁厉害谁就是大爷！不料小女儿冷不丁说："保不齐你在车上丢人了吧？你到外面去不要说我是你的女儿，怪不好意思的。"

老康把筷子啪的一声扣在饭桌上，瞪着眼睛说："我是家长，在家里你们更要尊重我！"他看到气氛有点沉闷，又笑着说："你们赞美一下老爸，比如说老爸是咱家的大英雄。"不料想，老伴却说："你是咱家的僵尸车，是典型的一根筋！"儿媳妇捂住嘴偷笑，儿女们放肆地狂笑了一场，老康吹胡子瞪眼，撂下筷子不吃了，起身走了。

你一定议论过老康，因为他有时候的行为有些怪诞。有一天，大儿子单位发了一张篮球赛的票，他让老康去看，老康回来后心情沉重地问大儿子："买一个篮球得多少钱？"儿子说："便宜的就20多块钱。"

"那就这样吧，"老康说："你下个月工资发了买10个篮球给那10个小伙子每人一个，别让他们为了争夺一个篮球跑得满头大汗，多累啊！"大儿子摇了摇头，他在心里说，老爷子还活在上古时期，不明白这其中的乐趣。老康觉得自己待在家里，有许多事情看不惯，老生气，又闷得慌，他要出去走走，想散散心。他戴上那副老式的圆坨墨眼镜，背搭着双手，迈着八字步，走出村外。他漫无目标地在小路上徜徉，突然发现一条卷尾狗在拼命追赶一只白兔子，那白兔子撒腿猛跑，它越过公路，嗖地跑进庄稼地里看不见了。卷尾狗卧在路口，伸长鲜红的舌头在呼哧呼哧地喘着粗气。看到这个情景，老康突然有了灵感：他想，我要不要也要和小狗一样，去追赶时代的白兔？免得儿女说我是落伍者！

红尘如烟

忙碌者

　　一个华威先生式的人物，整天忙忙碌碌，不知道在忙什么。一旦失去手中的权力，他感到非常落寞，常常干出一些可笑的事情。

　　官场是一座特殊的历史舞台，也是一只高倍数的显微镜，各类人物的表演各不相同。但是，最活跃、最得意、最吃香的是忙人。他有一定的社会地位，有一定的权力，无论如何，人们在表面上还是尊重他的。忙人见了人就埋怨太忙，今天要参加四个会议，而且必须发表重要讲话；还有三个饭局是推不掉的，只能都过去坐一会儿，还有两场晚会和舞会，他只好派代表了。他摇着头，摊着手，似乎无可奈何，好像什么事情也离不开他一样。其实，人们在他埋怨的语气中却明显感觉到了一种得意和满足的情绪。

　　一天，一位女记者来到忙人的办公室，推开他的房门，女记者被眼前的景象惊呆了。桌子上放着两部电话，铃声此起彼伏；忙人正拿着手机吆喝着和谁打电话；腰间的传呼机嘀嘀声不断；忙人的两腿间还夹着对讲机。指挥百团大战的将军也不过如此吧。女记者见状赶快退了出来，忙人如此之忙，怎么忍心打扰他呢。

　　忙人有三多，电话多、会议多、应酬多。还有三个特点，爱讲话、爱训人、爱吹嘘自己。他经常说，想当年我们如何如何。我说那件事情应该怎么办，有的人就是不听，结果怎么样，不出我的所料。事情如果办成了，忙人就说，那是他的功劳；事情如果出现了问题，忙人把自己推得一干二净，还埋怨别人执拗，不按他的意见

第三辑　芸芸众生

办事。

忙人有许多讲究，特别注意排名的次序、主席台他名牌的位置，稍有不合适，他就大发雷霆。他坐车必须是好车，才显得体面，合乎自己的身份。如果哪一天排不开，办公室给他派了吉普，他就王顾左右而言他地找岔子把主任和管后勤的干部收拾一顿，借以发泄心头的不满和郁闷。

忙人非常注意自己的公众形象，他一出动，前呼后拥，记者跟随。几乎每天电视里要有他的图相，电台有他的声音，报纸上有关于他的报道。群众当面怪笑着称他为大忙人，背地里议论他是电视明星。一打开电视，看到他那张平庸的脸和浮华的目光，人们立刻就将频道调过去，嘴里还呜哝着骂一句什么。忙人自己当然听不见。他每天要坚持看新闻，主要是看自己在屏幕上的光辉形象。这是他每天最后的精神安慰，如果没有看好，他晚上就睡不安稳。他边看边向老婆讲述当时开会的情景和花絮，兴致勃勃。老婆一点也不感兴趣，斥责当地新闻是头像展览。

忙人在忙什么呢？谁也说不清。他的台历上提前几天就排满了日程，邀请剪彩、揭牌、颁奖的请帖在大班台上放着一叠。文件夹子送来几个，他只在他姓氏上画个圈，算是已阅。

忙人就这样在忙碌中度过了一天又一天，一年又一年，他觉得风光无限，乐此不疲，兴味盎然，就像上足了发条的马蹄表，叮当叮当走个不停。他觉得时间过得飞快，就是官职升得太慢。

忙人退休了。当他接到免职文件时，他才突然意识到自己老了。站在大镜子面前，望着自己的白发和松弛的眼袋，一种凄惶的情绪涌上心头。整理完书报，他站在门口回望着朝屋里扫视了几遍，才依依不舍地锁上了

红尘如烟

门，交了办公室的钥匙。回到家里，他若有所失，就像断了线的风筝，灵魂无所依附。忙忙碌碌了半辈子，突然闲下来，无所事事，他心中充满了迷惘和茫然的思绪。

第二天早晨，他和平常一样，早早起来，散步锻炼，吃了早点，穿好衣服，梳理了头发，夹着公文包走出了家门。他已经走到下一层楼梯的转角处，老婆追了出来："你，你干什么去？""上班去呀。"他仰起头望着上层楼梯口的妻子，似乎有点不可理解。"回来！"老婆厉声命令他。"退休了还上什么班。"他忽然清醒过来了，拍着脑门懊悔地自言自语地呢喃道："习惯成自然了，我怎么忘记了自己已经退休了呢。"

女儿来看望父亲，见他就像丢了魂似的无所适存，她知道父亲的心思。她和母亲把家里的房子腾出一间，给父亲做办公室。把电话也从客厅移到了这间房子，给他买了文件夹和报纸。忙人于是就在家里办起公来。不过，也没有什么公可办。没有人请他去剪彩、揭碑，文件夹里夹的是外孙的作业本。家里的人都走了，他在屋里走来走去，只听得座钟叮当叮当地响。他对着空旷的屋子讲话，他把桌子、板凳当成了观众。他讲得非常投入，拉着他特有的腔调。老婆买菜回来，走到门口明明听见屋里有人讲话。但是，开了门却见只有忙人一个人在家。她一边换着拖鞋，一边问他："你在和谁讲话呢？"他掩饰着自己的失态："没有啊。""胡说！我明明听见你在讲话。"他端着茶杯在屋里来回走着："那是你的幻觉。"

老婆把这件事情告诉了女儿。女儿最理解父亲。她知道他能享受忙碌，但是，他不能忍受孤独。有一天，女儿背着家人把父亲原单位的下属请到酒店吃了一顿饭。临毕，恳求大家帮她办一件事情。别人以为是什么事情呢，心里都打着鼓儿，吃了人家的饭，不答应不好

第三辑 芸芸众生

意思，可是，这是什么事情呢？原来，非常简单。女儿请他们抽空到家里去向父亲请示汇报工作。大家答应了。如此一来，家里经常又人来往。有的人非常精明，一到家就拉着忙人的手，毕恭毕敬地说："老领导，我们太想念您啦。我们的工作离不开您啊。我们最爱听您讲话呀……"还有的人说："你虽然已经退休了，有些工作搞不下去，我们还得请示您啦，您一定要不吝赐教。"忙人心里感到非常的满足和惬意。

时间一长，那些口是心非的人渐渐都不来了。他们害怕听忙人那海阔天空的侃侃而谈，他们听得头皮发麻，忙人停不下来，他们脱不了身。忙人又闲起来了。看到他难受的样子，老婆拉着他去上街买菜。他感到奇怪，这个世界怎么了。以前，他走到街上，总是有人不断上前和他攀谈和打招呼，有的人他就不认识。现在，以前与他非常熟悉的人，见了他就像路人，表情木然，眼皮也不抬一抬，好像就根本就不认识他。他追上前去，拉住人家的手，骂他问候他。对方才装着刚看见他的样子，急忙组织出一副热情的笑容，客套地问候他几句。忙人说："请你给我打电话。"他慌忙把写在小纸片上的座机和手机的号码递给对方，喋喋不休地说："我在任的时候，成天电话不断，接的我都不耐烦了。可是，现在，一月没有一个电话，你就全当给我帮忙里，你给我打电话，我记录在案，给你发话费补助。"对方有些尴尬地说："倒不是话费的问题，打电话也没有什么事情啊。"忙人充满期待地望着对方："聊聊天，说说听到的小道消息也好啊。"对方被迫点着头说："行，我有时间就给你打电话。"忙人笑着拍了拍对方的肩膀，以领导的口气说："你是一个好同志。"看着忙人和老婆离开了，那人把捏在手里的小纸片扔进了垃圾桶里，嘴里嘟嘟囔囔地骂道："驴死了架子还不倒。你在台上的时候，像

红尘如烟

个兵马俑,三声四声把你问不响,现在,你倒认识我了。"

忙人坐在电话跟前专门等候接电话,就是没有人打进来。听到隔壁的电话铃声不断,他浑身就像钻上了蚂蚁不自在。后来,他想了一个办法。写了一张大字报贴到街上去,申明打电话有奖。闲人们站在旁边观看和议论。他的女儿从这里经过,上前一看是父亲的毛笔字,是娘家的电话号码,急忙将大字报撕了下来。她开始四处奔忙,为父亲找工作。后来,在关工委找到了一个义务辅导员的差事,忙人非常高兴。他戴上眼镜,爬在他的办公桌上写了三天三夜讲稿。于是,忙人又忙碌起来了。被请到各个学校去做辅导报告,忙人又坐在了主席台,他找到了良好的感觉,他口若悬河,滔滔不绝,直讲得满场鼾声雷动,直讲得满场八成的座位成了虚席。后来组织者,不得把礼堂的三个门都锁了,只留一个出口,不允许退场。这样一轮下来,也没有人再请他了。忙人又变成了闲人。

忙人不甘心自己遭受的冷落,看到同龄人退下来,许多人又找到了工作,有的医生和教师,在领着退休金的同时,每月还要挣三四千元。忙人非常不服气,他心理不平衡,难道我一个堂堂的领导干部,还不如一个江湖郎中!他四处去应聘,结果都碰了壁。人家问他会什么,能干什么。他说他能讲话、能坐车、能喝酒,还能做报告。业主捂着嘴偷偷地笑。有人安慰他说:"你年龄大了,好好享享清福吧。找什么事情呢,你不会电脑、不会开车、不会英语、不会财会、不会技术,能干什么呢。"他垂头丧气,心里很不舒服。难道我辛辛苦苦一辈子,为革命把狗眼熬烂,为革命把狗腿跑断,到老了竟然百艺无能,成了废物?!忙人回到家里,坐在沙发上一言不发。

后来,女儿为父亲找到了一个适合他干的工作:在一个私人小厂看大门。他每天的任务就是开锁大门，扫院子，发报纸。有人半开玩笑地说："让你领导干这些事情，不是康茂才睡马房大材小用嘛。"他怕别人说他爱钱，见了人就解释说："我干这个事情，不是为了挣钱，是为了生活有规律，找回忙碌的感觉和享受。"

攀比者

人生是要攀比，攀比什么，怎么攀比，意义大相径庭。

我居住在树冠成荫的一条百年老巷里。这里有一所古代庙宇改建的重点小学，它在传承人类文明的同时，也造就了名校的声誉，小城里的人以孩子能在此校就读而不惜一切代价。每天早晨，从四面八方汇集而来的学生和送孩子上学的家长们，在巷道里形成了一条涌动的人群河流，向着那个明确的目标聚拢。有一天早晨，我准备去天池沟采集泉水。走出家属院的大门，我也溶入人流当中亦步亦趋。在我的前面，走着三个八九岁的男孩。一个手里提着塑料袋，里面装着铝质饭盒和金属勺子，他来回抡着袋子，发出叮叮当当的响声。一个背着双挎肩的牛仔书包，里面装得满满当当，外面吊着一个紫色的小猴子。一个手提着印有保险公司字样的绿色手提袋，也不知道里面装的是什么东西。他们三个边走边说话，蹦蹦跳跳，活现出孩子们好动的天性。一个说："我爸昨天晚上十点钟才回家……"那神情充满了自豪和兴奋，好像他父亲是一个大英雄。另一个不以为然地说："那算什么，我爸回到家里的时候，已经一点半了……"他

红尘如烟

觉得自己在同学面前显然是一个胜利者，稚气的脸上堆满得意的神情。第三位头一偏，以不屑一顾的眼神瞥了身旁的两个同学一眼，大大咧咧地说："我爸昨天晚上就没有回家……"顿时，几个孩子敲着饭盒、拍着巴掌，立刻雀跃起来："哇噻，酷毙啦！"

我不知道他们的父亲是干什么的，晚上迟归或者夜不归宿是在干什么。他们的下一代为什么要为这种反传统的行为而欢呼呢？他们这种攀比是要比出什么荣耀呢？

城里的夜生活自然是丰富多彩的，灯火辉煌和歌舞升平是繁荣昌盛的花絮和佐证。但是，在灯红酒绿的阴影中，潜伏着许多家庭的危机和道德的沦丧。恋歌房、棋牌室、咖啡屋、桑拿浴是吸附钱财的海绵。那里闪烁的是曾经道貌岸然的身影，他们在夜色的掩护下扮演着两面人的另一种角色。金钱换来了消费者一时的欢娱和放浪，他们在麻醉中自以为享受了无忧无虑的乐趣。可是，他们哪里知道自己对晚辈讳莫如深的诡秘行为，反倒成了他们的后人感到时尚和骄傲的资本。也许，他们是为了生意、为了工作，为了业务，被迫在陪伴客户或上级来人。他们还有许多理由和借口能为自己开脱，借以逃避妻子的监督和追问。然而，当他们冷静下来思考的时候，他们可曾想到，他们要为自己的庸俗的潇洒行为付出牺牲下一代道德标准的代价。这种扭曲的心态和玫瑰色生活碎片，在孩子心灵中会塑造出一个什么样的父亲的形象？

在全市一次文学聚会的间隙，一位领导向我诉说了他的尴尬和困惑。在大家的笑声中，我感到了一种心灵的疼痛。他从一个小县的中学被调到市级机关，作了一个文化单位的小负责人。他自持一向正派公道，是一个标准的正人君子。一次为一件小事情与本单位的一个女人发生了口角。那个女人攻击他的重型炮弹不是别的，也是他做梦也没有想到的。她当众奚落他说："你在城里混了几十年，连个情人也没有混上，你有什么本事，有什么能耐，你是道德上的富翁，情感上的乞丐，你就是一个地地道道的土老帽，一生在一棵树上吊死，活得太背时了……"他为这些话吃不下饭，睡不着觉。他心里非常不服气，他怎么也想不通。难道我的正派、我的钟情反倒成了我被人瞧不起的弱点？难道我只有风流成性才是时代英雄？

偷窃者

你知道贼在作案时是怎么想的，他对自己的行为会受到良心的谴责吗？

的确，贼这个行当，不知道是谁发明的，延续了上千年也没有根除。他们仍然前赴后继，一代胜似一代，搅得富人胆战心惊，害得穷人雪上加霜。有时候还闹出许多让人啼笑皆非的事情来。

去年夏天，我的一个同事和他妻子晚上在家里睡觉，贼星夜光临寒舍，把两人的裤子、手机、皮包洗劫一空，他们竟然连一点差觉都没有。结果报了案，丢失的东西没有追回来，他们的故事倒成了天方夜谭，被人们传诵着、加工着、讥笑着。

现在的贼，非常精明，他头上脸上都没有刻字，走在大街上，你怎么也认不出来，除非你是反扒专家或者是卧底。贼一般穿的很时髦，讲究名牌，头发梳得贼光，

红尘如烟

皮鞋擦得贼亮。他花钱大方，出手阔绰，给狐朋狗友贺喜，看不上普通人送的那点小礼，动辄300元或者500元，好像他家开着印钞票的工厂。

贼由于肯花钱，经常胳膊上被漂亮女孩挽着，嘴上吐着烟圈，神气地从大街上走过。贼一般从个体单干到加入"钳工协会"，就算上了道儿，据说，他们也有明确的分工，也实行分级负责制和奖罚措施。贼也不是随便就能当的，他还要苦练基本功。在脸盆里放上水，再把小肥皂渣放到水里面，用两个手指飞速地往出夹。他们也有职称，最高叫"八级钳工"。他们活动的主要场所就是人员较多、非常嘈杂拥挤的地方，比如在公共汽车上、在火车站售票大厅、在农贸市场里等等，这里是他们上班的地方，是他们创收的源泉。

记得1986年元月，我去西安东大街美术家画廊筹办工艺品展览。布展结束后，我请了假，去韩森寨代人看望一位老干部。在人稠地狭的公共汽车上，我被贼把仅有的100元钱掏了去，连返程的路费也没有了。

那时候，还没有手机之类的通信工具，没有办法联系。我还是在老干部那里借了两块钱，乘电车到五路口，步行回到东大街334号《陕西日报》招待所。

躺在木板床上，我回忆我身边的那几个人。他们当时在门口挤成一堆，大概有三个人。在拥挤的过程中，有一个人把自己的棉袄掀上来盖住手腕，我当时只想自己有一个立足之地，不被挤倒，把手抬起来抓住栏杆，没有想到他们居心叵测，算计了我一个外地人。我只有在心里诅咒他们，骂他们拿那些钱去买药吃。

其实，你想，他们怎么能买药吃呢。他们下了班以后，和干部一样潇洒地喝酒、唱歌、跳舞、滑冰、打台球、逛商店，他们只图自己活得安逸，从不考虑被盗人的感受和窘迫。

第三辑　芸芸众生

被贼打劫，我心里不好受，便向同事叙述事情的经过，以期得到他们的同情和安慰，没有想到，他们的想法和我并不一样。有人说："贼也是人，也要吃要喝，这也是一种调节方式。这也是一个行道，为贼着想也就不生气了。你想，如果没有贼，就不会有反扒警察的岗位，这些人到哪里去上班。

我知道他们的财产没有受到什么损失，他们站着说话不腰疼，他们吃饭饭香，睡觉瞌睡多。可是，为贼着想这句话刻在了我的脑际里，使我一直不能理解。我小的时候，听大人们讲，世界上最丢人的事情，莫过于当贼偷人。他们把小偷叫三只手，叫六指指，谁都认为他们是不齿于人类的狗屎堆。可是，有人竟然为贼着想。

我一生看到别人挨打，不管认识或者不认识的，都要上前来拉开他们，可是，看到打贼的时候，不但不会去拉开，还会呼喊着加油助威，甚至想挤上前去也添几拳，以解心头之恨。看到贼被打得头青面肿，心里感到高兴，认为打他是应该的，贼是该打的过街老鼠。

在柳家塬赶古会唱戏的时候，我亲眼看见一个贼被愤怒的农民打得满脸通红，跪下求饶的情景。我想贼也是父母所生所养，当他的父母看见儿子或者女儿走上了这条道儿，他们心里的滋味一定不好受。有人说贼是记不住挨打的，他一天不偷手就发痒。

贼的眼睛是雪亮的，他一般不在当地人身上下手，他很会察言观色，听口音是外地的，知道他们到城市来是一定带了钱的，他们大多没有防贼的经验，容易得手。贼其实是爱外地人的，因为他们是他的衣食父母。他们看到外地人，眼睛一亮，就像老鼠看到了大米，显得特别兴奋。

要捉住贼是很不容易的。贼有时候出现危机时，很快把赃物塞到无辜之人的口袋里，当替罪羊挨打的时候，

红尘如烟

他站在一旁非常清高地说，把这该死的贼美美捶上一顿，怎么能干这种缺德事情呢。好像他是一个活雷锋。人常说，贼喊捉贼，捉贼捉赃，拿不住赃物，贼嘴铁牙，是断然不会认账的。

有些老于世故的人，想着法儿来捉弄贼。他用牛皮纸折成农村人时兴的那种钱包，里面用废纸塞得满满的，在合口处放上几张钱，并故意露出一点来。精明的贼这次利令智昏，把他的手伸进了设局者的口袋。在捏住贼的手指时，胜利者笑着对他说，你是大贼，怎么还绺烟锅呢？

贼谦虚地说，我才学着做贼呢，出师不利，就让你破了相。

在一个小山村里，一个懒汉睡觉从来不关门。有一天晚上，一个小蟊贼溜进去，搜寻了一番，连什么也没有找到，临出门时，他不经意地嘟囔道：真是倒霉，世上还有这样的穷光蛋。懒汉躺在炕上喊道，欢迎下次再来，请关上门户，谢谢合作。

懒汉这样一提醒，贼来了灵感，走的时候，卸下门板背走了。

的确，贼是有大小之分的。在农村，由于嘴馋，捉住人家的公鸡，偷着炒了吃的，人家叫他鸡贼。当然还有偷牛的贼，偷羊的贼，都是一些穷贼，也是一些为了温饱或者想发一点小财而冒险的土贼。

贼城的名声是不好听的。至少市长不愿意他主宰的城池有这样一个不光彩的别称。当贼代会在某市三星级宾馆召开的时候，市里的领导也在这个宾馆的全国级会议上介绍他们城市文明的经验。

贼头的金丝眼镜后露出一副冷笑。可谓这是一个绝妙的讽刺。在城市的边缘地带，一般有一些丐帮居住的地方。他们以乞讨为生。有的乞讨者，最后也走上了当

第三辑 芸芸众生

贼的歧途。贼如果和黑社会结合在一起，就会由暗盗变成明抢。

一次，我与妻子到某市商业步行街去闲逛。我永世改变不了自己走路快、性子急的毛病。我走在前面，妻子落在我身后有二十米左右。走着走着，忽然听见妻子厉声喊我，我停下脚步，不知道是怎么回事。她说，她看见刚才有一个人用一个长把镊子从我的裤兜里往出夹钱。

我顺着她手指的方向看去，有一个穿着时髦的城里人哼着小曲若无其事地朝街西走去。街上行人来来往往，我被贼大胆的举动惊呆了。我想起来古代的烙刑，假如，在他的前额烙上这个不光彩的字，为贼着想，不知他的感受如何。

现在的洋贼可谓形形色色。像孔乙己那样偷书的贼自以为偷书不算贼，心安理得，并没有什么羞耻的感觉。那么，偷花的贼呢，让人感到不可理喻。我住在一栋家属楼的一层，玻璃的外面也有一层钢筋护栏。为了通风和享受阳光，在一个深春季节里，我们将六盆花卉放置在窗台上。第二天早晨起来，发现，小花盆被贼偷走了，大花盆从栅栏里是拽不出去的，他干脆把花卉连根拔走了。

一向将花卉视为她的精神寄托的妻子非常气愤，要到院子去叫骂，让贼的耳朵发烧。我急忙劝住她。我思忖为贼着想，他也有爱美之心，他宁可当一回贼，也不愿意当面向你开口索要，贼也有自己的尊严，可悲可叹的所谓尊严！我知道，如果谁向她索要花卉，妻子会很爽快地送给她的，但是，她是断然不能容忍贼背着人干偷盗的勾当的。

偷钱偷物的贼是一伙俗家弟子，偷情的贼却活得非常浪漫潇洒。也许，社会的道德规范约束着他不能像贾

红尘如烟

宝玉那样尽染天下美女，他又不甘心在一棵树上吊死，就只好当一回偷情的贼，当一个采花大盗。这种人虽然既有贼心，又有贼胆，日子也不是好过的，他成天担心被老婆发现，担心从非正常渠道融资的情况东窗事发，惶惶不可终日。

可见，贼也不是好当的。温柔乡里的贼，被笼罩在玫瑰色的光环里，在享受女人温存的同时，他的耳朵时刻在竖立着，就像松鼠一样，只要门外有一点动静，他便惊慌失措，眼珠骨辘轳地转，眉毛蹙成了川字形。要不，人们怎么会说贼眉鼠眼呢。为贼着想，他们也可能很委屈，也许，他们的婚姻不如意，他们要自己解放自己，在精神上寻找补偿。当然，贼行也有贼道理。当贼必须要懂得心理学。

1997年的秋天，我去一个看守所检查，那里的犯人顺墙站了一排，其中还有一个年轻漂亮的姑娘。我问管教她犯的是什么罪，管教说她是一个女贼。偷人非常巧妙，神不知鬼不觉。她的拿手本领就是用色相麻痹猎物，让他在神魂颠倒中，失去身上所有的钱物，目标多数是眼神中放出色迷迷斜光的男人。

贼的产生和发展也是与时俱进的。当今在知识密集型的领域里，在高科技的平台上，一些沽名钓誉的贼，把别人的劳动成果窃为己有，而且，大言不惭地到处吹嘘，混淆视听，这种贼更加可怕和可恶！

为贼着想，这些人为了达到自己名利双收的目的，不择手段，他们不顾被侵权人所付出的心血，不去考虑他们所受到的伤害。这种贼的灵魂应该受到猛烈的鞭笞，不杀不足以平民愤！为了防贼，人们采取了五花八门的措施。电表被安装在电杆的顶部，防盗门越来越厚，庄稼地里搭满了庵棚，电脑和柜员机加密⋯⋯

为贼着想，兴许，他们是为了生活，其实不然，有

第三辑 芸芸众生

的人有一种做贼的瘾，骨子里有一种贼性。解救他们，转化他们，这比拯救一个民族似乎更加艰难。但愿天下之贼醒来吧，你们也为别人着想一次，为这个社会着想一回，金盆洗手，还人们心中一块蓝天和安宁如何？

攀缘者

一个藤条式的人物，当用别人时，毕恭毕敬，一旦事情办完，就翻脸不认人，这种势利眼，应该受到道德的谴责！

北京这地方，有不少不挂牌子的单位。不仅显得神秘，而且权力很大，在机关工作的人，不乏精英。但是，也有一些混进去动机不纯的人。

牛林是给领导穆克开车的司机，他觉得他在车上与领导平起平坐，好像他也是领导，说话处事让人感到有一种领导的架势，好像是二领导，机关的人就叫他牛二，几乎没有人喊他牛林的名字。

牛二并不想一辈子都当司机，他想当官，在那里喝三喊四，指手画脚，好不神气。为了实现这个夙愿，他去白云观找一个老道给他算了一卦。老道说，现在世上有两种人，一种人是干事的，工作能力强，什么事情都离不了他，但是，升官、荣誉没有他的份；还有一种人什么事情也干不了，什么事情也不干，专门混圈子拉关系，领导当着别人的面还会批评他几句，但是，提拔和荣誉到来的时候，都是他的。

牛二一听，茅塞顿开，他明白了，想当官必须领导

红尘如烟

认可自己，欣赏自己，看好自己，才能重用自己。他打算要和领导把关系搞得非常密切，圆自己当官的梦。

机会终于来了。他听办公室主任说，领导的新房子装修好了，周六搬家。他高兴得手舞足蹈，摸进领导办公室，哈哈地笑着，拱着双手："恭喜恭喜！你搬家怎么也不告诉我呢？"

穆克正在传阅文件上签字，见他进来了，抬头说："你怎么知道我搬家？"

牛二哈哈笑着，搓着双手答非所问地说："明天一早，我就过去给你帮忙！你搬家这是大事，不仅是你家的喜事，也是咱们全单位的大喜事！"

穆克说："你就不要去了，也没有多少要搬的。"

"这哪里行。"牛二哈哈笑着出门去了。他特别兴奋，好像看到了自己的任命文件。

晚上，躺在床上他幻想着自己被提成处长，坐在老板椅上，啊，啊地打着官腔，美滋滋的，他兴奋过度，失眠了，怎么也睡不着。到了快天明的时候困得不行睡过去了，一觉醒来，我的天神！已经8点多了，人家说7点要离开旧屋，这是找高人看了时辰的。

他赶紧爬起来开上车就跑，没有走几步，发现红针在闪，原来没有油了。他把车开到加油站喊道："快！加300！"说着就到里面去交了钱，出来开上车就跑，只听车后砰的一声巨响，他也没有管，继续加速，刚走了一会儿，一辆车拦住了他的去路，从车上跳下来一个穿橘黄色马甲的胖姑娘："你给我站住！"

牛二莫名其妙，那姑娘又喊道："你下来！下来！"他下车顺着姑娘手指的方向一看，我的天爷，油枪还插在油箱里，被撅断的管子耷拉在地上。

姑娘双手叉腰，怒目圆睁："你把加油机弄坏了，必须回去赔偿！"

第三辑　芸芸众生

牛二说他有急事，改天再说。那姑娘说："不行，你跑了，我上哪里找你去。你要不赔，我就打110。"

无可奈何，牛二只好把车开回加油站，他们找领导，叫人评估，折腾了好长时间。牛二赔了4000元，才脱身。等他把车开到领导的老屋时，早已是人去楼空。他问门房的老头，老头说："人家早就搬完了，你现在才来，虚情假意！"

牛二给领导打电话，手机一直占线，打不进去。第二天早晨，领导看见牛二后，眼皮耷拉着哼了一声，牛二吓得浑身打了个哆嗦。他尴尬地站在墙角，等领导办公室人走尽了，他才溜进去。

不等他开口，领导摆着手说："不用说了，我知道你想说什么！做人要地道！"

牛二的脸红了，脖子也红了。

领导说："你知道黄继光炸碉堡时说的最后一句话是什么吗？"

牛二自作聪明地弯着腰说："报仇啊！"

"错！"领导的手掌从空中向下一劈："某某人靠不住啊！"

这时候，主任进来找领导签字，牛二赶快退出去了。

牛二心想，这下子把领导得罪了，非得给我穿小鞋不可。他愁的吃不下饭，睡不着觉。他老婆一问才知道是这种情况，就对他说："现在有个机会，可以缓和你与领导的关系。领导的小姨子刘明霞未婚先孕，她想做人流，医院要家属签字，没有人签字，你去当这个冤大头吧。"

牛二一想这真是一个好机会，就去签了字，说刘明霞肚子里的孩子是他的。不料这件事情被一个护士传了出去，在外地当武术教练的非婚夫回来找到牛二，两拳就把他眼窝给打青了，牛二趴在地上，连喊冤枉。

红尘如烟

老婆安慰他说，你给领导解了围，他心里记着你，肯定要提拔你。

果然，几天后，办公室主任对他说："牛师，你把车钥匙交了"

他喜出望外："我不用再开车了，我被提拔了吗？"

主任笑着说："恭喜你荣升司令！"

"司令？什么司令？咱们单位没有这个职位啊？"

"领导办公会决定调你到食堂去喂猪，猪司令。"

牛二恨得咬牙切齿，你不提拔我，我提拔你，让你们全家坐飞机升天！

牛二在网上买了雷管、炸药，在一个子夜时分，摸进领导住的家属楼，在楼梯那里安装炸药包时，被巡逻的保安逮住，送到了派出所，他因涉嫌爆炸罪，被逮捕了。

好几天不见牛二的人影，有人问道："牛二到哪里去了？"，有人讥笑着说："他终于高升了，被调到公安局了。"

显摆者

时时处处显摆，以显示自己的与众不同，其实是一种虚荣心在作怪！

我有一个同事，她特别争强斗胜，什么事情都要显得和别人不一样。她留给大家最显著的特点，就是特别爱显摆。时时处处，不忘显摆。一件衣服、一种发型、一个首饰、一辆汽车、一处住宅，都要挖空心思在同事面前显摆一番，好像只有这样才能满足她的虚荣心似的。

第三辑　芸芸众生

我不懂得心理学，但是，我观察像她这样爱显摆的人，说白了就是一种精神疾病的患者，旁观者感到她已经病入膏肓了，而她自己却乐此不疲，并且骄傲地感到她高人一等，如何了得。旁人反感她的肆意显摆，其实是对别人的小觑和侮辱，她全然不顾，我行我素，把显摆发挥到了极致。

在一个假期，我到街上去买东西，准备回一趟老家，在赶班车的途中与它邂逅，她不由分说拦住了我。我以为她有什么要紧的事情。不料，她得意地告诉我："我们家安电话了，号码是……"她所说的电话是座机，在当时的情况下，电话是单位才有的奢侈品，程控电话才在县城起步，安装一部要交好几千元的初装费，还要找人批条子，放号。她告诉我她家的电话号码有什么用，我不会向她家里打电话的，明摆着是在羞辱我们这些穷人嘛。

我说了几句恭维话，告诉她我要去赶班车，就急忙离开了她。休完假，上班后，她在单位逢人就说她家安了电话这句话，多数人应付一两句就过去了，但是，有人感到讨厌故意说："这么大的喜事，你应该请客啊，你看安排在什么地方，我去联系，你钞票拿足。怎么样？"

她一下子不说话了。另一个同事说："你家有钱有权，你给咱单位的同事家里都安上电话，你联系起来也就方便了。"

她眼睛向上翻着，脸色不好看了："你以为是打土豪，分田地哩。电话不是什么人都能安的。"这次显摆受挫，她吊着脸，貌似高雅地说"这些人什么素质！"

不知道谁告诉她，说我开了几个博客。有一天，她来找我，说她也想开博客，让我给她指导一下。我问她你开博客准备发什么？她说她也没有想好，先开了再说吧。我就帮她注册了一个博客，并且告诉她如何登陆。

红尘如烟

大概过了半年左右，有一天，我无意中点开了她的博客，里面都是转载别人的文章，有的还被她直接粘贴了过来，这不是剽窃嘛。后来她又发了一个购书单，这又是另一种显摆的方式，她要告诉人们自己买了多少书，多么有学问，多么伟大，而我觉得这种庸俗和浅薄实在贻笑大方。我们可以看看，自古到今，有哪个学问家显摆自己买了多少书。

就是这样一个自命不凡，喜欢显摆的人，不知采取什么手段当上了领导。这一下子更加有了显摆的条件和资本，颐指气使，不可一世。把原来的驾驶员辞了，不要他了，理由是长得太难看，她给人事部门安排给她招聘的司机必须是高富帅。同事们私下议论是招司机还是招情人。有人戏称再给她配个男秘书，他们整天在温柔乡里缠绵去吧，也免得折腾我们。她知道找一个男秘书太显眼，只好忍痛割爱，放宽条件，允许人事部门给她安排一个女秘书，条件是不能长得比她好看，面试了几个，都因为比她漂亮被枪毙了。人事部门的人犯了愁，实在找不到长得比她难看的女人，后来招了一个姑娘故意把她化装成丑女才过了关。这个秘书每天必须把自己化丑才能出现在她面前。

她的谱摆得很大，停车后，司机下来打开车门，她才下车。下点小雨，就让秘书给她打伞。看到她这个做派，我想起了黄世仁和穆仁智的舞台形象。她当了领导之后，胆大妄为，什么事情都敢做，就是把下属不当人。单位里有点敢怒不敢言的气氛。许多人纷纷调出，不愿与她为伍。

有相当长的一段时间，我们没有看见她的身影了，不知道她到哪里显摆去了。这天晚上，我做了奇怪的梦，我梦见她戴着锃光发亮的一副手铐在我面前显摆，她说："你看这对镯子漂亮吧，明光闪闪的，特别显眼吧，其他人谁有啊？"这真是把显摆进行到底了。

她是一个魔鬼的化身！不久，真的传来她被双规的消息，司机和秘书也被传去了解情况。不知她现在的心态如何，还想显摆吗？

爱美者

一个爱美的女人，她的故事具有传奇特色。

有个爱美的女人，外号叫漂儿鬼。

我有一个同学，叫郎居正，是个出租车司机，穿戴从不讲究，走到哪里，随便就往地上坐，往电杆上靠，甚至在休闲园的水泥椅子上躺下就睡着了。可他的媳妇连从霞是一个极其讲究的人，每次临出门前，她站在镜子面前，前照后照，反复验证，直到打扮满意了才出门。有一次，她和丈夫准备回渭南娘家，因为耽搁久了，误了火车，男人与他吵了一架，她反倒不回娘家了，返回家中又精心打扮起来。别人评论她说，头可断，头发不能乱；血可流，皮鞋一定要打油。她时常把自己打扮得像一个新娘子，不断地变幻发型和服饰，她要在人们的视线中树立自己时代美女的浪漫形象。她穿的衣服只要发现城里有了第二个人穿，她就脱掉不穿了。

有一次，她在家里做面膜，那脸上的白色着实吓人。碰巧，她的婆婆张淑会从乡下来到城里，一进门，她惊叫一声撒腿就跑。她上气不接下气地跑到南关，找见儿子郎居正说："你赶快回家吧，你家里有鬼了，把人能吓死。"郎居正感到好笑，母亲是个正常人，怎么会说

红尘如烟

家里有鬼呢。他领着母亲刚走进家门，发现连从霞把那面膜撕下来提在手里，母亲吓得躲在儿子身后，浑身发抖，对儿子说："你赶快请个神汉来打鬼吧，你看她和电影《画皮》上的鬼一模一样啊。"连从霞一听这话，很不高兴，她瞅了婆婆一眼，说："妈，你是想叫你儿子把我打死，给他找一个十八娃吧。明明是我，你为什么硬要说是鬼呢。"这些对话被在窗外玩耍的孩子们听见，说给了各自的家长。从此，连从霞漂儿鬼的名声传了出去。

　　漂儿鬼成了小城的名人。她走进商场，人们跟在她后面，指指点点说，这就是漂儿鬼。她到宝鸡去，坐在汽车上，和她挨坐的男人回来激动地对伙计们说："你们知道不，我今天和漂儿鬼坐在一起，一股香味直钻人的鼻子……"伙计们闹着要他请客并问他："到底有多漂？"他说："与众不同，一言难尽啊。"后来，有个好奇的男人想入非非，在暗地里跟踪漂儿鬼，想看一看她到底有多漂亮，不幸被当成流氓抓进了派出所。审案的民警是一个女的。当她听说嫌疑人只是为了看漂儿鬼的美貌时，她忍不住笑了，她奚落道："你们这些男人，没有见过啥，你不知道，她小时候出麻疹，满脸是麻子，她主要靠化妆品和粉末修整版面，有啥看头呢。"后来这个女警察在街上碰见她的同乡连从霞，她半开玩笑地说："你的嗜好虽然支持了化妆经济的发展，但是，你虚无缥缈的美貌传说，给社会治安带来隐患，从大局出发，我劝你还是要忍痛割爱，不要误导异性，诱发犯罪……"连从霞瞪着女警察说："你这是以权谋私，你这是嫉妒！爱美是我的权利，谁也不能剥夺！"女警察也不好再说什么，就由她去了。

　　从那以后，连从霞比从前更加注重打扮了，而且是几十年如一日，坚持不懈，她和儿媳妇走在一块，看起

第三辑　芸芸众生

来她比儿媳还年轻，穿的还花哨。她的名声也越来越大了。人们称呼郎居正并不直呼其名，而是叫这是漂儿鬼她男人，称呼她后人也说这是漂儿鬼她儿子。

有一年春节刚过，北风呼呼地吹，雪花飒飒地飘，人们穿着棉衣，缩着脖子在大街上猫腰行走。漂儿鬼穿着百褶裙在街上溜达，碰上了她的好朋友刘玉娥，亲热地和她拉家常。刘玉娥说："你怎么还活着呢？"漂儿鬼瞪了她一眼："你得是等着当接班人呢，想霸占为我老公？"刘玉娥颤抖着说："人都说二八月冻死漂儿鬼，你怎么不怕冷呢？"漂儿鬼自豪地说："我心热着呢，怎么会怕冷呢。"这句话没有说完，她打了一个寒噤，牙齿当当地响。刘玉娥冷笑了两声，转身走了。

漂儿鬼知名度颇高，成了一笔无形资产，大可开发利用。经高人指点，郎居正眉头一皱，计上心来，他卖掉了出租车，投资三万元，给媳妇在县城热闹的地带开了一家化妆品专营店，字号就叫漂儿鬼，老板娘就是连从霞。开张以来，一炮打响，生意非常红火，钞票像雪片一样飞进漂儿鬼的抽屉。从早到晚，顾客盈门，货架上形状各异的玻璃瓶子，一件件被女人们装进了自己的坤包。男人们陪着太太来到这里，不光是为了购买化妆品，其实主要是为了一睹漂儿鬼的美貌。

后来民间传出越传越多的笑话，说由于漂儿鬼的缘故，周围邻县的人慕名前来观赏，人如蜂拥，以至于造成交通阻塞，影响了正常秩序，县上还发出了一个规劝漂儿鬼搬迁的通知，是否属实，无从查考。

漂儿鬼在挣到一大笔钱后，成了上等人，穿戴更加气派，非同凡俗，她突然对自己的五官有些不满意了，埋怨自己长得不够理想，她总想改造父母的原装产品。她花了六万元在一家私人美容院做了全套的整容手术，不过，手术之后再也没有见漂儿鬼在街上露面。

红尘如烟

扭曲者

　　一个善于巴结迎奉的势利小人！让我们举起灵魂的鞭子，抽打这种丑恶！

　　我有一个小学同学，叫黄思洋。他在财经学院毕业后，被分配到周原市财政局预算科工作，现在已经当上了科长。我被调到县级党委部门工作后，深感经费困难，就多次找他帮忙，想为单位争取一点资金。我每次去找他，他都很忙，不是接电话，就是在大办公室和他的小办公室之间穿梭，我只好坐在那里等他忙完以后再说自己的事情。等人是十分焦烁而漫长的熬煎，我在屋子里百无聊赖，只好环顾四周以化解枯燥。我发现他的窗台上放着一盆非常漂亮的君子兰，是宽叶布纹式的那种品格，叶片排列整齐有序，花盆及其考究，花卉是绛红色的，鲜艳绚丽。等他回到办公室，我就从君子兰的美丽与他说起，自然很快就进入正题。

　　我记得大概过了半年左右，我又一次来到黄思洋的办公室，他的门半开着，他本人却不在房子。美丽动人的小戴在电脑上查找着什么，她招呼我坐下。我发现他窗台上的君子兰不见了，我问小戴，她只是笑笑，没有说什么，好像还摇了摇头，我感到莫名其妙。

　　后来，我去党校学习，和财政局的一位调研员同在一个培训班里。闲暇时，我们在一起聊天。他给我讲述了我同学黄思洋的故事，让我十分惊讶，我没有想到他会变成这样一个人，也能做出那等事情。

　　原来，市财政局的局长被提拔当了市政协副主席，在新局长人选问题上，大家都认为非主管预算的副局长

第三辑　芸芸众生

韩麦成莫属。黄思洋平时在工作上与韩副局长有些小矛盾。他想韩麦成如果当了一把手，可就由他决定自己的命运了。他希望自己像别人走过的路子一样，顺理成章地当上副局长。可是，这个人对自己要求严格，请他吃饭，送他什么东西，他会黑着脸批评你，毫不留情。黄思洋想来想去，他找到了突破口。韩麦成有养花的嗜好，何不投其所好，与他把关系拉近一步。想好以后，黄思洋附在窗口盯着大门。有一天，他发现黄副局长的小车进来了。稍等片刻，他端上那盆君子兰，拿着一个要他签字的文件，敲响了韩麦成的房门。只见他爬在桌前在写什么，嘴上接应着敲门声，头依然没有抬。黄思洋把君子兰放在茶几上，望着他说："韩局长，这盆君子兰送给您了，你这地方来的客人多，没有一盆好花怎么行呢。"韩麦成抬起头，放下手中的笔，递给黄思洋一支香烟："还是放在你的办公室吧，我没有时间务养它，损坏了多可惜。君子兰品性高雅圣洁，像我这样的俗人，浮躁庸碌，会蹂躏了它的美丽。"黄思洋没有想到韩麦成对君子兰还有如此的感悟，他看了他一眼没有说什么，嘴上咬着烟，把花盆端过来放在显眼的窗台上，让韩麦成在文件上签了字就出去了。

年终决算在省城的绿源度假村紧张进行。黄思洋在吃饭的时候，听省厅的几个处长在一块议论周原市财政局长的人选问题，有人说，他们听省委组织部的人说，局长可能由从县区回来的一个县委书记担任。黄思洋对这个消息深信不疑，他夜里失眠了。回到周原市，他反复思忖，他觉得韩麦成不当局长，那么，这盆名贵的君子兰不是白送了吗，他感到非常可惜。他想把它要回来，又不好直接去要。后来，他终于想出了一个两全其美的办法。他把办公室的文书小汪叫到一边，对他说："韩局长外出的时候，让我给他的花盆浇些水，你给我把他

红尘如烟

的房门开一下。"小汪迟疑了一会儿，还是从抽屉找到钥匙，来到二楼，打开了韩麦成的房门。黄思洋装模作样地拿起那只猫样的塑料洒壶，在花盆上喷洒着水雾，见小汪走远了，他赶紧用一张报纸衬在下面，端上那盆君子兰闪出房门，迅速上了四楼。

韩麦成从北京开会回来，也没有注意自己房间的变化，依旧在忙工作。后来发现桌子上的文件被水淋湿了，他往窗台一看，那盆君子兰不见了。小汪上楼来送文件，他问道："谁到我的房子来过？"小汪说："黄科长替你浇过花。"韩麦成哦了一声，他什么都明白了。

就在当天下午，市委组织部来了一名副部长，带着干部科的科长，召集财政局副科级以上的领导开会，他当众宣布市委的决定：推荐韩麦成同志为周原市财政局局长人选，同时强调等待人大上会履行法律手续以后，再对外公布。黄思洋坐在会场的角落里，浑身感到不自在。他回到办公室，把那盆君子兰从窗户口推到了楼下，他这时候觉得，这盆花也在嘲笑自己，挖苦自己，这是他所不能容忍的……

君子兰是美丽的，但是，这种美丽只有和人的心灵美、品质美交相辉映，才能放射出光彩夺目的绚丽神韵。

我的同学黄思洋原本是清纯的、质朴的、本分的一个人，没有想到，官场的空气污染，使他失去了人性中那种应有的忠诚，而变得如此市侩和俗气。也许，权力在有些人看来是可以换取一切的法宝，因此，才有那些不择手段的行为，千方百计想达到掌握权柄的目的。如果，这种美丽的光环，不是靠自己的学识和才能，而是靠投机钻营得来的，那么，这种美丽还有什么价值呢？

➡ 第四辑　淡淡回味

第四辑　淡淡回味

留在心中的记忆，永远难以忘怀；美好的过去，在我们时光的屏幕上历久弥新；回味我们周围发生的一个个故事，让人感慨万千。

山花芬芳也美丽

穿着华丽，珠光宝气就显得你高档吗？看看母亲粗糙的手，再看看你的作为，谁为之羞愧？

7月的北京，遍地流火，高温蒸腾，暑热难耐。我总想逃出城去，远离喧嚣，远离红尘，去享受山野的清凉与宁静，释放一下躁动的热量。同乡张萌之前电话相约，周六邀我去顺义休闲消暑，我自然应承下来。

张萌是个文化人，书画小有名气。他在京都相混多年，人脉关系广泛，神秘的地方他能进得去，神秘的人物他能请得动。我对燕京地理不胜熟悉，我以为他要领我们去溪边，去乡村，去寺庙，亲近自然、亲近土地、

红尘如烟

洗濯浮尘，缔结善缘。

他却将我们领到一个高档会所里，并说要介绍新朋友给我。这里有游泳池、滑冰场、量贩式歌厅，显然是一个有钱人消费的天堂。在等人的时候，他把我们领到咖啡厅小饮。

这是一个富丽堂皇的大厅，绵软的地毯上放着许多小圆桌，每个桌子四周围着几把圈椅。我们坐下后，很快有侍者从吧台走过来招呼客人。张萌点了果盘、咖啡，嘱咐服务员先上两杯意大利现磨咖啡，一会儿还有客人来再加。年轻的姑娘点点头，夹着单子走了。

不大一会儿，走过来一男一女，张萌起身相迎，招呼他们落座。男的光头硕大，啤酒肚凸起，脖子上戴着一条筷子粗的黄金项链，左手大拇指戴着一个淡绿色玉石指环。那位年轻女子满身珠光宝气，浓妆艳抹，铂金耳环大如杯口。张萌介绍说这男的是李总，房地产大亨。女的叫杨梅，大学生，是张总的特别助理。我微笑着点点头，算是打过招呼。从我观察的情形来看，他们对视的眼神，说话的语气证明，这个女子不是他的老婆，但是，也绝非是简单的助理关系。

大厅里忙碌着两支队伍，一支是年轻的姑娘，他们穿着华丽的旗袍，主要在门迎、吧台和接单的区域活动。另一支队伍是中年妇女，她们也穿着相同的衣服，但不是旗袍，上身是紫色的衬衫，下身是蓝色裤子，黑色平绒方口布鞋。她们的活动区域在客人离开之后的桌子周围，清理杯具、果皮、纸屑，擦拭桌子，更换桌布。在客人呼喊添水的时候，她们会端上一只白色的陶瓷茶壶过来给客人服务。

我同乡的朋友到来之后，我发现那个名叫杨梅的姑娘与众不同，她有一种藐视天下的霸气，孤傲的神情在她的眉宇间自负地流动着。她斜靠在凳子上，翘着二郎

第四辑　淡淡回味

腿，不时用纸巾擦拭着她右手无名指上的钻戒。耳环与金属坠子相撞发出叮叮当当的响声。

这时候，一位戴着软檐帽的中年妇女应声过来低头整台，她一弯腰，挂在脖子上的项链吊到了半空，它忽忽悠悠晃动着。这种项链不是金的，也不是银的，它显然是地摊上买的工艺品，但是，看起来也挺光鲜的。

杨梅突然来了兴趣，她欠起身子，蔑视着这位中年妇女的项链，用一种不屑一顾的口吻轻蔑地说："你一个清洁工也配爱美？这个项链扔了都没有人捡，干活就干活吧，还戴什么项链！"女人直起了腰，把手中的抹布扔到桌子上，大声说："你好好看看，我是谁？"全场顿时震惊了，突然鸦雀无声。女人有些生气地说："乞丐也知道用树枝编一个花环戴在头上，羊羔还知道有跪乳之恩。我们下苦力的人就没有爱美的权利吗？"

她的自尊受到了伤害，显得愤愤不平。她瞅了一眼杨梅，转身离去了，留给了我们无尽的思考与猜测。

杨梅愣在了那里，她没有想到她如此高贵的一个姑娘会被人奚落，而且更让她惊讶的是……

不愉快的事情是由我们引起的，我也觉得杨梅的做法有些不妥。我起身要找那位阿姨，想替杨梅给她道歉。这时，大厅里已经不见她的身影了。这件事情让我非常纠结，胸口像堵着什么似的不舒服。爱美是每一个人享有的自由权利，与财富无关，与身份无关。你身家过亿，或许我们还觉得你穷你俗；她衣着朴素，依靠劳动装扮生活之美，我们并不觉得她寒碜，反而感到劳动光荣，美在质朴。

领班告诉我，阿姨是从西部山区来北京打工的，她住在城中村的地下室里，在三个地方当钟点工，每天忙忙碌碌，只吃两顿饭，辛苦挣钱供女儿读书。她人很好，老实、勤快、善良、和蔼。对生活充满热情，平时在工

红尘如烟

友间说起她的女儿心花怒放,喜不自禁。母亲的爱全给了女儿,她得到的是什么?

原来她是杨梅的母亲!我的心在流血!苍天在上,良心何在?

天上飘过一朵云

一段兄弟之间的恩怨,一个杀人犯在逃亡中乔装改扮成了缉私英雄,却死在儿子的枪口。

他竟然杀人了!/而且是警察杀人,杀的不是别人,是他的一母同胞弟弟。他为什么杀人?人们惊恐万分地睁大眼睛议论着、打听着、传播着。消息迅速传遍全球,街巷在窃议、媒体在炒作、官方在头疼、警局在忐忑、邻居在防备。

他本是一名优秀警员,破案何等神奇。可是,一句绯闻把他引上了邪路。当他把枪管顶在弟弟脑门上的时候,他的儿子刚刚两岁。之前,他无意中听别人说,他的儿子不像他,很像他的弟弟。他感到自己蒙受了莫大的羞辱。他暗中盯梢、跟踪、蹲守,终于把妻子和弟弟堵在了床上。他踏开房门,拔出手枪,对准弟弟的脑门,准备扣动扳机。弟弟竟然毫无愧色毫不示弱地对他说:"一个性无能的男人让女人活在虚拟世界里,就是扼杀人性的刽子手!"这句话更加激怒了他,更加使他按捺不住。他的这个秘密是他最大的天机,只有一个人知道,那就是他的妻子,多少年来,他不允许别人知晓。一定是那个女人告诉他的。他认为弟弟是在欺负他、是

第四辑 淡淡回味

在嘲笑他、是在戏弄他、是在他的心里插刀子，他怒不可遏，他双眼血红。

他不顾一切地扣动了扳机。一声枪响划破了午休中的家属院，警车鸣叫着驶进街巷，头戴钢盔的防暴队员成群结队包围了家属楼，围观的人群在警戒线跟前潮水般地波动着。家属院乱作一团。当警局的官员到达案发现场时，他们惊呆了，他们怎么也不相信，他会干出这种事情。在怒火烧中，不容他考虑后果，考虑出路，他只是想雪恨。枪响之后，被害人倒在血泊之中，他猛然清醒了。可是，一切都晚了。他恍恍惚惚，一时处在懵懂中。同事面对如此场景，叹息着，只是拍照，提取现场痕迹，望着他不知如何是好。他木然地交出了手枪，拔下领章帽徽，聚拢双手，束手待擒。一个警察给他戴上了明光发亮的手铐。这种东西，以前是他常常戴给别人的，今天却是别人给自己戴上了。他被从楼上向下押解时，长官命令警员用衣服包住了他的整个面部，两个警察搀扶着他走下楼梯。不知道是怕他看见别人，还是怕别人认出他来。

他被关押在看守所里，戴着手铐脚镣。他靠墙坐着，望着小窗上射进来那一点微弱的阳光，他想了许多事情。他想到了自己的童年，想到了他在部队上打仗时负伤的情景，当时并不知道会影响自己的生育能力！结婚后他才知道，他非常苦闷，这真是生不如死！那时候，他害怕回家，他晚上总是值班、巡逻，没有想到会出现这种情况。他的妻子生育后，他以为自己好了，听到闲话，他的敏感神经受到剧烈刺激，他无法冷静，他无法容忍……

他越狱逃跑了！他总是制造那种让人震惊、让人敏感、让人不安的事端。人们很难想象，在如此戒备森严的监区，面对荷枪实弹的哨兵、面对电网缠绕的高墙、

红尘如烟

面对全方位监控的摄像镜头,他是如何逃脱的?他非常明白自己犯的是死罪。如果不能逃亡,只有死路一条。他凭借自己当过7年特警、8年民警的经验,暗中策划了这次阴谋,他庆幸自己成功了。他的异常举动惊动朝野、惊动大江南北,殃及司法系统,有13人因此受到了处分。

他反侦察反跟踪能力很强,他乔装改扮,离开了西部这座城市。在逃亡路上,他处心积虑,花样翻新,时刻警觉着与警方周旋。他知道法律的索及年限是20年。他要重新塑造自己,逃脱死亡的邀请。他知道警方视线的盲点在哪里,他把自己深藏不露。

他整了容,过去的他已经不存在了。他改名换姓,买了新的身份证和全套档案资料,20年后,他成了边关蒙城缉毒大队的副队长。他又穿上了警服,腰里重新别上了手枪。有时候,他打量自己,感到有些好笑,除了人是真的,侦破技术是真的,其他都是假的。

他的机敏和智慧是过人的,他立过三次二等功,几乎成了缉毒英雄。在抓捕跨国贩毒团伙的战斗中,他在与一个毒枭斡旋,却被旁边一个年轻人朝他开了一枪。他不知道,这就是已经22岁的他的名誉儿子,也许,他是替他早已死去的亲爹报仇。可是,谁也不清楚,彼此已经不认识了,就是他妻子站在他的面前,也认不出他是谁。

他还是要死了,他知道他早年犯的案子已经成了无头案,早已经被人们忘记了。破不了的案子就不算数,这样破案率就高,因为,他们也要被考核,也想被提拔。这些事情,外面的人是不知道的。

他知道自己不行了,他想起了依靠卖糖葫芦为生的父母是否还健在?在做服装生意的妻子是否已经改嫁?他感到自己要死在边疆的红土地上了,这是因公殉职,

第四辑　淡淡回味

还会追认为烈士，还会有抚恤金、丧葬费，还有22个月的工资。可是，在他的假档案中，父母双亡，无亲无故，孑然一身。这些内容并没有引起用人单位的怀疑，他们看重的是他的破案能力。他觉得自己非常聪明，逃过一劫，多活了20多年，尽管逃亡的日子提心吊胆，但是活着总比死了好啊。

他在闭眼之前，面对尘世冷笑了两声。他忽然看见：天上飘过一朵云。

家是过去的梦想

一个女孩对于家庭的向往，一个不顾亲情而落魄的父亲。

女儿对我说，小昂晚上要到家里来。她想看看我那不满半岁的小外孙，想给他拍照。我感到有些迷惘，不知道她是干什么的，怎么还姓昂，以前没有听说过这个姓。女儿告诉我，小昂名叫昂瑛，是她原来公司的同事，她的婚礼就是小昂策划和操办的。那天人很多，我没有注意，也没有记住她。

晚上8点左右，女儿的手机响起来了，她对着手机说着向左向右的话，显然是给小昂指引到我家的路径。不一会儿，门铃响起了。我前去开了门，走进来一个瘦瘦的姑娘，中等个子，留着散散地长发，穿一身单薄的黑衣服。女儿出来迎接她，两人自然惊叫着表达着自己的高兴之情。小昂换上了拖鞋，把手里提的两个纸袋子放在一旁，女儿向她介绍着我，她朝我微微一笑："叔叔，

红尘如烟

您好。"女儿将她领进客厅,在沙发上坐下,两个人急切地说起话来。我从厨房端了一盘水果放在他们跟前的茶几上,妻子将外孙抱出来递给女儿,她们便逗孩子玩。我们回到小卧室看了一会电视就睡了。我睡了一觉醒来,发现客厅的灯还亮着。我想小昂今晚可能就留宿了,好在我的女婿去深圳学习不在家,住宿条件还好是有的。

第二天早晨起来,却只见女儿一个走出大卧室。我问她小昂呢,女儿说她昨晚就走了。我有些担心小昂的安全,责怪女儿那么晚了,不该让她走的,她打不到车怎么办呢?女儿说,她有车,来的时候开一辆豪华越野,人家在五星级酒店登记有房,怎么会住咱家。我问女儿她现在干什么工作。她说小昂在沈阳一个集团公司做项目总监,主要负责涉外项目的考察论证,她会四国语言,是集团的骨干,收入高得惊人。这次到北京来是和日本松下公司洽谈一个合作项目。她一个小姑娘,怎么会这么厉害?我有些疑虑。女儿说,她是被逼出来的,小时候受了不少苦。女儿说她俩是最好的朋友,她曾经详细给她说过她的那个云雾般的家事。

原来,小昂的家乡在大连市贝壳巷,自幼家境贫寒,她8岁那年,母亲郜丽梅跟一个富豪去了台湾。父亲昂宏逵是一个远洋油轮上的负责人,成天在海上漂泊。她只好寄养在农村老家,由奶奶金玉琴抚养。奶奶依靠织渔网、捡垃圾供她上学。父亲开始时还给家里寄一些钱,后来渐渐不寄了。那一年她考上了大学,学费只凑了一半,她给学校打了欠条,说好放完寒假开学时补齐。

她四处打听父亲靠岸的时间,想找他要点学费。那是寒冬的一天,刮起了台风,天上飘着雪花。她来到父亲新家所在的小区。她不知道父亲会是什么态度。她听别人说,父亲后来不给她们寄钱,是因为他迷上了一个名叫林梦彤的女演员,他想找她作续弦,人家提出来要

第四辑　淡淡回味

与她谈对象，必须具备四有四无，即有车有房，有钱有权，无爹无娘，无儿无女。他满口答应下来，想方设法满足她，一切由着那个女人，后来结了婚。他担心他的谎言被揭穿，没有告诉奶奶和女儿，也不让他们参加婚礼。知道内情的熟人在背后议论这件事，都说昂宏逵为了一个女人，不要祖宗，不要女儿，没有一点人性。小昂听到这些话，感到非常难过，她想念亲生母亲邰丽梅，又怨恨她的出走，造成了家庭的残缺，她感到自己无爱无助又无奈，看到奶奶那么辛苦地为生活奔忙，她的心在隐隐作痛。

她走进这所环境优雅的院子，看见一个七八岁的小男孩脸上挂着泪花站在寒风中哭泣。小昂问他怎么不回家，他说他要找妈妈，也不知道她住在这栋楼房的哪一家。天这么冷，小昂动了恻隐之心。她领上小男孩来到爸爸的新家，想让他暖和一下，再去找他的妈妈。

门被敲开了，出来一男一女，看见小昂和小男孩，两人的脸上变了颜色。小男孩扑向林梦彤，一声声泪俱下的妈妈，叫得林梦彤尴尬至极，脸色一会儿红一会儿白，几乎无地自容。她当初曾经口气坚定地告诉昂宏逵她没有孩子。小昂看见父亲感到非常陌生，没有激动、没有笑容、没有撒娇、没有亲昵，压抑的只是愤怒，埋藏的只是仇恨，放射的是鄙视。父女俩相对良久无言。不知道为什么，他看见父亲之后，却不愿意张口向他要钱。让她想不到的是，父亲假装不认识自己的女儿，竟然问她你找谁？／是不是走错了门？我不认识你。说着偷看了那个女人一眼。小昂浑身颤抖着，她受到猛烈刺激，她转身跑下了楼梯。

父亲追了下来，也许，他想背过女人向女儿解释什么。小昂头也没有回，她沿着林荫道向大门口跑着。她放声大哭，她从此没有了父亲。他特别的委屈和难过！

红尘如烟

她感到老天对自己如此不公，别人家的孩子总是有父母的疼爱，总是生活在开心当中，为什么自己得不到一点家庭的温暖，她一个稚嫩的肩旁怎么能承受生活的重担。她感激自己的奶奶，她爱奶奶胜过自己的生命。她没有向父亲乞讨，她擦干了眼角的泪水，跑出了这个家属院，从那以后，她发誓终生再不见父亲。

后来，她通过社会资助完成了学业。她发誓要拼命地挣钱，让年迈的奶奶过上幸福生活，让上不起学的孩子重返学堂。她每年资助一名贫困大学生。

小昂成家了，丈夫是他们公司的一位副总，他们在沈阳买了房子，把奶奶从大连接了过来。有一年除夕，小昂两口正陪着奶奶观看中央电视台春节晚会，院子不时响起鞭炮声和燃放礼花的声音，人们沉浸在节日的欢乐之中。

忽然，门铃连续响了起来，谁这时候造访啊？几个人用目光交换着各自的疑问和猜想。丈夫前去开了门，进来的却是小昂的父亲昂宏遴，一副失魂落魄的样子。他走进客厅，东张西望一番，扑通一声跪在老母亲金玉琴膝下，泣不成声。小昂感到纳闷，这是怎么回事？

原来，昂宏遴为了讨女人的欢心，把汽车、房子、存款都过户到林梦彤的名下，殊不知她是个婚姻骗子。她把这些财物捞到手后，与他离了婚，又和她原来的老公、儿子生活在一起了。女人用姿色吊他的胃口，给他设了这样一个骗局，让他心甘情愿地钻进了奥妙无穷的陷阱。玫瑰色梦幻，何等的销魂，何等的温柔，何等的甜美，何等的潇洒，大梦初醒之后，一切都化为乌有，他成了一个无权无钱、无车无房的穷光蛋、成了一个无爹无妻无吃无喝的流浪汉、成了一个无职无权无名无分的阶下囚！他为了满足女人的物欲，盗卖石油，贪污公款，被单位开除了公职。从地主猫变成了流浪狗。

> 第四辑　淡淡回味

女儿不愿见他,他进门后,女儿就回到卧室去了。她不愿意和他说话。奶奶将她叫到了客厅,昂宏逵可怜巴巴地乞求女儿原谅他的过错。女儿说:"你找谁?我不认识你,是不是走错了门?"

老奶奶金玉琴已经 80 岁了,她满头银发,穿着孙女给她买的红色唐装,她端坐在客厅的沙发上,一直没有说话。这时候,她突然起身走到自己设置的香案前闭目叩首,她大声疾叫:"老天爷啊,您救救孩子吧!"

奇怪的琴声

悬疑的情节,意外的结局,让你意想不到。

北京新街口有一家乐器店,名叫雅惠琴行。老板名叫柴京生,祖籍是浙江舟山人。民国初年,他爷爷在兵马司胡同给一家当铺当账房先生,在南锣鼓巷买了一院宅子,娶一位旗人女子为妻,把家安在了北京。

他父亲毕业于沈阳音乐学院,他自小受父亲影响,对音乐情有独钟,痴迷不已,各种乐器都能演奏。

"文革"期间,他是一个宣传队的主力队员,能上台表演,也能操持各种乐器。只是为了争一个先进名额,与人结怨,被告发说他篡改革命样板戏,居心叵测。当时上演《红灯记》,他扮演鸠山,上场与李奶奶见面时,本该说:"老人家,你好。"他说成了:"老朋友,你好。"台下一片哗然,一些人便演绎他这句话的潜台词。他被打成反革命,被开除了公职。他抱着一个中软在大街小巷卖唱度日。后来被一个同事请去在他的艺术学校

红尘如烟

当音乐教师，他发现了乐器的商业利润巨大，就开了这家琴行。

这天，来了一位体态袅娜的姑娘，她叫马玉兰，她一心想当歌唱家，兴高采烈地买了一台电钢琴，叫人运回家。

晚上，睡到半夜，那琴竟然自己弹奏起来，乐曲委婉忧伤，吓得她不敢睡觉，这是怎么回事呢？

第二天，她就跑到雅惠琴行来反映此事，柴京生外出进货去了，不在店里。店员吴望月接待了她。这是一个中年女人，她闪着小眼睛对马玉兰说："老板娘在世时就爱弹这个电钢琴，她是一个细弱的上海女子，后来死了。"她反复叮咛马玉兰不要说这些话是她说的。她说我只是一个打工的，你有什么想法我也办不了。

马玉兰没有办法，就等待柴京生回来的时候，又来到店里，希望退掉电钢琴。柴京生笑着说："不可能，你到这条街上去打听一下，哪有退货的先例。"

无可奈何，马玉兰就叫来她的男朋友曹思壮，让他想办法解决。这是一个不懂音乐也不爱乐器的粗人，脾气火爆，好夸海口。为了显示他的能耐，他在女朋友面前拍着胸脯打了包票，退不了他就不姓曹！

这天一大早，曹思壮穿上厚厚的外套，就来到雅惠琴行要求退货，柴京生说："卖出商品，概不退换。你说它是鬼琴，有什么证据，放在我们这里晚上不响，放在你们那里就响，说明你们的地方有问题。橘生淮南则为橘，生于淮北则为枳。"

曹思壮满脸通红，他攥着拳头说："你退也得退，不退也得退！"

"不退，你能把我怎么样？"柴京生一边说一边整理柜台里的票据，就在这时候，曹思壮突然从怀里抽出一把尖刀，在柴京生面前乱晃："你退不退？退不

第四辑 淡淡回味

退？啊？"

柴京生说："我是吃江南的大米饭长大的，不是你吓大的，你能把老子怎么样！"

"你这个奸商！"曹思壮说着挥刀朝柴京生胸脯刺去，连刺几下，柴京生倒在了地上，衣服上渗出了汩汩血迹，店里的人吓坏了。吴望月又打120，又打110，店里顿时乱作一团。

曹思壮发现柴京生被刺伤了，撒腿就跑，被街上的人拦住，不一会儿，警车来了，他被带上了警车。

马玉兰在那里不停地埋怨："谁让你杀人了，退不了我捐赠给学校就行了，何必这样呢。"

现在说什么都晚了，柴京生被救护车送往急救中心，马玉兰也跟车去了医院。

……

曹思壮以故意伤害罪，被判处有期徒刑7年，被发配到边远地方劳改。

7年后，他出狱又来到北京，他觉得他受这7年的罪是琴行造成的，这口气他要想办法出一出，尽管，他还没有想好如何出气，会不会使自己再度入狱。他来到雅惠琴行门口，突然来了灵感，他要给他们作反面宣传，让他的生意做不成。

他站在门口大声呐喊："这是一家坑人的黑店，谁买他家的东西谁上当，谁买他家的乐器，谁家破人亡！……"

吴望月显然老了许多，她朝里屋喊道："老板娘，快出来看，有人在这里捣乱！"

不一会儿，被称作老板娘的年轻女人走出了来，她头发上插着卷发器，一袭白色连衣裙。

啊？怎么会是她？马玉兰。

超级试验

在集团遴选掌门人的过程中，一场试验看出了一个个人真实的灵魂。

博远集团董事长刘博远年事已高，身体状况也不太好，谁来接替他作这个大型企业的掌门人，成为热门话题，集团高层的心态也变得非常微妙。

周一的例会是雷打不动的，刚到8点，高管们签名打卡之后，带上笔记本迅速在会议室端端正正地坐好，恭迎刘董的部署。可是，十分钟过去了，不见他的人影。这时，办公室主任张明娜急匆匆地走进来，神情肃默地说："我告诉各位一个不幸的消息，我们集团的创始人，董事长刘博远先生突患急病，正在外地医院抢救，生命垂危……"

此言一出，会议室突然变得嘈杂起来，人们改变了坐姿，交头接耳，议论纷纷。有人感慨地说："没有刘董，就没有我们集团的今天，我们为他祈福吧，我们还盼着他带领博远跨入世界500强的行列。"

就在人们惋惜、叹息的时候，副总姚一摇眉宇间掠过别人不易察觉的微笑。他心想自己上位的机会来了，他在心里甚至盼望刘董早一点死去，自己好坐上第一把交椅。

会议结束后，他回到自己的办公室，关上房门，在屋里逗着圈哈哈大笑。好啊，终于等到这一天了。他兴奋地就像打了鸡血，在屋里胡蹦乱跳，他接连打了几个电话，告诉他的朋友，他要高升了，欣喜之情溢于言表。

他想我要主动出击，先下手为强。他打电话把集团

第四辑　淡淡回味

人事部经理冯思多叫到办公室来,笑容满面地和他拉起了家常。冯思多也感到有点不适应,姚副总平时板着脸,给他打招呼,他都不理你。今天怎么啦,像是突然换了一个人。

姚一摇递给冯思多一支芙蓉王香烟,笑着说:"你是集团的精英之一,你看能谁接替董事长?"

冯思多忽闪着三角眼,笑着说:"除了您还能有谁。"

"群众的眼睛果然是雪亮的。"姚一摇哈哈大笑。

停顿了片刻,姚一摇突然说:"有我三个熟人,你给安排工作,两个姑娘,一个男的,都安排在集团,不要放在子公司,离我近一点。有没有问题?"

冯思多说:"博远集团眼目之下就是您说了算,您说咋办就咋办。"

"那好,你回去等着,我让他们现在就去找你。"

冯思多走后,姚一摇又给财务部经理钟晨霞打电话,把她叫到办公室,对她说:"我给你一个账户,你往青岛打300万元,有个大项目需要周转资金。"

站在大班台前面的钟晨霞说:"集团的制度您是知道的,这样做是违规的,请您收回成命。"

姚一摇没有想到自己会碰钉子,他脸色大变,拍着桌子说:"你把眼睛擦亮,博远集团很快就是谁的天下!"他扭着身子说:"我以副总的身份命令你把印鉴换了!"

"怎么换?"

"把刘博远的印章换成我的。"

"董事局没有这样的决定,恕难从命!"钟晨霞说毕,转身走出了这个办公室。身后传来姚一摇的骂声:"死脑筋,我开除你!"

两周后,又一个周一的早晨,刘博远突然精神抖擞地出现在会议室,高管们立刻坐好了。

姚一摇以为要宣布他接班的事情,威严地坐在那里,

红尘如烟

等待加冕。

刘博远说:"咱们博远能有今天,管理就是靠制度。凡进必考,优中选优。你们哪一个不是考进来的。人事部最近违规安排的三个人一律辞退。免去冯思多人事部经理职务。"

姚一摇感觉气氛有点不对,想离开,被刘博远拦住了。他说:"现已查明,姚一摇套取合作对象回扣,吃里爬外,挪用专项资金,与人合伙谋利。董事局决定免去姚一摇副总职务,劝你离开集团。"

刘博远喝了一口水,说:"集团决定聘请钟成霞同志为副总经理,现在请她讲话。"

身材高挑的钟晨霞站起来,微笑着说:"感谢董事局对我的信任。我的肩膀稚嫩,挑起这副担子,还需各位同仁的密切配合。我们博远之所以能够发展壮大,靠的就是忠诚。忠诚于我们从事的事业,才能忠诚我们的国家和人民。"

会议室响起了雷鸣般的掌声。姚一摇和冯思多灰溜溜地离开了。

仁心向善

医患矛盾的解决在于相互理解,而不是责怪。

我没有想到舅舅会是这样的人,我打算在母亲过世之后,我就不和舅舅来往了。

我自小在外婆家长大,她在大队的医疗室当医生,身穿白大褂,胸挂听诊器,给病人看病,可神气啦。我

第四辑 淡淡回味

很羡慕外婆，立志长大要从医。外婆对我说，医者仁心，你想从事医疗行业，就要能经受住各种委屈。我当时不明白，病人求医生看病，把他看好了，感激还来不及吗，哪来的委屈。

我高中毕业后，两次高考落榜，我心灰意冷，就上了卫校的护士专业，我要当一名白衣天使，我下功夫学护理业务。毕业后，被市第一人民医院外一科招聘为护士。

我们科主任名叫方桂平，是中国医科大学的研究生，他的医术远近闻名，人称方一刀。他高高的个子，浓眉大眼，那目光里深藏着知识和智慧。我在工作中，从崇拜他，到爱慕他，穷追不舍，终于成功得手，打败了院里许多美女，我有幸成了他的女朋友。

发生那样的事情，谁也不会料到。那是一个冬天，大雪初霁，市上组织三下乡活动，我被派到靠山屯去参加义诊。

据说就在那天早晨，外婆突然晕倒昏迷了，舅舅迟疑了半天，才把她送到医院，值班医生检查后认为是脑溢血，转到外一科。方桂平给她又复诊了一遍，对舅舅说患者病情危重，必须马上动手术，否则就有生命危险。按照医院的规定，患者家属必须在手术单上签字，才能做手术。舅舅不同意给外婆动手术，怎么给他说，他也不签字。方桂平给外婆做了紧急处理，安排动手术。舅舅还在那里纠缠，要求保守治疗。这样耽搁了最佳抢救时机，外婆糊里糊涂地走了。

这下舅舅暴跳如雷，他说外婆是方主任没有治好才去世的，他抡起抢救室的凳子朝方桂平头上砸去。方桂平被突然的打击擂倒在地，头颅流血，把在场的医生和护士吓坏了，立刻组织施救。

经过多项检查，方桂平大脑受到损伤，出现部分失

红尘如烟

忆现象。他不能做手术了,医院外科的牌子倒了,对医院造成很大损失。院方将舅舅起诉到法院,他以故意伤害罪被判处有期徒刑5年。

方桂平被调到后勤服务中心,从事一些简单的劳动。有一天,他把我约到外面的公园里,对我说:"咱们分手吧,你看我成了这个样子,不能给你幸福,再说和你舅舅闹成那样。你还是另找吧。"

我拉住他的手泪流满面,我哽咽着说:"你就是变成了植物人,我也伺候你一辈子。"

后来,我坚持和他结了婚。我学习针灸和按摩,我在家里给他扎针,推拿。他也坚持锻炼,身体在一天天变好。

5年的时间很快就过去了。舅舅出狱后。有一年的秋天,他的宝贝儿子突然头疼欲裂,躺在地上打滚。舅舅把他送到市人民医院门诊检查,发现孩子大脑里长了一个瘤子,需要开刀。医生叹了一口气说:"本来我们医院方主任能做这个开颅手术,可惜,他被一个患者家属打残了,你只能转院到大医院去做了。"

舅舅筹齐了手术费,辗转坐火车打算去北京给儿子做手术。谁知道还没有到达北京,孩子在途中就夭折了。

痛失宝贝儿子,舅舅在万分悲痛中突然明白了自己的过错所造成的罪孽。那天,我正在家里和丈夫说话。舅舅推开门进来,跪在了方桂平的跟前,泣不成声:"方大夫,我有罪,我害的不仅仅是你,还害了许多患者,害了我的儿子。如果,你没有受伤,还能做手术,我的儿子就不会死在半路。许多病人就不需要千里迢迢到外地去求医。我是罪人,我对不起你。"

方桂平拉起舅舅,让他坐在沙发上,对他说:"医患矛盾的核心是缺乏沟通和理解。你明白了就好,希望更多的人明白,不要造成新的悲剧。"

第四辑　淡淡回味

我深深地感到，医生和护士是最辛苦的行业，方桂平做手术时一站就是六七个小时，常常大汗淋漓，一次手术下来，他就像大病一场一样。有时候，为了抢救病人，顾不上吃饭，顾不上家庭，顾不上孩子，太委屈了。这时候，我才真正理解了外婆当年所说的话。她一辈子在乡下行医，拯救了无数的病人，自己却死于儿子的无知和执拗阴影中，可悲可叹！

卧底

一个机智的女警察，为屈死者申冤，让黑心人无可抵赖

田三大是万顺市先富起来的牛人。他在繁华的骡马市东街开了一个鸳鸯火锅店，生意火爆的一发不可收拾。每到饭点，店门口总是站着许多人在等位子，他不得不雇了一个女大学生在门口给大家发牌子，这姑娘名叫刘馨云，整天笑眯眯的，不多说话，就是喜欢低头玩弄手机。

田三大面对自己的别墅、豪车、高尔夫会员证，心里感到乐滋滋的，都是火锅的功劳，他专门制作了一个高档火锅模型放在他的老板桌上，躺在老板椅上，偏头欣赏。

就在他春风得意，踌躇满志的时候，突然，一个想不到的消息把他吓得一愣一愣的，电视新闻突然爆料说，他的火锅里里使用了罂粟壳，让人吃了上瘾，几天不吃想得慌，还说他偷偷地采购了地沟油用在火锅底料里，赚昧心钱！

红尘如烟

田三大牙齿咬的嘎嘣响，他们是怎么拍到这些画面的，店里一定有内贼，看我不千刀万剐了他，这些吃里爬外的家伙。

他怀疑是打工仔尚书豪告的密，因为春节过后，他要求涨工资的目的没有达到，就消极怠工，有时候干活还嘟嘟囔囔。他把田书豪叫过来审问，问了半天，尚书豪不承认，田三大来了气，他跺脚挽袖，脸色铁青，瞥眼看了在一旁摆弄手机的刘馨云，抓起一个棍子朝尚书豪的头上打去，一阵雨点般的棍棒示威，尚书豪倒在了地上，头上鲜血汩汩地流。刘馨云说："老板不敢打了，要是他死了，你得去坐牢！"

"黄毛丫头一边去！"田三大说着出门走了。刘馨云正要打120，老板又进来了，瞪着她说："你要干什么？"

"救人啊！"

"狗拿耗子多管闲事！一边去！"

田三大气呼呼地拨通电话找他一个哥们，求他到电视台去活动，把那个节目撤掉，并且说花多少钱都无所谓。

刘馨云把手放在尚书豪的鼻子跟前一试：呀！没有气了。

"老板，尚书豪死了！"

"他在装死狗！"

"真的死了！"刘馨云跺着脚，焦急万分。

田三大走过来在尚书豪的腿上踢了几脚，他没有动，田三大一摸他的口，顿时脸色大变："这混蛋真的死了。"

"这可怎么办，他可是他家的独苗啊。"

田三大挠挠自己的脸说："咱们就说他到外面偷东西，让人给打死了，这样，他爹就是阎王爷也没有办法。"

"你哄小孩啊，谁信啊！"

第四辑　淡淡回味

"这你就不懂了。"田三大诡秘地一笑，立刻打电话把派出所的协警田舒刚叫了过来。这是田三大本家的侄儿，他的工作还是田三大通过他的朋友给安排的。田舒刚一家对田三大感激涕零，一直在寻找报恩的机会。

田舒刚来到火锅店之后，田三大说："叔现在遇到麻烦了，咱们自家人我就不说客气话了。你给咱搞一份笔录，就说这尚书豪偷人家的东西被打死了，派出所记录在案，主要是给他父亲看的，只要息事宁人就行。"

"这个行吗？"田舒刚有些迟疑。

"有什么不行的，我怎么说你就怎么写，完了叫几个哥们喝一场酒，让他们按个指印就妥了。"

田舒刚勉强答应下来。

很快，尚书豪的父亲尚玉海来到了万顺市，田三大安排他在宾馆住下，只是说他儿子有病，还没有说已经死了。尚玉海有点不好的预感，急着要见儿子。田三大不让他见，只是安排他吃饭。尚玉海那里有胃口，他一点也吃不下去，执意要见儿子。

田三大见拖不下去了，就对他说："老先生，你要有个精神准备，你儿子已经去世了……"

不等他说完，尚玉海就瘫在了地上，餐厅服务员赶快对他进行急救，给他喂了半杯水，他才缓过神来。老人悲愤交加，虎视眈眈地盯着田三大："我儿子身体好好的，怎么会突然死了呢？"

田三大说："老先生，您也是有头有脸的人，就不要问了，说了伤您的自尊……"

"有什么不能说的，你不说清楚，我就碰死在你面前！"尚玉海显得非常倔强，非要知道来龙去脉。

"他跑到人家小区里去偷东西，让人给打死了。"

"啊？有这种事情？"

田三大掏出盖着指印的笔录让他看。尚玉海一下子

红尘如烟

像泄了气的皮球，蔫了，反过来求田三大看在儿子在他店里辛苦一场的份上，帮助他办理丧事。

田三大这时候显得非常豁达，满包满揽，说这丧事你不用管了，一切费用都由他解决。

尚玉海叹息着，望着儿子的遗体，放声大哭。

田三大心里高兴得发了疯，因为，他略施小计就把一条人命案摆平了，他想起光头强的一句口头禅："我光头强太聪明了，我太欣赏我自己了。"

他暗暗高兴，甚至有点乐不可支。他把那几个按了指印的人和侄儿田舒刚叫到一起，请他们吃饭喝酒，唱歌，洗桑拿浴，就在他乐滋滋的，忘乎所以的时候，刑警队一辆警车开到了洗浴中心门口，从车上下来几个警察，一个宣布了拘留证，一个不由分说给他戴上了手铐。这时，刘馨云笑眯眯地穿着一身警服走了过来："老板，咱们又见面了，回去我请你看视频。"

田三大叹息一声："原来你是卧底啊，黄毛丫头！"

段文楚之死

一个改革者的悲剧，这个故事告诉我们，任何事情要干成不是一人一时就能完成的，必须顾及天时地利人和。

唐贞观二年（628），朝廷在边远地区设置经略使衙门，主管边防军事要务，后来，多由节度使兼任。此间，在西南一带设置邕管经略使，分管邕州、贵州、宾州、澄州、横州、浔州、峦州共 8 州 33 县。

第四辑　淡淡回味

唐懿宗咸通二年（861），朝廷派遣段文楚担任邕管经略使。当时，边关形势颇不安定。朝廷给岭南道所辖广、桂、容三州配置兵将3000人，驻守周边，三年更换一次。这些官兵来自全国各地，又有任期所限，多数心不在焉，不精兵术，难以防御外患。段文楚上任后，提出改革邕管兵役制度的大胆设想，遂上送奏折，希望朝廷将原官兵妥善安置，把3000人的军饷下放到经略使衙门，将自行招募当地人来保卫邕州和祖国边陲的安全。得到朝廷准许后，段文楚正在组织募兵，朝廷派了一位钦差大臣来到宣化（今广西南宁西南），宣布了一道皇帝的圣旨，调他回京都长安，就任掌管首都戒备防卫的金吾将军，段文楚一再恳请容他募兵结束后再行调动，终因圣命难违，他带着不尽遗憾离开了西南。

段文楚离任后，朝廷即派李蒙前往邕州出任邕管经略使。李蒙本在内地军界担任要职，一心想请调进京，未料想朝廷非但没有满足他的意愿，反而将他派往边关，他认为这是对他的贬职，从内心来说，他是不想和南蛮打交道的，但又慑于皇命威严，他不敢不从。勉强到职后，他对募兵、军务一概不感兴趣，心想，既然升官无望，那就想办法发财，以免无权而憾、无获而归。贪字当头的李蒙上任后，没有继续募兵，只用段文楚先前募集的500名士兵保卫边疆，将其余2000多人的衣粮薪俸变换手法，纳入私囊。这样一来，驻守在左右江的兵力比原来减少八成，南诏乘虚而入，大兵压境，很快攻破防线，逼近邕州。

李蒙受到惊吓，急病突发，死在治所。西南告急，朝廷又派李弘源接任邕管经略使，不到十天，邕州城就被攻陷。李弘源化妆改扮，与监军一起混在难民中，逃到峦州避难。李弘源在峦州躲了20多天，南蛮军队撤

红尘如烟

走后,他又返回邕州。宣化轻易失守,朝廷大为恼火,将李弘源贬为建州司户。

李弘源被调离邕州时,段文楚已是朝廷重臣,官至殿中省省监,职级从三品。西南衰败日盛,百姓生灵涂炭,皇上日夜不宁。他以为段文楚在邕管辖地德高望重,一呼百应,当地人对他十分爱戴,收拾这种残局,重整旗鼓,非他莫属。于是,朝廷宣诏,派段文楚前往邕管府衙复任经略使。段文楚抵达邕州时,城中满目萧条,偶尔在街上见到的人却对他充满敌意。原来,人们把这场灾难的责任归罪于他当初在邕州的兵役制度改革上,人们见了他就像见了仇敌,一时非议四起,他到职才几个月,朝廷便不断接到上访奏折,这些不明真相的人极力反对他在邕州任职,朝廷不耐屡遭烦扰,改派胡怀玉代职,将段文楚降为威卫将军分司。

段文楚被谪贬17年。唐懿宗的第五个儿子李儇（XUAN喧）继承皇位后,经人荐举,重新重用段文楚,使他官至大同防御使兼水陆发运使。

僖宗乾符五年（878）,代州以北连年遭灾歉收,百姓饥寒交迫,难以供给大量军需。为了减轻群众和漕运的重负,段文楚下令裁减军士衣米,方法略嫌生硬,引起士兵不满,怨怒鼎沸。就在这山雨欲来的危险形势中,盘踞在定襄神武川新城（今山西大同市西南）,的突厥沙陀部落,看到有机可乘,想除掉段文楚,扩大割据势力和地盘,沙陀兵马使李尽忠派遣他的下级官吏康君立秘密抵达蔚州（今平遥一带）,动员保卫蔚州的兵马副使李克用起兵反唐,配合李尽忠完成他们的颠覆计划。段文楚和判官柳汉璋被叛军杀害后,沙陀之乱由此而起,大唐帝国逐渐衰败。

第四辑　淡淡回味

残梦

不要以为坐在主席台讲大话的人，就行为文明，有时候他的自觉性还不如一个小孩子。

环保问题受到人们普遍关注，这是因为谁也不想在恶劣的环境下，使自己的健康受到影响、甚至生命受到戕害。但是，在实际的工作和生活中，高唱环保高调的人多，身体力行的人少，这种只挂在嘴上，并没有落实到自己的行动中的环保，只是一个装潢门面、用来教育别人的口号而已。

有一天早晨，我在去上班的途中，经过人社部时，在我前面的人行道上，走着一个十二三岁的小男孩，戴着红领巾，背上背着书包。我只看到他的背影。在他前面的路上扔着一个饮料纸盒，并不是他扔的，可是，这个小孩子跑过去，把纸盒捡起来扔进了较远处的垃圾桶里。他是个孩子，他的这个举动让我感到他的可敬可爱。如果人人都像他那样，用自己的实际行动，保护我们自己生存的环境，美丽中国就会更加美丽，环保世界就会更加环保。

可惜，我们一些成年人却往往做不到这一点。在地铁上，经常会看到穿着时髦的人，把自己吃早餐的生活垃圾随手扔在了车里，脸上连一点愧色都没有，和这个孩子相比，难道你就不害臊？在一个领导机关里，几乎人人都是领导，一个比一个职位高，一个比一个学历高，一个比一个会讲漂亮话。可是，我们的洗手间常常是一片狼藉。负责清洁的阿姨把里面收拾干净，不一会儿就一塌糊涂了。本来放有专门倒茶叶的筛子和水桶，他偏偏把茶叶倒进洗脸盆，堵塞了下水道。其他的垃圾乱扔。

红尘如烟

这种人好像跟这个地球有仇似的。

有一位职位相当高的领导和我出去开会，走到半道上，他竟然顺手把烟盒扔在了干净的马路上，有一个穿黄马甲的老太太跑过来指责他，让他捡起来，他怒目相瞪，不但不捡，还吓唬老太太说："你知道我是谁吗？你知道我是谁吗？竟然敢这样和我说话，我看你活得不耐烦了。"老太太也不示弱，手插在腰里和他吵："我怎么不知道你，你是一个没有社会公德的人！你能把我怎么样？明明是你错了，还这样凶巴巴的。"这时候围上来不少人，大家都谴责他的行为，我感觉脸上发烧，赶快替他捡起烟盒扔进垃圾车里，向老太太道了歉，拉上他钻出了包围圈。从那以后，他如果喊我出去，我都找借口推脱，我感到他的人品、他的做派和他在主席台上大讲环保的重大意义和历史意义，给他的下属提出要求的行为大相径庭，简直就是绝妙的讽刺。

环保需要我们说到做到，需要从我做起，从一点一滴做起。每当我懒惰的时候，每当我想把垃圾随手扔掉的时候，我就想起那个可爱的小孩，他用自己的行动教育了我们这些成年人，他在我们面前就是对照检查的一面镜子。向行动者致敬，保护环境就是保护我们人类自己。

当晚，我做了一个美梦。我梦见祖国到处是一片蓝天白云，没有阴霾、没有垃圾，到处绿草茵茵，清水潺潺，花香阵阵，笑声朗朗……

旗帜

一个县委书记的辉煌人生，一个睿智而受人尊敬的领导。

第四辑　淡淡回味

我已经记不起他去世多长时间了。不是我薄情，人家与咱是天上地下的落差，的确和我没有什么牵扯。可是，最近一段时间，我经常在睡梦中看见他，映象还非常清晰，使我感到格外蹊跷。有一天晚上，我一连梦见他三次。

第一次，他坐在我对面的木椅上，望着我，神情严肃的和我探讨"人活多少是个够？"他手中端着他那个紫陶茶杯，在细品着香茗的滋味，在思考严肃的人生课题。我当时在干什么，我想不清楚，但是，我的潜意识隐隐约约地告诉我，他早就去世了，怎么会突然出现在我的面前。我又不敢问他，恍惚中他就不见了。第二次，他手叉腰间，手指中夹着很粗的雪茄，烟雾在眼前缭绕。他眯着眼睛对我说："你经常钻研学问，研究问题，我问你，官做多大是个够？有谁在这个问题上能保持平和的心态，能正确地评估自己的能力？"我正要说话，他一转身又不见了。第三次，他好像在商场，那里的人很多，大家围绕一件价格高昂的衣服在讨论，说到了各个行业挣钱不公的问题，他说："钱挣多少是个够？"大家面面相觑，也不争论了。我看见他还穿着那件灰色西服，并没有打领带，里面的衬衣是淡黄色的。我正要上去和他握手，他却不见了踪影。

外面的狗咬声，把我从梦中惊醒了，我躺在床上，望着黑乎乎的屋子，怎么也睡不着了。屋外传来河滩的流水声。这种声音白天是听不到的，因为我们的住所与河床还有一段距离。可是，夜里听见那滔滔声好像就在附近。坑坑院涝池里的蛤蟆们，比赛鸣叫，那滚呱声此起彼伏，使夏夜显得更加深沉。在这安详平静的深夜里，我做了这样奇怪的睡梦，自己百思不能解读它。我想起了以前与他并不多的直接或者间接接触的事情。

他是从雍州调过来的，在原籍是县委副书记，到了

红尘如烟

我们这个小县城成了最大的领导。他个子很高，脸色特别黑，有人在背后叫他黑子，当面谁也不敢叫的。在我的印象当中，他这个人很会当领导，当的很轻松，很潇洒，威望却很高。他曾经对我说过，他在县里，主要管好4个人，其他的事情各负其责。社会上流传着有关他的许多神话。说他批评人毫不留情，说他生活如何如何讲究，说他如何如何威严等等。

在他作县委书记时，我只是县政府办公室一个小秘书，原本是没有资格和机会与他说上话的，也许是偶然的机缘，我走近了他，认识了他。那时候，他住在县委办公楼二层南头的两间房子里，北面有两间客房。我们搭班子写大材料时，往往被安排在客房里。由一个年轻人执笔，我来口述，还有一些人搜集资料，向各部门和各乡镇要数字。写材料是个辛苦的差事，这是众所周知的事情。当时没有电脑，可以参考的东西也很少，全靠脑子想，全靠钢笔写，写完了改，改完了抄，有时候一篇材料要折腾八九次，时间到不了总是定不下来。那时候，县委办、政府办、政研室组班子搞的大材料，每年不下于20多篇，主要是经验材料、会议发言、署名文章、调查报告、辅导讲稿等等。

我们写材料时，他端着茶杯过来，脱了鞋，盘腿坐在床上，和我们说闲话，在他的看似随意的谈话中，体现了他的执政理念和管理思路。从他的简历看，他的第一学历并不高，但是，我觉得，他会看材料，在我接触过的县级领导当中，我认为他的材料最好交。他主要看大的框架、大的思路、理出的新观点，至于文字他不细扣，他说这是我们做秘书的事情，是主管材料主任的事情。那些年，我们给他写的材料，经常在报刊上发表，有一篇被当时的红旗杂志社编辑的一本书收录，有一篇被国务院《决策参考》刊登。

第四辑　淡淡回味

人与人相见打招呼本来是一件极其普通的事情，在等级森严的社会意识熏陶下，也体现了一种畸形的尊卑。两人相见，晚辈先问长辈，下级先问上级，这些约定俗成的习惯本无可厚非，可是，就是我们的一些上级领导在别人问候他的时候，表现出来的那种不屑一顾的神情，让人们非常反感和讨厌。有的人甚至发誓说："他某某人就是当了联合国秘书长，我再也不问他，有什么了不起，好像我们这些人巴结讨好他似的。"的确，这种人是有的。文人有一个共同的特点，就是孤傲和清高，反对拍马迎奉，反对攀缘附贵。因此，我们自己知道自己卑微的地位，从来不敢有什么奢望，见了领导，我们躲得老远，生怕亵渎了那种威严。有一次，我来到县委送传真，他和干部们在饭厅吃饭，当我走进饭厅时，他站起来问我："最近晚上还加班吗？没有见你。"我有些诚惶诚恐，让人家书记问咱有些不合适，我本该是应该先打招呼的，他却显得不在乎。他端着碗走了。平时和我在一块写材料的同事围攻我说："你的牛皮还大，部门一把手过来，书记都不问他一声。"我赶快讨饶："该死该死，我一个小干事怎么会享用这种荣耀呢。是人家领导关怀下属。"我觉得这种无聊的介意是不是一种奴颜媚骨呢！

在他执政期间，形成了许多规矩，凡是开会，一律提前10分钟到场，准时开会。说是几点钟出发，就必须按时走，如果司机误了点，他就不上车。这一点，我是亲眼所见的。有一年，市上在陇州召开山区建设会，我被抽调到会上服务。他到县委去找一个同事，说好10点钟，小车过来接他。到9点50分，他来到大门口等车，一直等到1020分，小车才来了。原来驾驶员几个人打扑克，忘了时间。车过来后，驾驶员急忙做检讨，他黑着脸一句话也没有说，也没有上车，而是步行往招待所

红尘如烟

走，驾驶员吓得不敢吭气，开着车走到他旁边，希望他能上车，他一直没有上车，走回了住处。从那以后，驾驶员再没有耽误过时间。

说他生活上讲究其实就是特别爱干净。我记得，有一天下午，他给我打电话说我给他写的一篇署名文章被一家杂志刊登了，寄来了两本，他让我过去取一本。我来到他的办公室，却发现他穿着背心，趿着拖鞋，在打扫房间卫生。他把沙发搬到旁边，用抹布在擦背后的尘土。我感到有些不解。我说："办公室那么多人伺候你，还用得着你自己打扫吗。"他笑着说："他们打扫的是表面，我清理的是死角。不收拾干净，我坐在里面不舒服。"他就是这么一个人。他的烟瘾很大，但是，开会的时候，坐进车里，他不吸烟，自然别人也不敢吸了。

平心而论，他是一个优秀的领导，在他执政的这些年，没有听到他为个人和亲友谋取私利的事情发生，没有听到他插手工程招标。他跑遍了全县的山山水水，对农村了解的程度，有些村干部见了他也胆怯，生怕他把自己问得答不上来。我记得那一年，在县委党校举办领导干部培训班，他提出了三个问题，让每一个人思考回答："入党为什么？在岗干什么？离岗留什么？"这些问题至今值得我们深思。

有人说他是一个小政治家，他善于思考、具有驾驭全局的领导才能，为人看似面冷，心底却非常善良。他离开县上已经好多年了，经常有人想起他，怀念他。这是他的造化，也是他人格魅力形成的影响。

自从他调到市委任农工部长以后，我与他也没有多少联系。大概是我到县委宣传部报到半年以后，和他见过一次。那是一个初春的日子，我去市委开会，休息时，我在院子的花园里散步。他看见了我，硬拉我到他办公室去喝茶。领导盛情难却，我只好跟着他去了。他在那

第四辑　淡淡回味

栋坐东朝西旧楼的二层办公。他喝茶向来是很讲究的，两种茶叶要配在一起，不用保温瓶的开水，要用电炉子烧水，用滚开的水泡茶，才能生出浓浓香味。他给我沏了茶，我们一边喝着一边说话。我以为他要问起县上的一些事情，其实他什么也没有问。他对后任领导的工作不加任何评说。后来，我才体会到这才是他的高明之处。

　　1996年春季，我去省委党校参加全省宣传部长培训班学习，在小寨西路那所院子里，我意外地碰见了他。他也是来参加培训的。他们那个班全是地厅级干部，当时他已经是市人大常委会的副主任。司机给他搬行李时，我发现他带了一捆书，我感到有些不解。培训班上是会发资料的，还需要自己带这么多书吗。他好像看出了我的心思，他说："这些书已经买了好长时间，说是要读的，总是静不下心来。来到这里没有什么干扰，我计划把它看一遍。"我对他的学习毅力深感敬佩，他已经是58岁的老人了，仍然如此刻苦，我们还有什么理由不好好学习呢。

　　我们住在4号楼，两人一间房。他住在2号楼，是单套，条件自然好一些。食堂的伙食中午多数是米饭。我们这些人是吃面食长大的，一天不吃面条就觉得没有吃好。因此，每逢食堂供应米饭时，我们就结伴到门口的岐山面馆去吃大刀轧面。每顿吃饭，他都要找几瓣大蒜来吃，吃完了回去再刷牙，嚼茶叶。学习的日子是轻松快乐的时光。下午，我们一般出去散步，或者在一起聊天。

　　有一天下午，他打电话叫我过去，原来他煮了鸡蛋让我吃。他点燃了雪茄慢慢地抽着，对我说："今天县上来了两个干部找我，这两个人你是认识的，你猜他们干什么来了？"我不知内部情况，笑着说："他们肯定是看望你老领导来了。"停顿了片刻，他说："那是幌子，

红尘如烟

实质上是来找我，让我为他们说情，给他们跑官。他们说他们在乡镇当过党委书记，回到县里才安排了一个部门的副职，而且没职没权。他们心理极度不平衡。"对于这类事情，我自然不好说什么，就望着他，等待听取他的态度。他把烟灰小心翼翼地弹进玻璃烟灰缸里，叹了一口气说："我们的干部如果把心思用在让老百姓富起来这件事情上，就是不当什么领导又有什么不好呢。"我在他朴素的话语中看到了一颗惦记老百姓的丹心。我故意问他："如果你继续当县委书记，遇到这种干部怎么办。""免掉！"他神情坚决地挥着手："让他们从头干起。当然，组织上安排干部时要尽量考虑公平公正和公论，一旦定了，个人就必须服从大局，怎么能闹情绪，怎么能找人给组织施加压力。"

那次与他分手后，我回到县上，再也没有见他的面。后来突然听到他去世的消息，我感到非常震惊。他的身体状况一向很好，怎么会这么快就走了呢。

原来，在市级领导体检过程中，发现他的肺部有阴影，医生提出了他的推断和怀疑，他背上了沉重的思想负担，总觉得自己的病情非常严重，是不治之症。在第四军医大学附属医院里，他走下手术台不久就离开了人世。

他离开我们已经许多年了，我至今不认识他的家属和孩子们，与他们也没有什么交往。他却反复在我的梦境中出现，是他给我托梦要表达什么吗？还是我在思考的屏幕上留下的投影？我对这些是懵懵懂懂的。我唯一的希望是他能含笑于九泉之下，不要再牵挂什么。

第四辑　淡淡回味

拐枣

触景生情，童年的记忆影影绰绰，父亲的领我去深山打柴的一幕，让我感到亲情的甜蜜。

我走出家门，准备到河堤上去散步。走到胜利桥南，我发现一个农村老人在人行道上铺着一块白色塑料纸，在摆卖拐枣。

这种东西，许多城里人不认识。它的颗粒比花椒稍微大一点，几个连在一起，那枝条拐来拐去，有点像缩小了的拐杖。它的果实外皮是紫黑色的，掐破皮，会露出淡绿色的果肉，虽然不多，但是很甜，那种甜是其他人工水果无法比拟的。

老人蹲在他的地摊前，那些拐枣被他用白线扎成了整齐的小把，整齐地摆在塑料布上。我问他怎么卖，他微微笑着说："这东西是山里野生的，不值钱，一把一元钱。你可以尝尝。"我急忙摆手，我知道这种东西，不用尝的，我也知道他采摘这些野果是多么的不容易，是要付出劳动的。

看着这种已经很少见的拐枣，我想起来了自己的童年。小时候，每到冬天，父亲抽空要领着我去深山打柴。我们一般鸡叫头边的时候就要起床，草草地吃一些母亲为我们父子所做的早餐，带上一些白面裹着高粱面做的花卷干粮，带上镰刀、砍刀和绳索，拉着架子车就上路了。

我们凭借着熟悉的地形，在微弱的亮光下，在陡峭的山路上跋涉着，可以听见沟壑间的流水声和夜莺的哭泣。虽然，我家住在天台山附近，但是，近处的柴火早被放牛郎剃了光头。我们打柴的路越走越远，一直要到

红尘如烟

30 里外的乌鸦沟底去砍柴。

到了坡场，天色刚刚放明。我和父亲就砍起柴火来，父亲捆好一捆，就让我向大路边背柴，他继续在砍。这里沟壑很深，几乎没有路，我背着一捆比我高出一半的硬柴，右手扶柴，左手揪着地上的树枝和野草，艰难地从冻滑的沟坡上爬上去，沿着岭头蜿蜒曲折的小路把柴火背到目的地，半道我要歇息几回。尽管地冻天寒，可是，我的喉咙里冒烟，我的头发上冒着热气，汗水湿透了我的棉袄，寒风袭来，感觉一阵阵冰凉，我不由得连打寒噤和喷嚏。

一般一天要拾掇 12 捆硬柴才够一架子车的分量。我背完第 10 捆柴火的时候，父亲就让我在山梁上休息，他上来的时候一次背两捆好似牛腰粗的柴火。

在山里要拼死拼活地干一天，准备下山时，太阳就落山了。中午在荒无人烟的大山深处干活，运气好的时候，还能遇上有山泉或者沟壑里有流水，就爬在那里喝个饱。运气不好的时候，一天也见不上水，就到阴山坡洼地抓野草上的积雪解渴。有一天，父亲发现了一丛拐枣，它的样子就像荆条那样一簇长在那里，也许是积雪的滋润，它还活着，父亲用镰刀将它一枝一枝的割下来，只割它的有果实的枝梢，并不损害主杆和根系，来年新的纸条就会抽出来。父亲告诉我这种野果名叫拐枣，是可以食用的，我从父亲手中接过一束拐枣，把一嘟噜果实放进嘴里咬破，咂吮着，我感觉一种特别甘甜的汁液润入我的喉咙，那么甜蜜，那么美好，我顿时不感觉怎么渴了，疲惫也消除了许多。

父亲离开我们已经 21 年了，我们的生活发生了巨大的变化。村子里的人早就不割柴了，他们开始烧煤，后来又用沼气，现在有的家庭用液化气，有的用电磁炉。我记得，姑父对我说过，在农村，如果谁一辈子不上山

第四辑 淡淡回味

割柴，他就是大福人。砍柴是农村最重的活路，如今，村里的人都成了福人，他们不用再受那种苦了，真好。

拐枣之甜是山野之甜，是亲情之甜。

叔父的遗嘱

叔父留给我他的子女都想知道的一个秘密。

叔父突然去世了。我是不经意间从旁人那里听到这条消息的。她们议论亡灵，感叹人生，并不知道我与死者的辈分关系。而作为旁听者的我，心里很不是滋味，倒不完全是我失去亲人的缘故，叔父曾经留给了我们一道人生难题，我感到非常茫然，不知道怎样解答。

叔父从领导岗位上退下来已经十几年了，办理了退休手续也已经 9 年了。他早年在冯坊小学教书，后来在公社担任文教专干，逐步走上了领导岗位，他是我们家族中为数不多的当官的。但是，他从乡镇到县级部门，干了几十年，一直只是副职，虽然享受的是正科待遇，但是，从来没有当过一把手。他工作特别认真，待人诚恳，见了谁也是笑呵呵的，没有看见他给谁发脾气。

我三爷年轻时是个游乡的卖货郎，在农村结识的人比较多。刘巴沟有个老汉叫张岁友，是个务庄稼的把式。有一年，他领着女儿张顺妹在高家沟做山庄，我三爷路过他们的住处讨水喝时，张岁友委托他给女儿介绍一个对象。我三爷看那姑娘人长得漂亮，就给我叔父占下了。结婚后，张顺妹做衣服、做饭菜在村里是女人们学习的榜样。我这位姨母虽然不识字，但是，在村里和家族很

红尘如烟

受人尊重。那时候，叔父在乡镇工作，后来，他们一连生了三个女儿，他拿38.5元的工资，养活一家6口人。好在，那时候物价便宜。他星期五下午，用2角钱就买一布兜蔬菜绑在自行车后货架上，高高兴兴地回家来了。家里人也盼望他回来，因为只有他回家的时候，家里才改善生活。叔父是个闲不住的人。回来后，不是上山割柴，就是替姨母参加生产队劳动，一家人生活得幸福美满，让人羡慕。

随着时间的推移，女儿们渐渐地长大了。相继到了谈婚论嫁的年龄。大女儿王彩娥，嫁给了尚家寺的尚宏强，他在云南祥云县当兵，提了干，她跟丈夫随军去了。二女儿王彩霞的对象是自己找的，她在广东省虎门镇打工，认识了本县乡党罗家塬的罗志刚，他是学电子技术的，在工厂当技术员，两人结婚后，在当地买了房子，不打算回老家来了。叔父一看这阵势，只有靠小女儿给他们夫妻养老了。他打算给三女儿招一个上门女婿，在一块生活。那时候，小女儿王彩惠在县福利厂做雨伞，经人介绍认识了171信箱的陶凯国。这个厂是从江西吉安迁移过来的，他老家是广西北流市人，据说父母双亡，有一个弟弟在部队当兵。王彩惠和陶凯国结婚后，生下一个儿子，按照早先的约定，随母姓，起名叫王金宝。叔父和姨母对小孙子非常疼爱。本来，一家人过得挺安稳的，谁知道形势发生了变化。171信箱搬迁到宝鸡的石坝河一带去了。福利厂也已经倒闭，王彩惠跟着女婿到渭河南岸的村子租了房，她给厂里打扫卫生，把儿子留在千阳母亲那里。

我记得大概是五年前的一个秋天，县上统一给领导干部检查身体，发现叔父有心肌梗死疾病，通到心脏的血液不够流畅，需要做搭桥手术，叔父思想负担很重。在去医院的前夕，他来找我，从衣兜里掏出一封封着口

▶ 第四辑 淡淡回味

的信封，上面写着我的遗嘱四个字。他把信封放在我的桌子上，把我吓了一跳。尽管许多人没有安排好后事就撒手人寰了，留下了许多遗憾和麻烦。但是，一个活生生的人立下遗嘱，给人感觉有些不舒服。

他对我说："你不要在意，这是自然规律，提早一点安顿比较好。像你父亲给你连一句话都没有留下就去世了。如果，我下不了手术台，在我身后家里会有一些麻烦的事情，你姨母不识字，我会给他交代清楚，让她有事来找你。在我死后，你当着你姨母的面打开信封。"他反复叮咛这件事情让我不要告诉任何人。我劝他如果要立遗嘱，最好到公证处去办理公证手续。他说已经办好了。

在西京医院花了将近6万元，手术做得很成功，他看上去像好人一样，红光满面，显得心情也很开朗。没有人的时候，我问他，要不要把那封信还给他，他摇着头说："迟早有那回事，就那么办。"叔父出院后，每天除了接送孙子上学，看书，散步，他觉得闲得无聊，就到河滩的树林里去开荒，挖了一块地种菜，每天都去那里干活。没有想到，就是这种剧烈运动最后要了他的命。

姨母对我说，那天下午他到河滩去挖地，回来时满头大汗，要洗澡，她给他搓了澡，他觉得很累，睡下后觉得胸闷气短，我赶紧给他把药拿来给他吃了，还是不行，就送到医院抢救，很快就不行了，给他穿衣服时，发现他胸部是紫青的颜色。

不出叔父的预料，葬礼刚结束，三个女儿和女婿都围在母亲的身旁，诉说各家的困难，言下之意都想要钱，好像父亲给他们留下了大笔存款一样。母亲说："你父亲去世了，我又不挣一分钱，你们比我还困难。我去找你堂哥，你父亲生前有过交代的。"

红尘如烟

  姨母来找我，我说你先回去，我一会儿就过去。叔父安葬后，我担心惹起事端，一直躲得很远，不与他们见面。原来三个堂妹和我家也没有来往，甚至走到街上也装着不认识。可是，突然，三个女婿相继约我出去吃饭，我都回绝了，我说我身体不好，外面的饭不能吃，他们有些失意。

  我到姨母家里去，把他们都叫齐，当众打开那个神秘的信封。其实，叔父的遗嘱很简单，他只写了几条：老家的那院地方和6间瓦房现在借给贫困户居住，将来村上搞新农村建设，交给村上处理，我们全家户口都转出来了，城里又买了单元房，不能两面都占。10个月抚恤金36000元，三个女儿每人10000元，剩余6000元作为你们母亲的生活费。丧葬费用专款如果不够，由三个女儿分摊。叔父还说，他这一生也存了一些钱，但是这些钱不能分给你们，你们谁对母亲孝顺，最终这笔钱和这套房子就是谁的。如果你们都不管她，就用这笔钱雇佣保姆照顾她。他将这最后的裁判权交给了我。

  我说："叔父下世了，他唯一放心不下的是你们的母亲，她是你们的亲娘，你们要好好孝敬她，我在观察你们的表现。你们不能有钱愿意给丈夫、孩子买吃买穿，却舍不得给老人买点啥，有时间多陪你妈，她一个人最怕孤独。"

  后来听说三个女儿把那三万元放在一块给母亲买了养老保险。

➡ 第五辑　朗朗笑声

第五辑　朗朗笑声

在笑声中感受生活的乐趣，在笑声中反思人生，在笑声中回眸我们的脚印，笑声之后，你就会想到许多事情原来如此奇妙。

向智慧出发

一个家庭两个孩子的趣事，让你忍俊不禁，捧腹大笑吧。

我们赵庄有一户人家，女主人名叫刘芝秀，娘家在刘家坪。她有两个孩子。儿子13岁，名叫赵小明，身材高大，特别有劲。女儿10岁，名叫赵小花，聪明伶俐，智慧过人。男主人名叫赵高朋，为抢救一个落水儿童牺牲了。刘芝秀拉扯着两个孩子，依靠丈夫的抚恤金度日。

有一年农历八月十五日，刘家坪赶庙会，刘秀芝领着女儿要去姥姥家，临走时，她对儿子说："小明，我和你妹妹去看你姥姥，你在家看门。不要乱跑。"

红尘如烟

小明打心眼里不想在家,他也想到姥姥家去逛庙会,可是,母亲的脾气他是知道的,他只好不吭声。

刘秀芝领着女儿来到刘家坪,买了礼品送到姥姥家。姥姥心疼女儿,让她们母女到庙会上去看木偶戏,她自己在家里做饭。

小花吮着棍棍糖,蹦蹦跳跳地跟在母亲身后来到打麦场,那里人山人海,舞台上的木偶正在打斗,她也不知道这是什么戏。就随便乱看。突然,她发现了异常。怎么?哥哥也站在一旁看戏。她急忙拽着母亲的衣襟,嚷嚷着:"妈妈,妈妈,你看哥哥!"

刘秀芝正沉浸在戏曲所表现的情景中,猛然回过头来,看见小明正站在她旁边超这边偷看。"小明,你给我过来!"小明怯生生地走到母亲旁边,准备挨骂。"让你看门,谁让你跑来的?"母亲有些生气。小明自豪地说:"妈妈。你放心,门丢不了。"

"为什么呢?"

"我把它卸下背过来了。"小明有些得意,等着母亲夸他。"你你你真是一个蠢货!"母亲脸色铁青,说话也结巴起来了。"赶快回家!"母亲命令着。小明极不情愿地把门板背起来跟着母亲上了路。

走进院子,刘秀芝发现屋门显出一个黑洞。邻居孙奶奶坐在门口择豆角。她看见刘秀芝回来了,就说:"我出来赶猪,发现你家门户大开,担心有贼进去,替你看了一会。"刘秀芝连声谢谢。孙奶奶端着小簸箕走了。母亲让小明安门。这是一种老式的门扇,上下门框用凹形母隼作窝,门扇上有两个圆形的木柱凸出来。卸门的时候,小明先上一抬门扇就卸下了。可是安装的时候,怎么也安不上,他急得满头大汗。

母亲说:"先将上面的木隼放进去,变角度抬下面。"小明照着母亲说的去做,果然安上了。

> 第五辑　朗朗笑声

　　母亲气呼呼地坐在凳子上，嘴里念叨着他们走的急，没有给姥姥打招呼。小花说："妈妈，你和哥哥去姥姥家吧，我在家看门。"母亲瞅了瞅她："你行吗？"小花自信地点了点头。母亲附在女儿耳畔小声说了些什么，就带着儿子上路了。母亲要带自己去看戏，小明非常高兴，他对妹妹说："你在家里老实待着，我让妈妈给你买好吃的。"

　　母亲和哥哥走后，小花闩上门坐在屋里看书。不一会儿，听见外面有人敲门："小花，小花，快开门？""谁呀？""我是叔叔，你爸爸的好朋友，他让我给你带东西来了。"小花爬在门缝一看，门外站着一个蓬头垢面的男子，她从来没有见过这个人。再说，爸爸早就去世了。他是骗子！

　　小花想了想，十分镇静地说："你等着，我爸爸就在屋里，他马上出来会你。"说着故意在地上踩出脚步声来。门外的男子闻声撒腿跑了。

骑驴

要是只听别人的议论，你什么事情也干不成。

　　从前，爷孙俩牵着毛驴赶路。步行已久，孙子叫喊腿疼。爷爷心疼孙子，就把他抱到驴背上让他骑驴歇脚。经过一个村子时，路边站了许多人，看到这种景象，议论纷纷，谴责年轻人不懂事，怎么能自己骑驴让爷爷步行呢，真是世风日下。孙子也觉得不好意思，就从驴背上下来，把爷爷扶上去，继续赶路。经过另一个村子时，

红尘如烟

村口又站着许多人，他们看到这种景象，议论纷纷，谴责老汉活了半辈子老糊涂了，怎么能自己骑驴，让孙子步行呢，孩子没有韧性，怎么能走这么长的路呢。老汉觉得众人说得有道理，就翻身下了驴背。他想孙子骑驴，有人说闲话，自己骑驴要挨骂。干脆两个人都骑上，他们就无话可说了。老汉认为自己这个决策非常高明，他把孙子抱上驴背，让他骑在前面，自己骑在后面，继续赶路。经过一个村庄时，村口树下围着许多人在说闲话，他们看见骑驴的过来了，一齐把目光转移过来，他们哈哈大笑着，咒骂赶路的人，说这两个人不要驴的老命了，谁见过两个人骑一头毛驴的。孙子年幼不懂事，老汉这半辈子也是白活了。爷爷觉得脸上发烧，赶快下来，把孙子也抱下来，两个人牵着毛驴步行赶路。走到一条小河的对面，沙滩上坐着一伙人在说闲话。他们看见这一老一少牵着毛驴步行，感到不可思议，纷纷议论。他们说世上还有这样的傻瓜，有驴不骑却步行，难道要将毛驴当祖先供奉起来不成。老汉叹了一口气，对孙子说："我看，咱俩还是抬着毛驴走吧，这样就不会有人议论了。"孙子说："咱们还要经过许多村子，他们不但会议论纷纷，还会把咱们当成神经病捆绑起来的。

歪脖树

一个被迷信愚弄的坊间故事，歪理邪说竟然有人相信，岂非咄咄怪事！

很早以前，洼里有一户姓张的人家，全家三口人，

第五辑　朗朗笑声

养着三只羊，过着殷实的小日子。可是，儿子张玉常和媳妇刘彩娥结婚已经三年了，还没有生育。不孝有三，无后为大。婆婆黎巧凤坐不住了，如果再没有孙子，自己百年之后怎么去见老头子。

她是一个非常迷信的人，想了很长时间，最终下决心卖掉了一只羊，拿上这些钱去找村里的神汉洪大奎求神问卜。

神汉眯着眼睛从她手里接过钞票，立刻揣进怀里。他抿了一口白酒，捏起指头掐算起来，嘴里还呜呜哝哝念叨着什么。过了一会，他转过身来对黎巧凤说："神灵说了，你儿媳不生娃娃是怪你家的炕边太高。"

黎巧凤回到家，立刻让儿子把旧炕挖掉，又盘了一铺新炕，炕边做低了许多。这样，过了一年多时间，儿媳还是没有怀上。

黎巧凤又卖掉了第二只羊，拿着这些钱去找神汉。神汉接过钱笑眯眯地把钱揣进怀里，吐了两个烟圈，极其享受地咬着烟，从包里掏出一个罗盘放到凳子上，瞅了半天，突然大声说："你家的大门有问题，大门不能朝北，犯煞，大门应该安在东边，东来顺，紫气东来嘛。"黎巧凤对神汉的判断佩服得五体投地，回到家，就让儿子把北边的大门堵上了，又在东边的墙上挖了一个门。这样又过了一年多，儿媳还是没有怀孕，黎巧凤卖掉了最后一只羊，拿上这些钱去找神汉。神汉接过钱，迅速揣进怀里，喝了一口浓茶，在屋里兜了两个圈，用奇怪地的眼神看着黎巧凤，就是不说话。

黎巧凤说："我家的三只羊都卖了，你告诉我实话，我儿媳怀不上到底是什么原因？"

"这个，这个"神汉出奇地口吃起来："不好说啊。"

"你说吧，没有什么。"

"神灵说，你家的情况有些蹊跷，该死的不死，该

红尘如烟

生的就生不了，这就叫生态平衡。"

黎巧凤一听这话，浑身瘫软了。儿子和儿媳都是三十出头，自己六十多了，这就是说自己该死了。说心里话，她是不想死，活着多好。可是，自己不死，阎王爷不发生死簿，孙子就生不了，为了张家的传宗接代，自己只好牺牲了。可是，她不想死得太惨，想死的舒服一点，就问神汉怎么死痛苦少一点。

神汉说："传统的死法无非就是上吊、跳河、喝药三种。上吊绳子勒在脖子上不好受，跳河万一死不了让人笑话，喝药最好，没有痛苦。"他撺掇黎巧凤买一瓶安眠片一次全部吃完就大功告成了。

黎巧凤来到来广营镇药店声称要买安眠片。营业员冷冰冰地问道："有处方吗，没有处方的话不能买！"

黎巧凤感到自己出师不利，有些郁闷，想死还这么难。走在回家的路上，有两个小孩在吃糖，一个说甜死了，黎巧凤一听突然来了灵感，买了一斤白糖回到家全部吃了，连一点死的迹象都没有，只是每两分钟就要上一次厕所。她在厕所里听见隔壁女人在骂孩子："你死不了，烧笊篱啊。"这不是提醒自己吗？她走进厨房，把捞面的竹制笊篱点火烧，烧了半天，还烧不着，这时候，儿子从外面回来了，跑过来踏灭火苗，问母亲为什么烧笊篱，她说不想活了。儿子一想肯定是自己外出打工的时候，媳妇虐待母亲了，她才产生了轻生的念头，就跑进卧室去找妻子算账。

刘彩娥说："我和婆婆关系很好，昨天，她还把柜子的钥匙交给我，说让我管家。并说，明年这个时候，让你去看看神汉是否活着，如果活着，要想办法告诉她。她把自己平时不穿的出门衣服都找出来穿上了，我也感到有点奇怪。"

张玉常背着母亲去精神病院找医生咨询，医生说，

第五辑　朗朗笑声

如果病人神情反常，放火，就有可能杀人，你们一定要小心，万一她发飙，就把她绑起来。

张玉常回到家里，正在发愁怎么控制母亲。吃饭时，刘彩娥突然呕吐不止，黎巧凤大喜过望，问她："有了？"儿媳嗯了一声，黎巧凤拍着大腿说："这下好了，我不用死了，还能多活几年。"儿子和儿媳面面相觑，不知母亲为什么会说这样的话。

吃罢饭，黎巧凤去找神汉，想问他儿媳是怎么怀上的。不见神汉的人影，神汉的老婆披头散发，她神情沮丧地告诉黎巧凤，神汉晚上睡觉时，梦见两个警察来抓他，说他犯了诈骗罪。早晨起来，他捏了一盘绳，说是到山里去捡干柴，到晌午也不见他回来，晚上放羊老汉回村说，他在一个歪脖树上吊死了。

非常体面

表面的体面，对弱者的歧视，使她成为众矢之的，善良的人们总是大多数，我们收获的是正能量

那是浓冬季节，一个风雪交加的傍晚。我和几个朋友在小镇的火锅店用餐，这里人气旺盛，客人满堂。在我们邻座的卡档里，坐着一位打扮时髦的女人，看上去非常体面。她在等待上菜。这时候，随着门口的一股冷风，蹒跚着走进来一个老年乞丐，他穿着破烂的衣服，浑身脏兮兮的。他蜷缩着身子坐在了时髦女人的对面，不停地在搓发红的手掌。

女人怒目注视着他，恶狠狠地说："谁让你坐在这里，

203

红尘如烟

你配在这里吗？"

那乞丐喃喃地说："我冷，只想暖和一下。"

"出去！"女人一手叉腰，一手指着乞丐的鼻子："你给我出去！这么恶心，坐在这里让人怎么吃饭！"

乞丐没有动。

女人转身又大喊大叫："服务员！服务员！把他赶出去！"

一个系着围裙的姑娘跑了过来，我看墙上的卫生公示栏里的照片，她叫李小燕。

女人神奇十足地对李小燕说："你把他赶快给我赶出去，太肮脏了。"

李小燕微微地一笑，并没有赶那个乞丐，而是倒了一杯热水递给他。

女人还在不断地咆哮。我的一个朋友看不过去，把乞丐叫过来坐在我们的卡座里。那个女人还在咆哮："出去！……"喋喋不休。有人摩拳擦掌，要收拾女人。这时候，全场的人站起来，齐指女人："你出去！"吼声如雷，女人吓了一跳，在众人怒目相视下，不得已退出了火锅店。顿时全场响起掌声。众人议论那个女人，有人说，她叫兰瑞玲，还曾经到他们学校做过道德报告，有人就往地上吐唾沫，以示鄙视。

吃完饭，朋友们走了，我有意识留了下来。等到他们忙完了，我对李小燕说："你坐这里歇一会，我有话问你。"

李小燕给我倒了一杯热水放在我跟前的桌子上，面含微笑，静静地坐在了我旁边的凳子上。

我说："那个女人让你把乞丐赶出去，你为什么没有赶？"

李小燕搓着手，手腕上一个戳子露了出来，她说："我看他可怜，这么冷的天，怎么忍心让他受冻。

第五辑　朗朗笑声

看见他，我想起我的外公，我是在他家长大的，当年家里困难，外公为了我们活命，就曾经到街上的食堂去讨残汤剩饭……"

"你这样做不怕老板炒了你的鱿鱼？"

"不会的。"

"为什么？"

"我们老板说了，同情弱者是一种美德。"

我对她说："你不仅人得的漂亮，心灵像水晶一样纯洁，像火锅一样热情。以后有什么饭局，我们就放到这里。"

大概过了一月多时间，我的几个同学从外地回来了，我们相约在这家火锅店聚会。

来到这里，不见李小燕的人影，我问一个熟悉的服务生，他说，李小燕交红运了。那天来饭店的乞丐，原来是一个特别有钱的大老板，他叫郝志成，他创办了一个托孤院，用这种常人意想不到的办法选择院长，李小燕被选中了。第二天，一辆高级轿车停到了火锅店门口，郝志成和他的秘书来找我们老板要挖李小燕过去。

老板大喜，把李小燕叫到他的经理室说明了情况，李小燕羞怯地说："我当不了领导，我只能搞服务。"

郝志成说："服务就是最好的领导，你的善心就是证明。"

也许是他的这句话触发了我的灵感，我突然想起，一家慈善杂志约我写一篇文章，我何不去这家托孤院采访一趟。

爱心托孤院坐落在一个河湾地带，这里一条小溪从旁边流过。院里绿树成荫，花团锦簇，房舍整齐雅观。

我说明来意，门迎小姐告诉我，李院长和郝董事长去十里铺接一位在救火中牺牲的英雄的父亲。说话间，面包车已经进了院，郝志成和李小燕安排工作人员把老人扶进房间休息，正要和我交谈，这时，又开进来一辆

红尘如烟

小车，兰瑞玲和一个七八岁的男孩扶着一个身材较胖的老汉下了车，老汉右手拄着拐杖，左手不停地抖动。

兰瑞玲大大咧咧地说："谁是管事的，我公公交给你们照顾了……"

郝志成说："你家里是怎么样的情况？"

不等大人说话，那孩子说："我妈嫌我爷爷是累赘，趁我爸出差的机会，把爷爷送到托孤院来，她好去跳舞，打麻将。"

兰瑞玲瞪了儿子一眼。

郝志成说："爱心托孤院只收养无儿无女的鳏寡孤独，你公公不符合条件。"

李小燕扶住老人，对郝志成说："董事长，要不，先让老人在院里试住一段时间再说。"

兰瑞玲说："我们有的是钱……"她突然像发现了什么，看看郝志成，又看看李小燕："我们好像在哪里见过？"

我说："岂止见过，许多人看过你精彩的表演。"

兰瑞玲满脸通红，羞愧地低下了头。

后来听说老人的儿子回来后，来到托孤院接父亲回家，没有想到，老父亲用拐杖捣着地板说："我不回去，这里比家里好！"

如果，兰瑞玲听到这个话，不知做何感想，是否觉得非常体面？

梦游

一个鳏夫的梦魇，让你感到好笑，又笑中含泪。

住在后山村西头的犟老汉一个人孤苦伶仃，身单影

第五辑　朗朗笑声

孤，为了打发寂寞，他收留了一条流浪狗，视为爱子，起名叫门神。

夜里犟老汉睡在炕上，门神睡在炕下的地上。有一天，睡到半夜时分，门神听见村头有异样响声，便本能地狂吠起来。

犟老汉翻了一个身，朝它喊了一句："睡觉，别咬了。"门神重新卧下，把头埋在腹部，蜷成了一团。

第二天，天刚麻麻亮，外面传来敲门声，"咚咚！咚咚！"响个不停。犟老汉感到非常奇怪，自己家里穷得叮当响，给小偷发个请帖，他都不愿光顾，谁会来我家呢？犟老汉揉着惺忪睡眼，趿拉着烂鞋过来抽掉门闩，抬头一看，让他大吃一惊：村西头的张寡妇怒气冲冲地站在门口，她指着犟老汉的鼻子吼道："你你你，怎么回事？啊？你成心啊？"唾沫溅到了犟老汉瘦削的脸颊上，灰色的胡子上也湿漉漉的了，他赶紧后退着，进了屋。

张寡妇却不依不饶紧逼他跟进了屋，她站在坑洼不平的土地上，双手叉腰，大眼睛瞪着犟老汉。

"怎么回事呢，大清早的，难道我背走了你家的馒头？"犟老汉的三角眼在张寡妇的胖脸上扫视着，有些莫名其妙。

门神昂起头看着这个漂亮女人，它好像打了个响鼻。

原来，张寡妇守了几十年寡，好不容易找了一个男人，昨天晚上试婚，他刚上位，还未进入，突然，门神狂咬起来，他受到惊吓，就疲软了，再也挺不起来了。他怀疑张寡妇故意戏弄他，很不高兴，说："你们村这里荒郊野外的，我以后就是和你成了亲，若一亲热，狗就狂咬，吓死我了。"他悻悻不乐地回城去了。

张寡妇越想越有气，她认为是犟老汉的狗坏了他的好事，她大声喊道："你赔我一夜情！"

犟老汉大喜："你有这心思咋不早说呢，没有问题，

红尘如烟

不要说一夜情，十夜情我也陪！"

"你行吗？"张寡妇有些羞涩地打量着这个干瘦的男人。

"行，太行了！"犟老汉当面表决心。

于是，两人说好今晚夜黑人静时幽会。由张寡妇虚掩门户，犟老汉星夜赴约，玉成好事。

犟老汉激动异常，等不到太阳落山，就收拾自己，他一边刮胡子，一边美美地想起张寡妇的大乳房和细白的皮肤，心想，今晚，要把几十年积攒的能量喷射出来，让她惊叫不已，以后不想玩都不由她了，她会缠上他的。

好不容易等到天黑夜静，犟老汉把狗圈在了屋里，蹑手蹑脚地从村东头走到村西头，摸进张寡妇家的院子，进了她家的厦房。他想象着张寡妇已经脱光衣服等待他的宠幸，不由得下身勃然而立，他摸到炕边，爬上炕，三下五除二脱光了自己的衣服，正要扑上去时，却突然被人一脚踢到了地上。

犟老汉以为是张寡妇故意撒娇，也没有在意，又爬上炕去，在黑暗中摸索她想象中美人的身躯，又被人一拳打得滚到了地上："你怎么啦？嫌我来晚了吗？"

"你高兴得太早了。"

啊，怎么是一个男人的声音，他摸索了半天才找到电灯的拉绳，他拉亮了电灯，只见躺在炕上的是一个五大三粗的男人，他感觉太奇怪了："张寡妇哪里去了？你怎么在这里？你是谁？"

"你这个老东西，贼心不死！张寡妇已经死了三年了。"那个男人说："这个宅子归我了。你是不是过去就和她有一腿？"

"一腿？还两腿呢！"犟老汉没好气地说。

这时，只听院子里狗在咬，不一会儿，门神浑身淌

🢂 第五辑 朗朗笑声

着汗水冲了进来，两眼直勾勾地盯着这个陌生的男人。

犟老汉有点不甘心，他不相信那个男人的话，总觉得张寡妇还在这个屋里，不是她躲起来，就是他们两个合伙给他设局，他要找见张寡妇，问个明白。他在屋里找寻起来，存粮食的屯子、放衣服的柜子找遍了，就是没有她的人影。那个男人不由分说，骂骂咧咧地把他推出了门。

犟老汉对门神说："咱们回家，以后你就是我的张寡妇。"

犟老汉和他的狗走在黑暗的夜色里，突然发现张寡妇挑着一盏红灯笼从他对面走来，他欣喜若狂地扑上去，此时，突然传来几声鸡叫，张寡妇霎时不见踪影了。

门神汪汪地咬了几声，夜显得格外宁静，万籁俱寂。

二匠妻媲美

死搬硬套，教条主义，学别人的东西只学形式，不顾及内容，闹出了大笑话。

民国年间，千阳县城有两个匠人，都在西关桥梁做生意，一个是锡匠，一个是银匠，前者姓牛，后者姓张。

老牛的媳妇叫蒲翠花，是龙王殿村人，他爹叫蒲世成，在黄里铺开一家茂源粟店，自任掌柜。蒲世成自小跟他的舅父走州过县，见过大世面，人称蒲相公。他将女儿自小就送到冬学去读书，后来又转到明伦堂女子小学接受教育。蒲翠花不仅长相漂亮，穿着得体，而且心灵手巧，善于刺绣。待人接物，说话处事，样样恰到好处。

红尘如烟

街坊邻居有人称赞、有人羡慕，也有人嫉妒。蒲翠花总是笑眯眯的，不恼不怒，不轻不狂。特别是嫁到牛家以后，与家人和睦相处，婆婆、小姑、公公、丈夫没有不满意的。她的绣品更是姑娘们仿效的样板。她经常被人请去做嫁衣。

自从老牛在桥梁西北角开了光明锡店后，把家从牛家头搬到了城里，在瓦窑坡租了两间厦房，蒲翠花就跟着老牛来到了城里。她每天除了给老牛做两顿饭以外，专门绣枕头、花鞋、门帘等女红出售，要货的人络绎不绝。蒲翠花和老牛的小日子过得和美美，非常滋润。他们在城里落脚以后，婆家的人，娘家的人，亲戚们进城办事，也有个喝水、歇脚的地方，有时也还寄存一些东西。登门的人多了，蒲翠花的美名也就很快传出去了。

老张其实不老，他是张家寺人。他父亲跟河南灵宝一个师傅学习烧制砖瓦，积攒了一些资金，将桥梁以东年家茶馆隔壁的宝珠银货铺盘了下来。在西河沟半坡上买了一只土窑居住下来。把媳妇也接到了城里。老张的媳妇娘家是普门寺人，名叫李秀英，她个子瘦高，皮肤白皙，性格粗犷，家务活样样精通，地里活赛过男人，就是不会说话，一张嘴就惹人耻笑。临出嫁的前一天晚上，母亲反复叮咛，到了婆家，要多干活，少说话，免得让人笑话。李秀英是个听话的姑娘，她走进张家门，只知道低头干活，从不多说一句话。就连到河边去洗衣服，姑娘、媳妇嘻嘻哈哈地逗她，她也不说什么。婆婆在亲家面前多次夸她。就这样，一年时间在平安无事中很快就过去了。

春节在欢乐的鞭炮声中来临了。大年三十的晚上，一家人围坐在一起喝酒，给孩子们发压岁钱。李秀英给公公、婆婆、丈夫、小叔依次敬完酒，温顺地坐在了旁边。婆婆疼爱地拉过儿媳的手，把自己手腕上的银镯子卸下来，给李秀英戴上。她一边轻轻地拍着儿媳的手背，

> 第五辑　朗朗笑声

一边亲昵地说："我娃你进咱家门已经一年多了，从来没有听到你说过啥。今天是除夕，全家人团聚在一起，又没有外人，你想说什么就说点什么吧。"李秀英没有想到婆婆让自己在全家人面前说话。她讲话的功能和意识似乎已经丧失了。突然要她说话，她没有准备，一时不知道该讲什么。她推辞不讲。可全家人异口同声地鼓励她、劝导她，好像她不讲点什么这个年就过不去似的。就连平时黑着脸的老公公也咧着嘴，组织出一副难能可贵的笑容。李秀英无可奈何，望着被烟火熏燎得漆黑发亮的屋檐，叹息着说："我今年在你们张家过年，明年不知道在谁家过年。"此言一出，满堂皆惊，张家的人对她个个怒目相视。婆婆很不高兴地瞪着她。公公脸色铁青，旱烟锅在八仙桌旁磕得叭叭响，他吹胡瞪眼，喘着粗气，好像要跟人决斗似的。是啊，农村人娶个媳妇不容易。这是花 14 石小麦换来的。她不打算明年在这里过年，说明她想离婚改嫁。李秀英一看全家人都生气了，急忙补充说："我说我不说，你们硬叫我说，你看一说，惹得猪嫌狗不爱的。"暗中挨了骂，公公、婆婆无心吃菜，全家尴尬地冷坐了一会儿就散了席。从此以后，张家的人，谁也不去动员李秀英讲话了，全当她是个哑巴。婆婆对她也有了看法，总觉得不顺眼，经常瞅她、瞪她，还给邻居们叙说她的不是，说她不够成，差一窍。

　　这种状况一直持续到第二年秋天才有了一点转机。核心机遇是李秀英一胎生了两个男娃，一下子成了张家的大功臣，差一点被当成神灵供奉起来。可是，好景不长，双胞胎一岁后，婆媳矛盾日益加剧，公公担心天长日久会生出祸端，就让儿子把媳妇也带到了城里去，一边给他做饭，一边抚养孩子。

　　老牛和老张是好朋友，生意上互相支持，闲暇时经常在一起喝酒品茗，有时候在一块也议论女人，海阔天

红尘如烟

涯般地胡吹。街坊邻居都夸老牛的老婆蒲翠花漂亮、贤惠、温柔、体面，很会招待人。这些话也传到老牛耳朵里来了。老牛心想，她怎么会招待人，我怎么感觉不出来，不妨做一场游戏，现场观看。老牛打定主意后，给老婆蒲翠花也没有说什么。这一天，他热情邀请老张来他家做客。为了暗中观察老婆怎样和别的男人说话，老牛在屋里悄悄地藏了起来，一直没有露面。

老张的银货铺，经营的全是女人、小孩佩带的银质装饰品，做工精细，雕刻考究。从中午11点开始，顾客出出进进、熙熙攘攘，看货的，问价的，送货清洗的，来了加工的，一拨接一拨，老张忙得连喘气的空隙都没有。一直4点以后，集散了，人稀了，老张才关了门，回到西河沟那只土窑里，吃了一碗干面，喝了几口面汤，抹着嘴唇走出了家门。

瓦窑坡是生意人的集散地。这里顺着高低不平的地势，盖着一大片灰色的瓦房，鳞次栉比，错落有致。房顶的落尘经过雨水滋润，生出一层又一层的瓦菱，就像祠堂里的香炉和寺院里的塔林。这里的院落一个套一个，拐来拐去，就像八卦阵。巷子很窄，麻石板被人们踩得非常光滑。住在这里的人，来自天南海北，什么口音都有。他们的职业也很庞杂，有教书的、杀猪的、卖秤的、钉鞋的、唱戏的、刻章的、箍桶的、罾（zeng）箩的、绱鞋的、剃头的、镶牙的、抓药的、算卦的，还有赶马车的，漆家具的、当裁缝的、当牙行的、垫鞍子的、弹棉花的、当吹手的等等。这里是民国中叶渭北社会的缩影，这里演绎着人间一个又一个悲喜剧。

老牛住在瓦窑坡一个大杂院里。门口有一棵桐树。直对着门洞的是一面影壁。向里拐进二门，西边有两间厢房，便是老牛在城里的家。老张掀起绣有鸳鸯嬉水图案的门帘，低头迈进老牛之家。正在绣花的蒲翠花，见来了客人，急忙放下手中的绣框，笑盈盈地招呼老牛就座。她从橱柜翻出一盒《老刀牌》纸烟，抽出一支递给老张，擦燃火柴给他点上。老张美美地吸了一口烟，吐出一片淡蓝色的烟雾，那双三角形的眼睛一直没有离开蒲翠花的身子。老张在心里狠狠地想：老牛这家伙就是有福气，娶了这么漂亮的一个媳妇。你看人家那身材、那皮肤、那神态、那穿着，简直就像天仙，咱要是有这么俊的媳妇，死了棺材没有底也行啊。老张近似疯狂地想着，痴痴地望着眼前这个美人儿。

　　蒲翠花将一杯热茶端过来放在老张旁边的桌子上，发现老张的眼睛直勾勾地盯着自己，她有些不好意思地转过身去，白嫩的脸庞上泛出红晕来。她掩饰着自己的窘态，把炕上的布头整理好，随即靠在桌子旁边，拢着双手陪老张说话，问他父母身体是否健康，双胞胎儿子长得乖吗，并让老张转告李秀英有空来游门子。老张还是那样的失魂落魄，仍然沉浸在幻想中。他甚至在心里想象这个女人如果躺在炕上，将是这样的一副睡美人的图画。而自己那个大洋马，汽油桶一般粗，男人躺在他身边，就像躺在地埂下面，她没有一点女人的纤细柔弱之美。老张被蒲翠花的美貌和神韵折服了。他觉得老牛的老婆名不虚传，就是不简单，才貌双全，他不由得暗暗艳羡。正说着话。老张忽然看见炕上放着一对枕头，上面绣着鸳鸯嬉水图案，那荷叶、那莲蓬、那碧波、那对栩栩如生的小鸟，简直巧夺天工。"哎呀，你的这对枕头绣绝了，我还没有见过这么好的绣品。"面对老张的大加赞赏，蒲翠花手掩玉面，羞答答地说："不好。这是我在娘家当姑娘时学着绣的，让您见笑了。"老张赞许地点了点头，抽毕两支烟，喝了一杯茶，等不住老牛就告辞了。

　　回到家里，老张异常兴奋，向李秀英叙述去老牛家的情况，自己是怎么问的，老牛的老婆是怎么回答的，

红尘如烟

把蒲翠花大肆夸奖了一番，说人家如何漂亮，如何手巧，如何能干，家里收拾得如何整齐等等。李秀英最见不得自己的男人说别的女人漂亮，她把门口的大黄狗踢了一脚，骂道："别人家好，你跑回来干啥？和她过去！"老张把脚一跺："我要不是可惜我家那14石小麦的话，我早就把你踢蹬了。你张狂啥呢，现在，只要有银子，黄花姑娘排队哩。少骚情，你要向人家学习，准备好，拾掇好，我也要请老牛来咱家做客。"

这一天，老张和老牛约好时间，老张也学着老牛的办法，在屋里悄悄地藏了起来，想暗中观察老婆的表演。到了傍午时分，老牛哼着碗碗腔来到张家。老张的老婆李秀英打扮得花枝招展，扎着红绸子的长辫甩来甩去，上身穿一件大红夹袄，下身穿一条青布裤子，脸上搽了足足有半斤粉，两个脸蛋上还抹着血红的胭脂。李秀英把老牛让进屋里，拽着他的胳膊让他坐在炕边。又是泡茶，又是取烟，热情异常。老牛心想，这个媳妇也不错啊，为什么老张还不满意。李秀英拉过一个木凳子，坐在老牛跟前盯着他问："我娃他爸说你姓牛，我没有见过你，你到底是黑牛还是黄牛？"她那一本正经的神情，似乎在钻研一个严肃的课题，问得老牛哭笑不得，无言以对。他觉得这个女人离自己太近了，她说话时呼出的气息都可以闻到她吃过蒜的味道。他向后挪了挪。那女人搬着凳子又向他凑来。这时，孩子的哭声响起来了，老牛一转身，发现炕上躺着两个一模一样的胖娃娃，红扑扑的苹果脸蛋，忽闪着亮晶晶的大眼睛，那憨态逗人喜爱。老牛一生有两大爱好，一是爱小孩，一是爱打猎。在他的光明锡店里，只要来了小孩，不管他认识或者不认识，他总要逗着玩一会儿。老牛指着床上的孩子，对李秀英说："你生的这对双胞胎真漂亮，将来好事成双，你可就享福了。"李秀英脖子一仰，谦虚地说："不好，

第五辑 朗朗笑声

我不会生,这是我在娘家当姑娘时学着生的。"老牛终于忍俊不禁,大笑起来,半天不能自制。李秀英反倒不高兴了,她瞪着老牛,满脸杀气地说:"挨刀子的老牛,你还有脸笑?你老婆有我这么大的本事没有,我在娘家才学着生,就一胎生了两个,如果正式生起来,还不知道要生多少呢。这就是能耐,我就是比你老婆强!"老牛笑得前仰后合,满脸通红,他从来没有见过这种女人,也没有想到,她竟然如此这般地套着说话。他已经意识到这是老张一手导演的。他知道,如果他不离开这里,老张是不会出来的。

其实,老张在暗处早已经气得吹胡子瞪眼,他觉得实在太丢人了。这个蠢货,长的这张嘴只能吃饭,就是不会说话。他本来想找个借口出来会会老牛,现在又不好意思出来了。

老牛放下茶盅,逃跑似的跨出了老张家的门槛,只听身后传来李秀英的叫骂声:"老张,你死到拐窑了吗,那你碎爸老牛早就走了。"

红尘如烟

用真诚叩响灵魂之门
——小小说集《红尘如烟》后记

王维新

这是我的第二部小小说集,共分为脉脉温情、绵绵情怀、芸芸众生、淡淡回味、朗朗笑声5辑,收录小小说75篇,约17万多字。

有人说,散文是真情的流露,小说是虚构的艺术。我觉得即使虚构,也必须有一颗真诚的心,才能叩响与读者共鸣的灵魂。

读者阅读文学作品,如果感到你写的东西是虚假的,他就会嗤之以鼻,甚至终止阅读。因此,我觉得,我们写书的人,要用真诚的心与读者通过文字交流。

小小说里蕴藏着精彩的大世界,她是短平快的阅读快餐项目,成为文学世界里不可或缺的重要组成部分。在有限的篇幅里,我们看到的是广阔、深邃的内容;在琳琅满目的小小说长廊里,立起来,活起来的是形形色色的人物形象,是社会生活的客观反映,是时代变迁的侧影。

2016年三月间,北京干旱无雨,顽强的花卉却依然向人们吐露出让人眼前一亮的花蕊,花香馥郁,微风阵阵。我在文学的小道上徜徉思索,为跨越苦闷期而纠结。一个偶然的机会,我在网上看到我们北京小小说沙龙的会长、著名作家王培静先生转发的《微阅读1+1工

▶ 用真诚叩响灵魂之门

程》征稿函，这对于我们文学爱好者来说，出版自己的作品，是梦寐以求的夙愿，这条消息让我们兴奋不已，我便选编了自己的这个小小说集子。之前，送审的集子《除夕之夜》已经在公布的名单之列，但愿这套丛书能顺利出版。

　　编选这个集子的过程，是我对自己写作弱点的一次大排查，终于能寻找出自己作品的缺点，我似乎明白了今后努力的方向。我向来注重作品的真实性，可是，缺乏空灵之美，缺乏广阔的想象空间，显得笨拙有余，灵巧不足。过多的沉湎在自己过去的生活情景中，跳不出来，缺乏颠覆大众思维的精巧构思，叙述的节奏也比较迟缓，与快节奏的时代脉搏不同步。这个集子算是自己对北京小小说沙龙提交的作业，欢迎各位老师和业界方家不吝赐教。

　　感谢为这套丛书的出版积极努力的各位老师、各位朋友。感谢伍英总经理，感谢审稿老师，感谢王培静先生给我们提供信息，感谢张久明先生为文友与文化公司牵线搭桥。

　　让我们携手共进，为文学事业的发展做出积极贡献！